U0963731

DEERBOOK

鹿　书

四月在愚人船

April on ship of fools

曾铮 著

WUHAN UNIVERSITY PRESS
武汉大学出版社

图书在版编目（CIP）数据

四月在愚人船／曾铮著．—武汉：武汉大学出版社，2019.5
ISBN 978-7-307-20735-6
Ⅰ．四…　Ⅱ．曾…　Ⅲ．长篇小说—中国—当代　Ⅳ．I247.5

中国版本图书馆 CIP 数据核字（2019）第 026871 号

责任编辑：赵　金　　封面设计：pay2play.design

出版发行：武汉大学出版社（430072　武昌　珞珈山）
（电子邮箱：cbs22@whu.edu.cn　网址：www.wdp.com.cn）
印刷：武汉新鸿业印务有限公司
开本：889×1194　1/32　印张：8　字数：160 千字
版次：2019 年 5 月第 1 版　2019 年 5 月第 1 次印刷
ISBN 978-7-307-20735-6　定价：48.00 元

目 录

一 愚人船

就和绝大多数人一样，四月对自己婴孩时代的经历知之甚少。自记事以来，他便没有离开过愚人船。愚人船是他的家，而他对于愚人船的印象，则始终浸渍在疯子制造的喧闹与恶臭里。那时，父亲仍活着，舱室里也尚未住满流浪艺人，四月与其他孩童一道玩耍，从甲板的一侧跑到另一侧，仰望崖壁上起飞的信天翁，直至它们消失于海天相连的地方。每每回想往事，水鸟洁白的羽翼便会舒展成云，把四月的脑海染成空白，让他重新触及无知的快乐，并再一次确信，那才是人类获得幸福的唯一途径。

只要在脑海中回溯时光，四月便总会回到同一个起点，重新目睹他第一次登上陆地的情景，似乎自那时开始，他才拥有了记忆。

那是一个古老的海滨城镇，一座几近坍塌的码头，那一天，父亲把他扛在肩上，步下愚人船的舷梯。四月一路笑闹着，听见长堤的木板在父亲的鞋底不住悲鸣，直至父亲走到岸边，把他放下，男孩咯咯的笑声才停了下来。一时间，四月感到眩晕，讶异地蹬了蹬脚下的石板，发现它不会摇晃起伏，反而显出一种陌生的厚实和坚固，就像是一艘沉睡的船悬浮在一片岩石组成的大海中央。不过，四月已来不及惊讶，因为有更多新奇的事物正等待着他。在远处，异国的建筑彼此紧挨着，就像是一座座巨大的舱室，被牢牢固定于地面，呈现出宽敞的舷窗和圆形的舱顶，而在它们之间还有几条狭窄的通道，仿佛干涸多年的航路，只剩下无数平缓的岩石。三角眼的水手长吆喝着，指挥手下把一只只覆盖幕布的铁笼运下船，拖到岸上，沿路向前推行。铁笼颠簸起来，底部的轮子发出刺耳的声响，惊扰了笼中的疯子，引起一片变调的咒骂和无法理解的呢喃。听到疯子的叫嚷，镇民从建筑物里探出脑袋，自各处涌来，就像搬迁的白蚁一般规模宏大。四月跟随铁笼的队列，走入人群，却下意识地抓紧了父亲的手。那一刻，男孩仿佛陷进汹涌的巨浪，到处都是人，充斥在他的前后左右，他以为全世界的人都聚集到了这里，淤积在这条狭窄的航路之中。

不知过了多久，当地面变得宽阔，人群向四面退开，男孩见到了愚人船的大副，那个被称作红胡子的男人此时已站在场地中央，戴着一顶缀有碧蓝鸟羽的帽子，身穿一件黑边礼服，手上挥舞着一支珊瑚手杖，袖口的扣子闪烁金光。他在众人面前掀开了第一只铁笼的幕布，宣布展览开始。于是，这一天，四月记得，在第一次踏上陆地以后，他也第一次目睹了愚人船的营生。

展出的第一个疯子被称作雀嘴，是在一座荒岛上被找到的。据说，他当时仰躺在沙滩上，身下全是海鸟的羽毛，就像是躺在一张豪华的绒毯中央，身边围拢着无数白鹭、银鸥、海燕、鸬鹚，甚至还有一只喉囊鲜红的军舰鸟，而在离他不远的地方还有一艘搁浅许久的商船，船员早已不知所踪，只留下这唯一的幸存者。遗憾的是，他听不懂任何一种人类的语言，因此也没人知道他究竟如何苟活至今，当水手们开始驱赶周围的海鸟，想要把他带到船上，一阵怪异的声响骤然从男子喉中爆发，宛如鸟儿拒绝的悲鸣。自那时起，他便获得了雀嘴的称号，加入了愚人船上众位疯子的行列，因为大家都坚信，他能够与鸟类交谈。现在，身处异国的街巷，被陌生的人群包围，雀嘴双手紧扣铁栏，仰望天空，发出沙哑的鸣唱，很快，栖息在镇上的鸽子便听到了召唤，纷纷飞落到笼边，衔起男子的衣袖，奋力扑扇着翅膀，仿佛要帮助他挣脱地面，连同整个铁笼一起逃向天穹。

这时，一阵野兽的嗥叫突然响起，雀嘴旁边的铁笼发出剧烈的震动，令幕布滑落，也让众人见到了展出的第二个疯子。那家伙筋肉横生，四肢着地，肩头有一块灵猫形状的疤痕，他原本蜷伏在笼中，却嗅到了飞落的鸽子，猛地冲撞着铁枝，似乎要扑向那些肥美的飞禽。他被称作黄毛，也许是因为他有一身棕黄色的毛发，癫狂以后从未修剪。他本是渔民的儿子，为追逐一只逃跑的狐狸而深入森林，再没回到村中。人们找了他许久，最终放弃，他的父母以为他死了，甚至还为他办了葬礼，却在两年后又一次遇到了他。那时他正在邻家的鸡舍里，赤身露体，嘴里叼着一只老鼠，手脚并用地出逃，却落入了捕兽的陷阱。没有人知道他经历了什么，唯一清楚的是，从那以后他便再没吐出一句能让人理解的言语，虽然勉强保留了人的形象，心智却彻底变成了野兽，人们望着他蹑足前行的模样，几乎可以在他身后看见一条并不存在的尾巴所投下的修长阴影。于是，在和村人凑出几个铜币以后，那对不幸的父母便为儿子在到访的愚人船上找到了一个新家，黄毛起初并不讨人喜欢，甚至经常因为在笼中留下满是牙印的海鸟残骸而遭受斥责，但没过多久，船员们便对他改变了看法，毕竟老鼠更加令人讨厌，而他所在的舱室则永远见不到老鼠。现在，这只人形的野兽探出因长年抓扒而变得畸形的手掌，仿如一只发现了猎物的大猫嘶吼着，吓走了雀嘴新交的朋友，也把观众的目光吸引了过来。

不过，他们都算不上今日的明星，在这次展览上真正掀起无数尖叫的，还是另一个疯子。人们称她为圣母，但她并没有子嗣，她是一个异教徒，据说在大海盗阿兰洗劫南方诸岛之前，她还是某个岛国王子的未婚妻。在那场被炮声中断的婚礼上，她的丈夫被一把飞来的斧子劈开了脑袋，她很幸运地保住了性命，从下水道逃出了燃烧的城堡，但也就此罹患了谵妄症，纵然从未碰过男人，她却总以为自己怀上了小王子，并借此来寄托她复国的美梦。每隔一段时日，这个女人便会陷入狂想，停止月经，腹部隆起，开始呕吐，旁人甚至可以在她胀大的肚皮上见到阵阵痉挛，就如真实的胎动。而她的情绪也会因此高涨，她不住地祈祷，向某个被遗忘于海底的神祇念叨着无人知晓的祷文，希望它能为自己那并不存在的儿子提供庇佑，直到她的幻想破灭于又一次无果的分娩。现在，圣母仰卧在铁笼中，随着一声兴奋又尖利的哀号，一阵腥臭涌入空中，墨绿色的羊水在她身下扩散，就如一摊滚沸的沼泽，蒸腾起惨白的雾气，最后，当一颗蠕动的肉瘤突然从她两腿间冒出，闯进这个世界，整个天空仿佛都被她仇恨的血液浸染。她喘息着，幸福地笑了，将肉瘤捧在怀中，似乎仍未能意识到自己努力的徒劳，一条畸变的脐带将她和她的“儿子”紧紧相连，就像是一条无法挣脱的锁链，维系着她永无止境的狂想……

在这场疯癫的分娩之中，人们的情绪迅速达致高潮，其热烈程度几乎令红胡子大副都陷入了窘境，因为他还有好几个疯人等着展出，其中包括一位将硫黄和蜡块视作佳肴的少女，还有一位喜欢在自己胡子上纵火的鳏夫。这些人都已经没有出场的必要，单凭圣母那精彩绝伦的“演出”，镇民们投来的钱币已经在布袋里堆叠起来，从最初稀落的轻响变成了沉甸甸的金属嗡鸣。

四月牵着父亲的手，望着骚动的镇民，在这些人观赏疯子的同时，男孩也观察着这些人。他们大都包裹着厚重的头巾，脚踏尖头靴，或赤裸着上身，或穿着白净的圆领上衣，其中还有几个女子，把半截鼻子隐藏在面纱下，围着饰有刺绣和绲边的披肩，长得几乎碰到地面。这些人两眼放光，就像是遭遇了世间的奇珍，有的忍不住惊叫，有的轻掩住嘴巴，一边彼此谈笑，一边对着铁笼指指点点，神情里既有厌恶，又有怜悯，像是马上要转身离开，却又无法拒绝这种新鲜的刺激，包藏着饱受无聊折磨的好事和残忍。对于船上疯子的所为，四月早已有过接触，因此也没有多少兴趣，但对于眼前的人群，他却感觉到陌生，嗅到了敌意，甚至生发出一种难以抑制的疏离。男孩并没有告诉任何人，他曾梦想拥有自己的铁笼，甚至对笼中的住民羡慕不已，而这种幼稚可笑的情感全在此刻消散殆尽，他发现自己并不愿意成为任人观赏的珍奇。四月用力抓紧父亲的手，朝他高大的身躯靠拢过去，他向父亲道出了自己的疑问，因为他并不理解，人们为什么要向红胡子付钱，也不明白他们为什么对眼前的一切都饱含鄙视，却又显得乐此不疲。

“为什么？因为我们在向他们展出疯子。”

“疯子？什么是疯子？”

“雀嘴、黄毛、圣母……他们都是疯子。”

“那这些人呢？他们难道不是疯子吗？”

“不，他们不是疯子，他们只是爱看疯子罢了。”

“是吗，但我怎么觉得，他们其实不喜欢雀嘴和黄毛……”

“没错，因为他们是正常人，正常人不喜欢疯子，却爱看疯子，尤其是笼子里的疯子。”

“正常人？他们是正常人？爸爸，我讨厌正常人！”

“噢，我的孩子，你可不能讨厌正常人。”

“为什么不能呢？”

“因为他们才是大多数，因为他们占据了这个世界，你可以躲开疯子，却永远无法躲开正常人，你若讨厌他们，你可能就不得不讨厌这个世界了。”

那天，在这座海滨城镇，愚人船的疯人展览大获成功。当水手们结束了营业，把疯子重新运回到船上，与那些刺耳的铁笼一起上船的还有大量新购入的面包、水果、蔬菜、奶酪、腌肉，以及好几桶啤酒，甚至是两只还能下蛋的母鸡。喜爱武器的水手长趁此机会丰富了自己的收藏，从当地的古董店里买回了一把新月形的弯刀，而好打扮的大副则为自己引以为豪的红胡子补充了好几盒胡须蜡。除此以外，在收下了镇民们筹集的另一笔钱后，大家又在舱室里腾出了一个位置，让另一位新人登上了愚人船。

四月从远处望着那个刚刚加入的疯子，发现他戴着一副滑稽的眼镜，镜片浑浊，神情忧郁，总是睁大了眼睛，像是在盯着什么地方，却又仿佛失去了焦点，让人猜不透他正盯着哪里。这个人身后拖着一个大得可怕的麻布口袋，鼓鼓囊囊的，散发着霉味和各种奇异的声音，除此以外，他便和镇上的正常人没有什么不同。然而，即便如此，镇民们还是用轻蔑的语调把他称作大学者，十分乐得见他离去。当时的四月还不会想到，恰是这位大学者，会在不久的将来成为自己的导师，接替他死去的监护人，教会他认字，并使他失去了名为无知的幸福，触到了人类的痛苦。

那一夜，愚人船上一片欢声，四月和其他人一道啃着新鲜的苹果，嚼着松软的面包，喝着清澈透明不带一点异味的水，感到无比快乐。然而，等到这场宴会结束，人们从餐桌边起身，开始走向各自的舱室，四月忽然一个踉跄，发现地面竟不知从何时起变得那么起伏不定。他扶着墙，有些讶异地望着自己的脚尖，灯火在他的头顶摇曳，就着从舷窗外传来的阵阵海浪声，把他的影子变成一团晃动的黑色雾霭。猛然间，四月感到腹部一阵抽搐，酸涩的胃液倒流上来，他控制不住自己，便哇的一声，把刚吃下肚的佳肴呕了出来。

“这孩子晕船了。”隔着厚厚的镜片，刚加入的大学者抬起眼睛。

没有人理会他，因为从没有人见过四月晕船，而长年航行的他们也并不相信这孩子竟会无来由地染上了这种娇贵的毛病。然而，当四月的父亲把他带到船医跟前，船医只看了一眼，便用不容置疑的声音道出了与大学者完全相同的结论。这消息很快传遍了甲板，一时间，人们面面相觑，都感到离奇。忽然，三角眼的水手长大笑起来，而他手下的水手也跟着笑了。

“不愧是勇士的儿子，跟咱们可不一样，以后一定大有出息！”

“嘘，小心，可别让勇士听到了。”

笑声再起，掩盖了话语，无论这些人有几分认真，几分戏谑，他们都避开了四月父亲的目光，没敢当着他的面继续这个话题。

在吞下一勺由洋金花、薄荷与天仙子研磨而成的粉末以后，四月躺倒在吊床里。晕眩尚未完全退去，男孩感到既羞耻又不安，踏上陆地的经历仿佛是一个诅咒，成为他这一生记忆的起点，也开启了所有他将会遭遇的光怪陆离的不幸。他闭上眼睛，回想着厚实又稳固的大地，听见海风钻进窗子的缝隙，在耳边发出低语。他第一次意识到大多数人类都不会在船上安家，也第一次怀疑自己是否属于这里。他有些担心，担心自己将不再能忍受船舱里的气味，担心自己将不再能习惯摇晃的甲板，担心自己将不再是愚人船的一员，变成了另一种东西，一种会晕船的，令他讨厌的，被称作“正常人”的东西……

二 “左拇指”的由来

四月不幸获得“左拇指”绰号的那一天，也是愚人船遭遇海盗的日子。

袭击他们的海盗头子被称作铁骨，是一个指挥着皇家三桅大帆船，拥有红铜色皮肤，身高将近八尺的彪形大汉。早在加入阿兰的舰队以前，铁骨便已经远近闻名，正是他在红树湾击沉了来自东方的宝船，使帝国陷入一场可怕的战争。那个时候，他刚刚完成了自己生涯中的第一桩伟业，在比武大会上徒手拧断了对手的喉咙，并因此接替了死者，被任命为帝国海军的上校。而他的第一个任务便是率领一艘军舰，到边境去迎接一位前来与皇室联姻的东方公主，并护送随她一同抵达的使节团。虽然从未有历史学家真正关注过铁骨本人在红树湾事件前后的心理变化，但就某种意义上来说，他也只能算是一名受害者，因为在见到公主以前，这个出身低贱的大汉就从未怀疑过自己对帝国的忠诚，也并不理解一个女人能如何改变两个国家的命运。然而，当那尤物映入他的视野，当那异域的丝衣和绸裙于海风中曼舞飘扬，他仿佛在墨色的大海上目睹了一团深红的火焰，那火焰倒映在水中，燎烧着，灼痛了他的胸膛，点燃了他的贪婪和野心，也摧垮了他曾经笃信的一切。他要获得那个女人，那便是他头脑里唯一的声音。他们很快就偏离了航线，驶进了罕有人迹的红树湾，当他的战舰开始向公主的宝船靠拢，使节们也终于觉察到了危险。宝船仓皇转舵，试图逃脱，就在这时，一声炮响撕裂了天空，那是红树湾上唯一的一声炮响，却也令这场冲突演变成无法挽回的悲剧。也许，铁骨只想借炮声威慑对方，也许，他只想用炮击将宝船逼停，也许，那只是某个炮手的独断妄为，但那颗炮弹还是在左舷上破开一个大洞，令海水疯狂涌入，顷刻便将公主连同她的宝船一道拖入了海底。弃船的使节和漂浮的碎木仍在旋涡中翻滚，骚动的泡沫颜色惨白，冒出死亡的腥臭，铁骨颓然望着海面，似乎突然从一场梦中惊醒，无论如何也无法理解那艘宝船为什么沉得这么快，竟像是一块铅。但这个谜团很快便被解开，当人们打捞起尚未沉没的木匣和宝箱，在内里发现了纯金制成的玫瑰，还有镂刻着飞鸟和游鱼的梳子与胸针，正午的太阳也恰好从云朵的间隙里投落阳光，在宝船葬身的海床上反照出晃眼的金色光芒——就在刚才，铁骨把公主连同她的嫁妆一起沉入大海，让价值连城的黄金铺满海床，变成他爱人的陪葬。肇事的三桅大帆船很快便逃离了现场，自那天起，铁骨变成海盗，而帝国东部也陷入无休止的战火，至于红树湾，则成了一段传说，吸引着世界各地的赌徒和冒险者，也让无数潜水高手溺毙于那片希望的海床……

现在，十年过去了，铁骨依然穿着军装，连肩章和绶带都佩戴齐全。他站在三桅大帆船的船头，望着远处那艘毫无防备的陌生航船，用帝国将官的口吻向炮手发出命令，紧接着，一声巨响击碎了平静的海面。这一炮与其说有什么实际作用，毋宁说是一种奇怪的仪式，因为大家都知道，铁骨从来只打接舷战，但他每次出击前还是会先开一炮，而且也仅开一炮，仿佛要宣告目标已在劫难逃，更要用这种方式让红树湾的往事不断重演，直至他把过去的失败也扭转成胜利。正是这一炮，从侧面击中了愚人船的船首像，把那只可笑的青铜小丑炸得粉碎。金属和木块的碎片四处飞溅，使疯人开始狂啸，也令孩子们目睹了一幕骇人的景象，发出了无措的惊呼。

那个时候，四月正与伙伴在甲板上玩一个愚蠢的游戏，那是一个叫龅牙的孩子刚从他的三角眼父亲那里学来的，他们把左手放在木桶上，手掌朝下，张开五指，右手各抓一把小刀，等裁判一发令，他们便开始用小刀顺次戳向自己手指间的缝隙，从大拇指左侧开始，直到小指右侧，而后再返回原处，谁能最快完成而又不伤到自己，谁就是胜者。四月本不想参与，却经不住龅牙没完没了的挑衅，自从晕船的糗事在船上传开，他便一下子成了伙伴们嘲笑的焦点，而孩子大都不懂得节制或掩饰，所以在面对弱者时往往会表现出比成年人还要露骨的残忍。于是，为了摆脱自己的羸弱形象，使自己不被进一步孤立，四月也不得不鼓起勇气，加入到这场危险的游戏之中。一开始，一切都很顺利，四月虽然笨拙，却十分小心，而大部分孩子都太过求快，只想要赢得第一，其中一个叫黑眼眶的男孩，是个左撇子，从未试过右手拿刀，刚戳到第三下便割伤了自己，而那个被称作牛蛙的胖小子则根本没注意到自己手指太粗的不利事实，纵然侥幸躲过了前几下，却还是在最后一刻擦破了皮……所以，当愚人船被铁骨的炮弹击中，仍在比赛的就只剩下四月、龅牙，以及一个叫墨鱼的男孩。他们或许永远也不会忘记那一次可怕的炮击，巨响几乎震裂了鼓膜，霹雳般刺入身体，差点就使心脏蹦出胸腔，与之一同到来的是猛烈的冲击，一下子掀翻了木桶，令甲板骤然倾侧，也让所有人都失去了平衡。之后发生的事情没人能够理清，混乱中，不知是谁撞了一下四月的手肘，让他右手的小刀直直地朝着左手挥落下去。男孩爆发出惨叫，龅牙和墨鱼都看到了半截仍在空中飞旋的拇指，还有它一路溅落的血滴，他们望着它和各种不知名的残骸一道飞出船舷，就像是望着一颗鲜红的彗星。

杀声四起，淹没了四月的号哭，很显然，愚人船的乘客们有更重要的事情需要担心。三桅大帆船迅速逼近，朝猎物投射出无数带铁钩的缆索，牢牢扣住了愚人船的侧舷，令它再也无法逃离。当缆索收紧，另一次碰撞撼动了那个只属于疯子的世界，三角眼的水手长还没来得及站稳身子，便看见铁骨已经跃过船舷，手持巨斧，率领着百名海盗登上了他的甲板。那一刻，对于即将发生的单方面屠杀，几乎无人抱有怀疑，笼中的疯子纷纷骚动起来，发出惊惶的呼叫，就连假孕的圣母也中断了狂想，以近乎绝望的目光盯着那群来自海上的凶徒，仿佛突然回到了那场染血的婚礼，想起了她的王子丈夫。

然而，事情的发展却出乎所有人的意料，甚至在不久以后成了另一段被吟游诗人诵唱的传奇。因为，没有人愿意承认，就在这场接舷战爆发之前，女巫青舌竟突然离开了她的舱室，登上了甲板……

那个女人是愚人船的乘客，但她的存在却甚少有人知晓，新近登船的人从未听说过她，就连航海经年的老船员也鲜有机会窥见她的身影。据传她蛰居在一个幽暗的私人舱中，几乎从不迈出房门，而对于那个船舱的具体位置，则始终无人确定，就连船长本人也不愿指明。有人曾发誓自己在货舱的尽头发现了房间的入口，但当他领着众人赶回原地，挪开霉变的木板和生锈的铁笼，朝前方的黑暗举起油灯，一道亮黄的火光忽然闪烁起来，令众人发出惊呼。他们在虚空中见到了自己悚然的形象，却没有发现青舌的房间，而只是找到了一面巨大的，在任何一张货单上都没有记录的铜镜。另一次，一位老水手声称自己成功地跟踪了那个女巫，并亲眼看到她消失在通往第三层甲板的楼梯背后，兴奋的人们很快便赶到那里，竟真的在阴影里发现了一个暗门，但是，当他们把门撬开，找到的只是一个狭小的壁龛，一只精巧的棺材，几个碎掉的护身符，以及一副朽败多年的婴儿骸骨。在愚人船的航行日志里，类似的目击者还出现过好几个，虽然他们最后都没能找到那个房间，虽然他们的描述完全不同，但人们还是发现了这些事件的共通之处——那些目击者都是疯子，即便他们原本不疯，也都在事后发了疯，被他们昔日的同伴关进了铁笼。后来，人们已不愿再提起青舌，更不敢寻找她的住所，他们认定只有真正的疯子才能触及那个女巫的所在，而他们纵使偶然遇见了她，也会赶紧扭过头去，一边装作没看见的样子，一边默念自己的祈祷或诅咒。他们回避她的存在，拒绝承认她的真实，因为他们相信，她的出现正是某种先兆，预示着疯狂的降临。

正是这样一位令人畏惧的女巫，忽然走到了阳光下，穿过所有熙攘的水手和疯子，径直来到四月父亲的身侧，凑到勇士耳边，微微地颤动了一下嘴唇。正是在那一刻，炮声响起，打破了海上的平静，正是在那一刻，男孩的小刀剁下了自己的拇指，也正是在那一刻，勇士望着远处，目睹了发生在儿子身上的惨祸，双眼里刚刚爆发出痛惜与悲愤的火焰，却立刻熄灭成了死灰。他就像在一瞬间经历了无数年月的洗礼，彻底忘却了此时正在发生的一切。既没有理会逼近的海盗，也没有理会儿子的号哭，他回过头，抓起女巫的手，在手背上轻轻一吻，似乎还想要将她搂入怀中。但青舌并没有让他这么做，她迅速挣脱了这个男人，没再多看他一眼，而是跑到四月身边，将孩子抱起，朝着船医所在的舱室走去。

现在，四月的父亲站在原地，颇有些茫然地转过脸，望着步步进逼的铁骨，像是完全搞不清状况，甚至还流露出一丝呆滞得近乎痴愚的好奇，仿佛他根本就不认识那些肩章与绶带，也从未见过任何兵刃，更不用说那样沉重的巨斧，就连眼前的壮汉究竟是谁，又想要对他做什么，他都已经不太确定。

但铁骨并没有给他任何反应的时间，抡起巨斧便朝他劈了过去。随即，骇人的一幕出现了，所有人都目击了铁骨的斧子陷进了勇士的脖子中，或者，更确切地说，是脖子陷进了斧子里。斧柄在巨大的冲击力下断裂，而那块可怜的金属就像软泥一般崩毁变形，一下子被弹飞。铁骨倒退半步，掌心破裂，手臂止不住发抖，他望着眼前那个毫发无伤的男子，发现自己的吼声中竟然带着惊愕与恐惧。但铁骨终究是一位经验丰富的战士，他的动作远快于思考，他转眼便拔出了随身的短剑，又一次精准地击中了目标，刺入了勇士的心脏，或者，更确切地说，刺入了他以为是心脏的地方……

但一切都是徒劳，那个时候，四月的父亲与其说是一个勇士，倒不如说更像一位神祇。他就站在铁骨面前，不躲不闪，以身躯承受了所有攻击，但无论劈砍还是猛击都无法真正触及他的知觉，也无法干涉他所处的时空。他好似完全不属于这个世界，更不可能为这个世界的恶意所伤，就如一个初生的婴孩，两眼茫然，透着对万物的无知，但这无知却成了最坚固的甲胄，否定了任何可能伤及他的事物的真实性。很快，这种异样的、纯净的，仅属于他一人的真实便扩散开来，侵染了旁人的世界。在这个世界里，刀剑利刃都仅是无害的玩具，在这个世界里，痛楚尚未被体验，死亡也仅只是遥远的谎言，在这个世界里，他一脸无辜，伸出一只手，就像孩子抓起布偶一样，轻轻地握住了铁骨的喉咙……没有人能够明白，那个身高不足六尺的男人究竟是怎样将铁骨提起，直至令他双脚离地，就如没有人能够猜到铁骨在去往另一个世界之前究竟经历了什么，或许他又回到了光辉的过去，重新目睹了比武大会上那个威武无敌的自己，只不过，这一次，他扮演的角色被调换了一下，因为某种蔓延的疯癫而变得可笑离奇。

“你这个疯子！”这就是铁骨从即将碎裂的喉咙里挤出的最后一丝声音。

鲜血喷溅出来，却没有一滴能够沾到勇士的身躯，当那个茫然的疯子将敌人的尸体抛下，又像是发现了什么新事物那样，朝铁骨的属下投去好奇的目光，那群暴徒几乎立刻就丢掉了海盗的骄傲，开始哭喊着往自己的战舰逃去。

事情就这样结束了，直到三桅大帆船从视野中消失，愚人船上的众人才回过神来。他们怯怯地望着四月的父亲，而那位站在血池里的勇士则像是忘掉了同伴的样貌，也怯怯地回望着他们。在很长一段时间里，没有一个人敢靠近他，直到笼中的疯子全都停止了叫嚷，平静变成一剂灵药，让勇士听到了儿子从船医那边传来的哭喊，他才稍稍恢复了往日的模样，从神界回到人间。欢呼声爆发出来，人们拥抱着勇士，认定他是被命运眷顾的天使，相信他的庇护必将使愚人船的前途一片光明。“呸！”这时，一个被称作酒鬼的疯子在笼中啐了一口，忽而变得莫名悲哀，“前途？可怜的人啊，你们都没看到那个女巫吗？他的日子早就所剩无几，要不了多久，罗盘就会指向天际，铁锚就会在海上漂浮，而他也将迎来自己的死期！”所有人都听到了这句话，但没有人愿意谈论女巫，更没有人会去理会一个疯子，毕竟在那个时候，人们全都陷于得救的狂喜，而大家对酒鬼的印象也还停留于一个沉浸醉态的潦倒之徒，知道只有烈酒能令他恢复片刻清醒，至于他在水手间获得预言家的称号，则是许久以后才发生的事情……

那一天，一见到四月断掉的拇指，船医便抛下手头的工作，百无聊赖的心中升起一股怪异的兴奋之情。但这也不能怪他，因为他原本不过是愚人船的船匠，而他之所以会兼任船医，也只是因为他曾进行过一次出色的截肢手术，仅用钳子和线锯就拯救了一个疯子，而那个疯子的夙愿恰是要舍弃自己一直视作累赘的双腿。此后，这位船匠便被众人推举，兼任了船医，还获得了快锯的绰号，但推举他的人或许并不知道，他接受这份工作的动机竟是他突然对人类断肢所产生的兴趣。自那以后，为了胜任截肢以外的工作，他很快就凭着自己的聪明和勤勉通读了前任船医留下的手抄本，掌握了基本的药学知识。每到一座港口，他便会四处收集辰砂、石膏和方解石，并将其磨成粉末，储存在瓶中，又会去采摘水苏、酸浆果和曼德拉草，把它们和几种不知名的树皮混合到一起以提炼书中记载的芳香药膏。等到一切准备就绪，想要一试身手的他才突然发现，自己周围的人远比他想象的还要健康，事实上，除了像四月晕船这种怪诞的小事，这艘船上的乘客几乎就从来不需要医生，也更不会染上什么疾病。

“好吧，不得不承认，疯癫具有某种强大的力量，它一旦统治了人的身体，别的疾病便只得望而却步了。”

做出这样的结论之后，他的兴趣又转向了别处，他开始把自己的船匠技巧和医学知识相结合，设计了各种奇怪的器具。他曾在船上建造过一条巨大的木悬臂，可以用来装卸货物，所用的转轴正是模仿了人类的关节。他也曾用铜管、牛肠和山羊皮制作过一台乐器，只要一挤风箱便会发出孩子咿呀的声音，而其中的结构则参考了人类的声带和舌头……在炮击发生的时候，他正尝试用松木制作一副牙齿模型，不过，四月的断指显然更能引起他的兴趣。他很快便凑到近前，一边仔细观察那个罕见的断口，一边从抽屉里翻出药瓶，用一种靛蓝色的药水替那孩子清洗伤口，就像是在处理一件仅属于他的工艺品。但他的专注并没能持续多久，四月的父亲便赶了过来，而更重要的还是，紧随其后的人们竟运来了铁骨的尸首。第一眼瞥见铁骨脖子上的伤口，船医快锯就几乎再没能挪开自己的眼睛，那个怪异的、锋利的、藐视一切逻辑的断面一下子就唤醒了他沉寂已久的兴致，使他几乎要感谢这份命运赠予的珍奇。他暗暗下定决心，要将这份样本保留，从内里挖掘出所有他感兴趣的东西。他几乎忘记了自己是如何替四月包扎的伤口，又是如何向众人解释孩子的伤情，他唯一记得的只是当众人离去，房间里只剩下他和那具尸体，他竟突然两眼一热，被一种近乎初恋的幸福感充盈……

后来，当帝国海军逮住了铁骨曾经的部下，他们无论如何也不愿相信，那个使他们陷入战争的海盗竟已经死了，而且还是死于这样一种癫狂的结局。这场海战对愚人船最大的影响，就是令它失去了船首像，但这并不妨碍航行，而船上的生活也仍在继续，几乎与过去没什么差别，如果真要说有什么改变，那就是四月失去了一只拇指，众人获得了一些谈资，即便那可怜的孩子强烈反对，但“左拇指”这个绰号还是被他的伙伴们喊了起来，一下子就在甲板上流行了开去。

三 勇士

在船首像幽灵的怪谈被航海者们口耳相传以前，怪谈的主角还只是愚人船上的一名乘客，人们把他称作瘸子，并为他双腿的不幸遭遇感到惋惜。这种惋惜之情十分罕见，毕竟这艘船上从来就不缺乏悲惨的故事，人们感到惋惜，绝不仅仅因为他失去了双腿，更因为他发了疯，竟将这种残疾视作幸福的恩赐——正是他向快锯提出请求，让那位后来的船医锯掉了他健康的双腿。

这个可怜的人，曾拥有正常人拥有的一切，甚至比那还要丰盛得多，足以招来羡慕和忌妒。在登船以前，他已是一座铜矿的经营者，不但从远亲那里继承了一笔可观的遗产，还娶了一位年轻貌美的妻子，生了两个儿子和一个女儿。他会在夏天和家人一起到乡间的庄园避暑，在秋天骑上马带着猎狗到郊外打猎，在冬天邀请一群好友围在壁炉旁边玩纸牌或猜字游戏，等到春天回归，他又会陪着夫人往来于各个沙龙之间。虽然他的神情总有些阴郁，但他的生活在任何人眼中都显得美满无忧。所以，当他那隐秘的疯癫在压抑多年之后终于爆发，他身边的人全都感到惊惧，并表示不能理解。"是的，你怎么能够理解！"那天傍晚，当妻子觉察到异样，在仆人的帮助下破门而入，哭喊着夺过他手中的斧头，他也终于不顾颜面，继续痛击着自己仍在淌血的大腿，朝她喊出了这样的话："噢，这可怕的累赘，这顽固的障碍，我并不真的需要它，它也并不真的属于我，但它从我出生起就束缚着我，它令我不幸，它让我觉得自己可笑又笨拙。无数次，我暗暗祈愿，希望它能够离开，甚至在梦中目睹了它的消失，噢，那个时候我是多么幸福！但每当我醒来，每当我回到现实之中，我都发现它仍黏附在我的身上，用它的存在嘲弄着我，打碎了我的美梦。

你之所以不让我砍掉它，是因为你不明白我有多恨它！”自那一刻起，从妻子的目光之中，他就知道自己已不可能在这群正常人中间获得幸福。他偷偷离开了家，抛弃了一切，只为找到一个人，愿意替他拔除这份长久的痛苦。因为一次偶然，他来到了愚人船上，遇到了快锯，那位手握线锯的天使……

不久以后，阴郁的神情便从他的脸上消失了，他几乎成了愚人船上最幸福的人。快锯不但替他完成了截肢手术，还为他造了一辆小巧灵活的板车，以皮带将他的躯干固定，让他可以用双手在甲板上自由划行。那个天才的船医甚至还灵感突发地在车底安装了一个毛刷，使他能够承担起清洗甲板的工作。自此，在水手长的强烈推荐下，他终于被众人接受，成为愚人船的一员。或许，人们永远不会忘记他那断断续续的，掺杂着车轮摩擦的哼歌声，每一天，他正是在这单调又快乐的歌声中游遍了愚人船的甲板，对每一个遇到的人咧嘴微笑，说：“您瞧见了吗，这才是我本来应有的模样！”没有人能够反驳他，没有人能够否定这种幸福的真实性，然而，也恰恰是这种幸福的真实性，引起了人们的惋惜。

不过，即便是这样一个幸福的人，还是很快便遇到了新的烦恼。他并没有告诉过任何人，但在手术以后，瘸子的梦境便彻底改变了。他曾在那里寻得救赎，而到了现在，就像是要偿付他在清醒时获得的快乐一般，他总会梦见自己的双腿从断口处重新生长出来，变得更加粗大，也更加令他恶心，甚至还像树根一样往四方蔓延，要把他再次拖入不幸的地狱。最后，在那段船钟失灵的日子里，某一个迟来的清晨，也许是在梦中停留得太久了，瘸子猛然睁开双眼，发现自己竟俯身倒在地上，小车在他背后翻转，而最令他惊惧的还是一种饱胀撕裂的痛感，并没有随梦境消失，反而一直真实存在着，噬咬着他的灵魂，来自于身体下方那个本应消失了的部分。一阵强烈的不安袭来，他赶紧伸手去摸，却并没有发现归来的双腿，只是在断口那里捉住了几条肥大的蠹虫。他舒了口气，却还是暗自下定决心，不再到梦中冒险，直到那时，他才发现，甲板上到处都是蠹虫。愚人船似乎出了事故，意外地驶进了一个危险的海域，还碰上了暗礁，大家都在奔忙，没人顾得上他，不过，他也不急于向众人宣布自己的决定，认为人们很快便会知晓，因为从那一天开始，他便再没睡过觉，也再没闭过眼睛。

然而，事实上，等到瘸子的变化被大家察觉，已是许久以后了，而这都要归咎于那个时期发生的一连串怪事。它们是如此诡异，如此引人注目，就连愚人船的乘客都会毫不犹豫地把这段时日视作彻底的疯狂。后来，人们猜测，这一切或许可以追溯到那一次海盗袭击，或许，自勇士击败铁骨的那个瞬间开始，随后将要发生的事情便已经注定。

毫无疑问，勇士那近乎神祇的力量并非没有代价，在用脖子撞碎了铁骨的巨斧之后，他的身体虽然完好无损，他的心智却一下子发生了倒退。他经常像孩子那样摔跤，打碎东西，把鞋子穿反，甚至将裤子套在头上，似乎忘记了很多生活用品的名称和作用，就如一个初到世间的婴孩，对一切都充满了疑问和好奇。然而，即使他突然变得如此无知，甚至还因此做出许多令人咋舌的蠢事，他的行为却永远不会伤及自己。有一次，勇士一个人待在船舱里，盯着摇曳的风灯，似乎被那朵飘忽的火焰吸引，竟忍不住探出手，掰开滚烫的铁条，取下烧得漆黑的灯罩，直接用手心去抚摸那团小小的光芒，想要找到内里隐藏的珍奇。没有人知道勇士的手在火焰上停留了多久，直至那灯罩滚出舱门，从甲板的一端滚到另一端，碰到了快锯的脚，船医才作为第一个目击者，发现了勇士的愚行，但他却未能在后者的手上找到一丝烧伤的迹象。事实上，在他冲进船舱的时候，他几乎看到那团火焰披上了一层奇异的玫瑰色，失去了原有的亮度和热度，变成了另一种东西。另一次，勇士在货舱里弄破了一只玻璃花瓶，却望着一地锋利的晶莹，像是见到了漂亮的糖块一般，突然把碎片捡起，放入口中。随后，还没来得及阻止他，众人便听到他腮帮里传出一阵清脆的事物粉碎的声音，当他们强迫勇士把口中的残渣吐出，人们发现那块玻璃竟已经融化成了糖浆的形貌，甚至还冒出一股奇异的微甜，而勇士的舌头和牙齿却毫无破损的痕迹。如果事情仅止于此，如果这些异象并不会造成什么实际的妨害，而只是让灯火和玻璃都变得不再能够伤人，那么愚人船上的众人或许还不会太过在意，然而，他们很快便发现，事态开始变得越来越严重，大有完全失控甚至将现实世界侵蚀殆尽的趋势。首先出问题的是船帆，人们突然发现，再强的海风也无法将它吹满，甚至无法令它鼓涨分毫，它没有破，却毫无缘由地罢工了，犹如一片凋零的树叶，再也无法推动愚人船前行。紧接着是缆绳，水手们报告，那些被他们打了无数遍的绳结竟突然失效了，就像是忘记了自身存在的意义，纷纷如海蛇般滑脱，无论用什么方法都再不可能系紧，也再不可能拴住任何东西。没过多久，就连一贯可靠的船钟也未能幸免，无论是灵巧的指针、精密的齿轮，还是旋紧的发条，全都像抛下了它们被工匠赋予的职责，开始跳跃，变形，扭转，相互咬合成奇怪的结构，将单调的钟点报时变成了一场戏谑的演奏。到了后来，一切都乱了套，水手长根本无法确定愚人船的航向，因为罗盘竟开始指向天空，而他还总能在六分仪的镜片后面看到十二个虚幻的太阳。大副每一次铺开海图，都会见到一个全新的世界，有时海岸线就在他的眼前改变形状，盘曲起来，而岛屿则会随意漂移，就连代表暗礁的墨点也会不时聚散迁徙，就像是一群在纸上游行的蚂蚁。最后，就在人们对这场疯癫忍无可忍，决定抛锚暂停航行的时候，他们目睹了那个极度可笑的景象——笨重的铁锚竟漂浮在海面之上，藐视着这个世界的法则，宛如一片轻巧碎木，拒绝了必然的下沉。

“噢，这个世界真的疯了么！”水手长揉了揉他的三角眼，不敢相信自己看到的一切。

“那是什么？”这时，勇士也挤进围观的人群，好奇地望着那个漂浮的物体。

“那是船锚。”对于这个看似愚蠢的问题，只有大学者做了耐心的解答，“通常它会沉到水底，使船停稳。”

那一刻，就连大学者本人也绝不会料到，正是这样一句平淡得近乎沉闷的回答，竟成了拯救愚人船的契机。只见勇士若有所思地点了点头，像是理解了对方的话语，紧接着，奇迹发生了，海面上的铁锚似乎也听到了他们的对话，突然意识到了自身的职责，骤然下坠，转眼便带着锚链一起沉入海底。人们面面相觑，还不明白发生了什么事，大学者却像是突然意识到了什么，凑到勇士身旁，示意他把视线转向那高悬的风帆："那是帆，当它迎风展开，便能为我们的船提供动力。"勇士望着那片死去多时的帆布，又点了点头，相信自己学到了新的知识，而静滞的船帆也在那一刻恢复了生机，重新鼓涨起来，感受到了袭来的海风。于是，直到现在，人们才找到这一连串异状的原因，终于明白了，为什么铁骨的巨斧无法伤到勇士分毫。

"这个可怜的人，他的力量并不强大，他的身躯也并非我们所盲信的那般坚不可摧，他侵染了我们的世界，却全然不是出于自身的意愿，而仅仅是出于一种可怕的无知，一种突然降临的，极尽癫狂的无知……"浑浊的眼镜上笼罩了水雾，在陈述自己的猜测时，大学者的语调带着一丝战栗。"他不知道斧头可以劈开血肉，也不知道钟表可以计算时间，于是斧头和钟表便真的失去了它们的效用。他令周围的器物全都变成了废品，只因他并不理解器物在制作时被赋予的目的和用途。他的无知足以歪曲现实，是一种否定的、毁灭的力量，将仅属于他的真实强加于我们的世界。但讽刺而又值得庆幸的是，他或许永远也无法用这种力量让自己获利，因为他一旦有了明确的目的，一旦刻意去关注并了解自己将要干涉的事物，他也会变得不再贫瘠，不再荒芜，随着无知的消隐而失去对这些事物的统治。在他的身上，知识就如毒药，而无知却从来不是弱点，不仅如此，无知更为他消灭了所有潜在的弱点，因为，可以肯定的是，他不知道的事物将永远不可能伤他分毫……”

很快，大家便用实践证明了大学者的猜测，他们纷纷来到勇士跟前，向他讲解罗盘和六分仪的作用，绳结的打法，还有各种各样连孩子都懂的常识，没过多久，愚人船上的器物便全都恢复了常态。有的人还突发奇想，找来一个早已开裂的水杯，欺骗勇士说“它能够装水”，甚至一度博得了勇士的认同，但这取巧的尝试最后还是以失败告终。虽有这么一点小小的失望，但在那些天里，人们还是乐此不疲，开始重新审视身边的一切，并将自己的发现与勇士分享，就像是回到了懵懂的童年。

不过，也有人对事情的发展并不满意，那便是四月，勇士的孩子。看着大家像对待珍兽一般对待自己的父亲，他感到心中难受，那是一种愤怒和羞耻相交杂的感情，使他只想要找到那个早已被人们忽略的原因，想要知道究竟是什么让父亲突然堕入到这种疯癫的无知之中。隐隐地，他开始后悔了，因为他在过去并不喜欢正常人，认为正常人没有资格留在船上，所以他曾暗暗许愿，希望父亲和自己都是疯子。但父亲却总是拍拍他的肩膀，十分肯定地向他宣告，他们父子都是正常人。这令他十分失望，他反复追问，缠着父亲，想知道他们为什么能够在愚人船上安家，甚至逼得父亲不得不编造出一个拙劣的谎言，和其他船员一起哄骗他，声称在登船时他们还有另一个家庭成员，一个名叫十月的小疯子，他不但是四月的孪生兄弟，更早在四月记事以前便已夭折……然而，到了现在，这个难以令人信服的故事早已没有存在的必要，父亲正以其无可争辩的疯癫向四月证明了他们留在这里的正当性，但四月并没有为此感到欣慰，因为他已逐渐开始理解，若要以疯子的身份在这世上生存，一个人必须背负怎样的东西。

“正常人是彼此相似的，他们可以结成伙伴。但疯子却各有各的疯癫，他们永远无法相互理解。”

望着被人群围困在中央的父亲，四月摩挲着自己断掉的拇指，感到痛苦，禁不住回想起这场灾难最初发生时自己目睹的一切。那个时候，鲜血正从断指处喷涌而出，将他扯入炽烈与剧痛的虚无，泪水浸没了他的眼睛，也浸没了周围的一切，恍惚之中，他见到了一个女人，那是一张陌生的面孔，却令他觉得莫名亲切。女人身上散发着一种酩酊的馨香，点燃了幻觉，四月感到身体逐渐失去了重量，开始在空中飘浮，一下子便远离了他所熟知的世界。直到多年以后，四月仍会不时回想起这种气味，想要找到它的根源，却终究只能借茴芹和苦艾充当替代品，无法真正触及这段逝去的往昔。女人轻抚着他的额头，吻着他的脸颊，用一种陌生的语言在他的耳畔发出低吟，好似魔咒。四月一个字也没听懂，却又完全理解了女人所说的每一句话。他知道，海盗将逃离他的家园，他知道，伤口将愈合，痛楚也终将过去，他知道，他曾忘却了某些重要的事，他更知道，自己竟一直被深爱着，而眼前的这个女人正是他的母亲……突然，他睁开双眼，见到了船医，却再也找不回那个女人，再也没能见到自己的母亲。他惊讶万分，呆望着虚空，心中反复默念着那个生命里长久缺失的词语——母亲。毫无疑问，他应该有一位母亲，他无论如何也不能理解，为什么自己从未想过这个问题，而更让他疑惑的是，就连父亲乃至其他船员都像是刻意忽略了这个理应存在的人物，竟从未向他提起他的母亲。这种群体的遗忘是如此荒谬，以至于他们宁愿杜撰一个可疑的孪生子来哄骗自己，也没想到去杜撰一个显然更具说服力的母亲。

那个时候，勇士正用他疯癫的无知改写世界，四月虽不至于被彻底遗忘，但他对于母亲的种种疑问已很难从父亲那里获得解答。他感到烦恼，却缺乏依靠，也许正因为如此，他才会和瘸子成为朋友——男孩断掉的拇指和他在深夜里的叹息触动了那个抛弃了双腿和睡眠的疯子，使他突然对四月产生了一种相知相惜的热情。

瘸子总会划着小车来到男孩身旁，安慰他说，失去拇指或许也不完全是坏事，而在勇士被众人围困的时候，他还会给男孩讲述与内陆有关的事情。正是通过瘸子，四月第一次了解到，在他从未去过的地方还有冰雪覆盖的群山、一望无际的田野，羊群白得像天上的云朵，而向日葵则是一种神奇的花，有如金色的水母，还会追逐太阳。不过，瘸子很快便发现，四月的烦恼并不仅仅是那断掉的拇指，男孩将自己所见的一切告诉了他，包括那个令他依恋的陌生女人，还有她身上酩酊的馨香。瘸子当然知道，那孩子遇到了什么，但他却无论如何也不愿回答四月的问题，不愿说出那个女巫的名字，因为他喜欢四月，他不希望四月堕入疯狂。每到那个时候，他便会故意说起一些可怕的传说，想让男孩停止追问。有一次，在讲完矿洞深处的喷火蠕虫和迷宫中的牛头怪以后，见男孩还不罢休，瘸子便提到了那棵隐没在沼泽深处的老橡树，按照他的说法，那是一棵活了数千年，拥有智慧，会说话的树精，几乎没人敢靠近它，因为它吸收了太多瘴气，树干上长满了毒瘤，曾有一个胆大的樵夫想要砍掉那棵橡树，结果刚一下斧便被毒瘤里溅出的树液弄瞎了双眼。

"毒瘤？"似乎从未听过这个词，男孩终于转移了注意，他思索了一下，便抬手指着厨房角落里那一袋刚运上船的洋葱，问："那就是毒瘤吗？"

瘸子一下子睁大了双眼，随即爆发出长久的笑声，他凑到近前，把男孩搂入怀中，极力伸出手，不停抚摸着四月的脑袋，他笑得如此忘情，甚至到最后也没法控制住自己的声音去替男孩解除这太过天真的疑惑……

不过，这段时光并不长久，当勇士逐渐从无知中脱离，人们也开始注意到了瘸子的变化，无论是他在夜里划动小车时发出的声音，还是他为抗拒睡意而反复哼唱的歌谣，又或是他决不妥协的态度，这些都成了莫大的困扰，令人们不得不考虑将他安置在某个远离舱室的地方。最后，还是快锯发挥了他船匠的创意，找到了解决的方案。他们将瘸子拴在船头，替换了被炮弹打碎的青铜小丑，于是，没有双腿的瘸子就成了愚人船的新标志，一尊活的船首像。对于这样的安排，瘸子本人并不抗拒，只要人们不再逼他睡觉，他便乐得待在那里，他甚至向水手长讨来了一根钓竿，好打发长夜的无聊。自那时起，船首像幽灵的怪谈便在航海者之间传开了。若有船只在夜里行经愚人船，那些可怜的正常人就很有可能在它的船头目击到一尊丑陋的半身像，看见他挥舞钓竿，听到那些来自异域的不着调的歌声。每每遇到这样的情况，瘸子便会大笑起来，朝远处的瞭望者扬手致意，但这通常无助于解除误会，只会使他们转舵并加速逃离。不过，瘸子和四月的友谊并未因此受到影响，每到睡不着的时候，男孩便会到船头去找他，瘸子会和他分享当天的收获。有一次，在一堆平淡无奇的黑鲷鱼、银鲱鱼和蓝点马鲛鱼中间，四月有了意外的发现，那是一个清澈的、反射星光的物件，就像是某件被时间遗落的珍宝，带着魔力，一下子就攫住了男孩的目光。

“噢，你喜欢吗？喜欢就拿去吧。”瘸子毫不在意，“那只不过是一只漂流瓶。”

那一夜，四月返回船舱的时候，所有人都已经睡了，他将漂流瓶藏好，生怕被别人抢走了似的，仅在独自一人时才敢再翻出来检视一番。瓶子里有一张纸条，但四月并不识字，在很长一段时间里，他对这只漂流瓶的全部印象便停留于它晶莹的外表，还有内里封存的气息，那是一种熟悉的令他想起母亲的酩酊气息。

四月获得漂流瓶还不到一星期，勇士便死于一次荒唐的意外。

那天，人们刚刚结束一场疯人展览，完成了补给，正在船上吃饭，厨子从港口购入了新鲜的食物，让长久忍受肉干和发霉面包的众人一饱口福。

四月坐在父亲身边，面对喧闹嬉笑的人群，显得有些心神不定，当勇士伸手去拿碟中的香肠，旁边的水手长递过来一把小刀，说：“老伙计，用这个吧，这是刀，可以切肉。”勇士顺从地接过刀，点了点头，至于随后发生了什么，则没有一种说法能令所有人信服。

有人声称，是刀柄上沾的油渍使那利刃蹦出了勇士的手心，也有人声称，是勇士用错了刀背，结果那倒霉的香肠竟把刀子反弹了回来，甚至还有人说自己看见小刀就像中了邪一般，突然凌空飞旋，直扑向勇士的脖子，总之，当他们反应过来的时候，那把小刀已经刺入勇士的喉咙，就像是终于完成了它存在的目的，连刀柄都还在兴奋地微微颤动。

人们惊叫起来，找来了船医，但一切都已经无法挽回，那曾经粉碎了巨斧的脖子已彻底被小刀割开，内里的鲜血就像另一种液态的生命，终于脱离了长久的禁锢，开始在甲板上奔流，直到葬礼结束后才逐渐暗淡凝固。死亡就在那恐怖的喧哗之中降临，勇士朝四月伸出手，以一种遥远的目光望着自己的孩子，神情怪异，似乎要说些什么，却始终无法发出一丝声音。而那个即将成为孤儿的男孩就像吓呆了一样，没有上前，没有后退，没有哭喊，也没有移开自己的眼睛，他浑身发抖，自始至终都坐在原地，望着父亲一点一点冷去。

没有人知道，四月在那个瞬间到底经历了什么，而四月也永远没有机会告诉任何人，就在事故发生前的一刻，他竟认出了那把凶器，突然意识到，父亲接过的恰是在过去剁下自己拇指的小刀。一阵反常的痛楚从早已不存在的断指处爆发，使男孩的意识被一种无法抗拒的情感占据。四月感到害怕，不幸的经验令他堕入非理性的不安，几乎使他认定，这把小刀会再一次带来厄运。

于是，直到利刃捅入父亲的喉咙，四月都只是静静地盯着父亲，几乎无法分辨那映入脑海的景象究竟是来自他的狂想，还是来自他的眼睛。或许，尽管只是提前了微不足道的片刻，但他确实看到了未来，预见了父亲的死，又或许，他像父亲那样能借幻想干涉世界，但又误用了这种力量，并最终导致了父亲的死……这种疯狂的想法折磨着四月，竟使他一度否认父亲死亡的真实性，相信只要自己能想象出父亲活过来的情景，他的父亲便会重新睁开眼睛。但任何尝试都已是徒劳，海葬的小船很快便载着父亲的尸体消失于天边，而四月也终于放弃，开始哭泣。

随后，就在葬礼结束的当晚，四月回到船舱，在自己的吊床旁边遇到了一个陌生男孩。那男孩拥有一张四月最为熟悉的面孔，前一刻还哭丧着脸，一见到他便微笑起来，令四月不寒而栗。那个人便是十月，四月的孪生弟弟。

四 孪生子

从一开始，四月便对十月抱着怀疑和敌意，他寻遍了自己的记忆，也没能发现这个孪生弟弟的痕迹。但眼前的男孩是如此真实，其存在根本不容否定，无论是身材、相貌，还是动作或神态，他都和四月一模一样，甚至比孪生兄弟更像孪生兄弟。十月走上前，握住四月的手，四月本以为自己会退缩，却发现他竟无法拒绝。

“亲爱的哥哥，收下它吧，这是来自我们母亲的礼物。”一阵冰凉的触感自掌心传开，融化在空气里，四月摊开手，见到一枚以布帛密实包裹的护身符，扁扁的，边缘颇不规则，就如海兽脱落的鳞片。四月的意识有些模糊，他似乎又开始晕船，嗅到了引人思念的馨香，回到了酩酊的过去，沉入对母亲的记忆里。这一次，那个女人正用另一种无法听懂的语言对他的内心发出耳语，要他接受这个突然出现的弟弟。四月定了定神，环视四周，试图把意识留在现实世界，那个时候，船舱里还有好些人没有入睡，他们都望着这两兄弟，懒懒地，带着一丝讶异，但令他们讶异的似乎并不是十月的突然出现，而是四月对十月身份的怀疑。“你怎么了？左拇指，他可是你的弟弟啊。”“别任性，左拇指，他已是你最后的亲人了。”这些质疑和规劝从各处传来，却越发让四月陷入混乱，幽蓝的夜雾笼罩着整个船舱，使他无法看清那些人的面孔，他知道他们全是疯子，却又禁不住暗暗担忧，不知道自己是不是也在不经意间堕入了某种记忆错乱的癫狂之中。

“但是，你不是死了么？”终于，四月在弟弟面前鼓起勇气。

“是的，我是死了。”十月微微一笑，并没有否定哥哥的说法，“但你忘了么，我也是个疯子，在疯子的世界里，死而复生又有什么稀奇？”

四月无法反驳，放弃了与疯子说理，他点点头，妥协了。自那一刻开始，他告诉自己，他有了一个孪生弟弟，纵然如此，他始终觉得十月难以亲近。对四月而言，弟弟不仅是个疯子，更拥有一种超越疯子的怪异禀赋，他的突然到来非但没有引发骚动，反而侵染了众人的记忆，使本不合理的一切都显得合理。

对四月的孪生弟弟，人们一点也不觉陌生，他们把十月叫作“右拇指”，与四月的“左拇指”相对，仿佛从一开始这两个绰号就是一对，甚至能够追溯到同一个起源。四月无法接受，并不是因为他想独占这个绰号，而是因为他十分清楚，带来这个绰号的惨剧与弟弟毫不相干，那是发生在十月出现以前的事情。然而，当他向伙伴们抱怨这一点，所有人都用惊讶的目光望着他，感到难以置信。牛蛙和黑眼眶一口咬定十月当时也在场，墨鱼和龅牙甚至还进行了极具说服力的推理：“左拇指，你瞧，如果没有右拇指，我们为什么不直接管你叫‘拇指’呢？要不是你们实在长得太像，大家也不会想到用这种方法来区分。”直到那时，四月才发现，弟弟竟与自己一样，少了一只拇指，唯一的差别仅在于十月失去的是右手的拇指，这似乎与他是左撇子有关，而在众人的记忆里，他们两人竟是在同一场游戏上遭遇了同样的意外。“噢，不，这简直荒唐！”四月还不屈服，他努力回忆当时的情景，想要戳穿这个骗局，突然，似乎想到了什么，他高叫起来：“你们难道忘了吗，游戏的规则是右手拿刀戳左手，就算十月是个左撇子，他也是绝不可能砍到右手的！”众人听了面面相觑，但这怪异的沉静只持续了片刻，黑眼眶便笑了，他说：“怎么可能，如果真有这么愚蠢的规则，我和十月从一开始就不会参加了，你以为我们都是傻瓜吗！”一直沉默的十月微笑起来，对同是左撇子的黑眼眶表示赞同。看着他们之间那种天真的默契，四月终于绝望了，他接受了这个事实，意识到自己的记忆竟会与旁人有如此大的分歧。他开始感到不安，担心自己在过去的许愿或许又一次应验了——在父亲之后，他很可能也变成一个疯子。

勇士死后，愚人船上有一位乘客大发善心，主动成为四月和十月的监护人。人们称他为馆长，据说他曾在帝国的皇家博物馆工作过很长一段时间，但他并不喜欢这个称号，每当他对众人讲述自己的过去，他都会刻意忽略与博物馆有关的问题，而把自己塑造成一位探险家和收藏家。馆长在愚人船上很有地位，不仅仅因为他在登船时带来了可观的财产，也因为他还独力经营着另一种生意，为愚人船提供了一笔额外的收入。

那天，四月和十月一起走进馆长的私人舱室，第一次发现，这艘船上竟还存在一个如此庞大的空间。门旁的风灯散发火光，却无法映出四周的墙壁。那个老人就坐在一张摇椅里，注视着他们，此外还有好几对闪烁的眼睛悬浮在他身后，大小不同，颜色各异，全都隐没在迷蒙的幽暗中。老人没有让男孩走进自己所处的黑暗，却把一只布袋交给他们，布袋里全是黄褐色的虫蛹，微温，有的还在扭动颤抖。“把这扔进大海，我将有很长一段时间不需要用到它们了。”这便是四月从新监护人那里得到的第一项指示。男孩照做了，并不敢多问，却始终无法忘记那些在老人身后闪烁的眼睛。后来，因为一次十分偶然的机会，四月才得以跟随馆长走进舱室深处，窥见了自己长久好奇的秘密。那是一个平静的早晨，四月像往常一样来到船头，想要看一看瘸子昨夜的收获，他已经从瘸子那里得到了好几只漂流瓶，却总期待着更多。而这一次，相比起漂流瓶，他见到了一件更稀罕的事物，那是一条奇特的大鱼，牙齿锋利，双眼幽深，鳞如甲胄，尾似长矛，鱼鳍粗壮得就像野兽的四肢，通体泛着青黑的光芒，与任何其他鱼类都迥然相异。

“噢，这究竟是什么东西？”

“不知道。”瘸子耸耸肩，“不过，如果鱼也会发疯的话，它就准是一条疯鱼。”

“不，它没有疯。”忽然，在四月身后，两个声音同时响起，几近重叠，“它是一条腔棘鱼。”

说话的两人正是馆长和大学者。听见对方的声音，他们都怔住了，望着彼此，却并未如人们期待的那样展露会心一笑，反而堕入一种略为紧张的尴尬之中。但这对峙仅持续了短暂的片刻，大学者便垂下眼，扶了扶眼镜，将神情隐藏在浑浊的镜片后面，走开了。而馆长则清了清嗓子，踱步上前，让四月抱起那条黏糊糊的腔棘鱼，与他一同回到巨大的舱室之中。

于是，跟在馆长身后，四月又一次遇到了那些闪烁的眼睛，更在黑暗中发现了它们所附着的躯体，那都是些陌生的生物，有的通体覆盖黑毛，拥有健壮的躯干和尖利的爪子，有的浑身灰白，满布圆斑，拖着粗大的尾巴，有的肥矮圆滚，背部全是棘刺，有的四足修长，头顶长着珊瑚般的犄角……当时的男孩并不知道它们的名字，只感觉自己堕入了奇异的幻境，而等到他终于能够分辨黑熊、雪豹、刺猬和麋鹿，则已是许久以后的事情。这些沉默的生物全都被固定在台座上，保持着生前的形态，似乎仍可以奔跑跳跃，嘶吼低吟，却无不散发着一股幽深的，与死亡相连的气息。

“别怕，它们只是标本。”老人看了男孩一眼，淡淡地解释了一句。他命令男孩把鱼放在工作台上，而四月也趁机环视四周，在那张长桌上见到了镊子、针线、弓形刀，以及一个木架，放满了大大小小的药剂瓶。除此以外，在角落的黑暗之中，男孩似乎还见到了一个巨大的玻璃箱，内里更有一团黑褐色的物体在蠕动翻滚。当馆长开始工作，男孩走出了舱室，他长久的疑惑解除了，却又陷入别样的疑惑之中，那玻璃箱里蠕动的物体取代了虚空中飘浮的眼睛，成为他在梦里不断思索想象的东西。

馆长是一个博学的人，似乎知道许多别人并不知晓的事。船上那个胖小子之所以被叫作牛蛙，也正是因为他。老人曾说那孩子梦游时的鼾声很像牛蛙，但事实上，除了馆长，船上根本就没有人见过牛蛙，即便如此，那个患有梦游症的胖小子还是被人们安上了这个绰号，直到他死的那一天，人们才回想起馆长的话，真正把他的绰号同那种生活在水源附近的两栖生物联系到一起。

在四月眼中，馆长除了博学，还是一个怪异的人，他似乎很鄙视周围的人，私下里把他们统称为“流氓”“野蛮人”，又或是“无知的家伙”。他吃饭时总是一个人坐在一边，而且只会用自己带的餐具，那套餐具由两把餐刀，四只餐叉，三只汤匙，以及一把专门抹牛油的小刀组成，尺寸各不相同，全是银制的，上面还刻有无人能懂的字母缩写和精致的玫瑰纹章。馆长会把它们用餐巾包好，在饭前逐一取出，排列在桌上，即便食物只有发绿的面包和硬得像木柴的肉干，他也从未简化过这一仪式。他有时会让四月到快锯那里去取些木工用剩的细刨花，有时又命令四月把被黄毛咬死的海鸟残骸带回他的舱室，当愚人船停靠在陌生的海岸，他还会向当地的猎人打听消息，购买从未被命名的异兽珍禽。有一次，他甚至带回来一个刚诞下的畸形死婴，似乎对它多出来的头颅和分叉的脖子很感兴趣。那一天，四月抱着那个尚未完全冷去的双头婴儿，跟在馆长身后，再一次走进幽暗的舱室，发现上回的腔棘鱼已经被固定在台座上，浑身僵死，加入了其他标本的行列，闪烁着一双凝固的眼睛。老人走过工作台，打开男孩记忆里的玻璃箱，命令他把死婴放进去。那一刻，四月在箱中见到了自己梦境的原形，那是蠹虫，无数蠕动的蠹虫，这些黑褐色的、肥短的、浑身满布刚毛的生物正聚集到一处，啃噬着一只猫头鹰的尸体。此外，箱中还四散着好几副完整的动物骨骼，全都像被最细腻的工具刮去了血肉一般，极其惨白，就如艺术品一般精致洁净。

“你知道吗，如果你想要得到一副完好无损的骨架，那么蠹虫就是最可爱的精灵，无论是皮毛、翎羽、血肉，还是软组织……它们会吞吃一切，唯独留下骨骼。”直到听见馆长的低语，四月才发现，这个舱室又变大了。更加幽深的黑暗沉降下来，笼罩着他尚未涉足的地方，那里甚至不存在闪烁的双眼，只有一副副精致的骨架。它们全都被拼接成生动的形态，静静的，就像一幅幅尚未上色的线稿，以暗示的方式描绘着那些活物生前的模样，却又刻意隐去了确凿的答案，引燃了观者的无限猜想。“一副骨架所能够包含的信息往往比一件完整的标本更加丰富。它隐去冗繁的细节，提供一种简化的真实，让人们可以用自己的想象去填补那些原本被血肉窒息的缝隙。它的美丽是纯粹的，也是残缺的，恰是这残缺提供了一种开放的可能，让欣赏它的人可以参与到创作中来，一尝仅属于造物主的愉悦和欣喜……”

四月听不懂老人的话，也并没有认真听，当他看到玻璃箱里的蠹虫爬上死婴的脸，他的思考便彻底停滞了。一阵奇痒的幻觉烧灼着他的皮肤，使他如受惊的野兽一般逃出黑暗，他反复摩挲着自己的脸，却没能在身上发现那些正在噬咬他的，事实上并不存在的蠹虫。

欣赏着男孩战战兢兢的背影，馆长微微一笑，从玻璃箱里把骸骨逐块取出，沉浸到自己的工作之中。他先从一副蜥蜴的骨架上取下头骨和脊椎，再从一副海鸥的骨架上取下肩胛骨和双翼，又找到一副松鼠的骨架，自它的肱骨和股骨开始取下四肢。他盯视着这些琐碎的骨头，来回踱步，沉吟良久，突然灵光一闪，拿出工具对它们仔细打磨。经过好几次尝试，他终于在蜥蜴的脊椎上找到了一个满意的位置，可以将海鸥的双翼嵌入其中，而松鼠的股骨在经过修整之后也恰好能与蜥蜴的髋骨相匹配，使它们可以自然地彼此相连。他开始将这破碎的一切重新拼接、黏合，很快，那个理想中的生物便借着这副崭新的骨架呈现出来，它拥有爬虫类的头和躯干，野兽的四肢，肩上还生出一双翅膀，能够翱翔天宇，就如童话里恶龙的雏形，在现实世界中获得了存在和形体。

“达兰若龙，你原本生活在南海的达兰岛，你的父母在峡谷顶端筑巢，猎食人类的家禽和家畜，而我则是在一次探险中偶然捡到了坠落地面的，仍是若龙的你……”在长久的雕琢之后，馆长终于停下了他造物主的工作，欣赏着眼前这件全新的作品，开始自言自语，并对自己编造的故事感到满意。

自从他在博物馆里进行了第一次尝试，他便爱上了这个行当，总有无知的暴发户从远方赶来，对他的谎言深信不疑，愿意花重金买下这些怪异的物种。他迅速暴富，却也因为创造了一个又一个学术丑闻而遭到驱逐。但他从未感到后悔，因为笨蛋到处都是，他既可借骸骨满足自己造物的欲望，又能欣赏到愚人盲信的表情，与这两件美事相比，就连随之而来的金钱都只是细枝末节的问题，唯一的困难仅在于他要强忍住大笑的冲动，一直保持沉稳严肃的声音，好让他的展品和故事都更具说服力。有一次，红胡子大副忍不住内心的疑惑，向馆长询问该去哪里捕捉他刚刚卖给商人的“圣灵鸟”。他冷冷地看了所有人一眼，终于爆发了，那长久的狂笑令整一套银制餐具都在桌上跳跃嗡鸣，他高声叫喊：

“你们这群笨蛋！你们抓不住它，却只能抓住孕育它的鸽子和老鼠。它并不属于这个世界，也不属于你们所知的任何一个造物的神祇，它是属于我的，是我独创的事物！你们甚至没能发现，就在刚才，你们终于把我奉为神灵！”

很可惜，四月当时并不在场，因此也没能触到这些谎言背后的真相，他依然天真地相信馆长说的每一句话，直到老人离奇死亡的夜晚。

秋季，昼夜平分的那天，愚人船驶进一座海滨城市。在那海岸线上，十三座灯塔有如一串闪烁的项链，供奉着不同的偶像，燃烧着颜色各异的焰火，六条来自远方的水道在此地汇成一股，倒映着密林般的住宅、商铺、教堂和剧场，也把城市分为南北两岸。南岸的人用南方口音把这座城市称为“海神的翡翠”，他们的建筑全都大门朝西，被漆成淡绿。而北岸的人则用北方口音把这座城市称为“海神的刚玉”，他们的建筑全都大门朝东，被漆成深蓝。至于外来者，则分不清南北口音的细微差别，亦对这一切都不怎么关心，他们眼中只有一座庞大的城市，而这通常也意味着财富、罪恶、好事的看客，以及谎言的信徒。

愚人船在这里停留了好几天，每一天的疯人展览都引来了人潮，而馆长也趁此机会在船上开起了另一个展览——只需支付两枚铜币，那些百无聊赖的城里人便能够登船去一睹他的伟大收藏。

四月和十月成了馆长的助手，他们把黑熊、麋鹿和腔棘鱼搬上快锯制作的板车，使其在甲板上列队巡游，又负责在舱室门口收费，领参观者走入那个满是异兽骸骨的洞窟。正是在那个时候，馆长第一次向世界展示了他最为自豪的新作，却并不知道，那已是他此生最后一件作品。

在幽暗的船舱中央，那个幻想的生物一下子便吸引了所有人的注意，它的庞大、繁复与奇诡甚至超越了所有其他展品的加总，到了现在，就连馆长自己也已经弄不清它究竟由多少种生物的骨骼拼凑而成，他只是忘情地陶醉在这件艺术品的辉煌之中，仿佛连他自己也开始相信，他真的有过那些惊心动魄的经历：

“她叫席拉，是真正的海妖。我们第一次发现她时，她正浮在大海中央，下半身覆盖鳞片，上半身满布毒瘤，九条蛇尾翻卷游动，在巨浪中闪烁着九种不同的金属光泽。她拥有六个头颅，有的长在腰上，有的长在肩头，有的像狮子，有的像鳄鱼，有的像狼犬，还有的竟长着一对人类孩童的面孔，她在嘶吼，在歌唱，那不是一种能够被描述或想象的声音，听到的人不是发了疯便是彻底失去了在人间的安眠……”

仰望着那尊骸骨组成的巨大雕塑，老人发现，自己已不愿把她转让出手，因为他爱她，崇拜她，他双目圆睁，兴奋得手舞足蹈，极力发挥出自己全部的表演天赋，令在场的每一个人都堕入到那段激动人心的传奇之中。

“她的利爪上带着锯齿，只一挥便能劈开水手的胸膛，她的舌头像章鱼的触须，上面溢出的唾液足以腐蚀钢铁，她的吐息带着剧毒，只消吸入一口，你身上的血液便会化作黑色的脓浆……”

欣赏着众人悚然的神色，馆长不能自已，又在先前准备好的故事里加入更多可怕的元素，直到许久以后才开始讲述他是如何与海妖搏斗，又是如何侥幸生还的。那个时候，他一定不会注意到，就在这些不断爆发出惊叹的城里人身后，就在这个舱室的门口，还有两个小小的观众正注视着他的作品，谛听着他的声音。

四月提着灯，站在光芒与黑暗的边缘，独自臆测着海妖的模样。他感到害怕，尝试让自己不再多想，但这种刻意的逃避却越发把他的注意力束缚在原处，迫使他一遍又一遍地想象着海妖的利爪、吐息和舌头。他的思绪似乎背叛了他的意愿，固执地与他作对，要将他置于危险，拖入深渊。他双腿打战，冷汗直流，几乎跌倒。就在那时，十月忽然夺过他手中的油灯，凑到近前，照亮了他惨白的脸。这个神秘的孪生弟弟微微一笑，丝毫不掩饰内心的兴奋，伏在他耳边，说："我们今晚就出航了，不知会不会遇上海妖？"

当晚，四月做了个梦，他梦见自己又跟随馆长走进舱室，重新见到了台座上的海妖。然而，这一次，她已不再是一副骨架，却活了过来，其形象就与馆长描述的一模一样，朝男孩和老人发动了攻击。她挥舞利爪，一击便把男孩打飞到最远的角落，直到撕裂的剧痛从腹部袭来，四月才发现自己的身躯早已被斩成两截，无数血珠飞溅而出，正在海妖的吐息里变成漆黑……

猛地睁开双眼，四月从吊床中惊醒，他惶然捂住肚子，似乎依旧能摸到那个并不存在的伤口，感觉到那种致命的疼痛。晨光倾斜，投落在地上，照亮了周围的一切。发现舱室里一切如常，四月长舒一口气，定了定神，刚想要忘掉那个疯狂的梦，便察觉到甲板上有骚动的人声。

在那天清晨，愚人船的乘客们全都听见一阵奇异的呼喊从馆长的舱室传来，就像是深谷中的回响，以老人的声音不断重复着："这不可能！这不可能！这不可能……"

那喊声是如此激烈，如此长久，成百上千遍地否定着，仿佛已持续了整个长夜，使人们不得不猜测那个老人是不是也陷入了某种疯癫之中。最后，人们终于无法忍受这声音，撞开了馆长的房门，而那呼喊也像是终于找到了发泄的出口，从阴影冲入阳光下，逐渐减弱，有如一个行将消散的幽灵。

在舱室中央，人们找到了老人死去多时的遗体。那是一个难以解释的景象，人们点起油灯，照亮四壁的狼藉，见标本和骨架都坍塌了，就像是刚刚经历过一场地震，长桌被某种巨力劈开，断口处有锯齿状的刮痕，玻璃箱破了，却并非碎裂，而是留下了无数烧蚀的孔洞，墙上和地上到处都是蜿蜒的水迹，仿佛曾有数百条海蛇在此爬行。而最让人费解的还是，那副巨大的海妖骨架竟不翼而飞，只剩一个空寂的台座，就连一粒骨头的碎片也没有留下。这时，快锯走出人群，开始检视馆长的尸体，他在死者胸前找到一个致命的伤口，却发现从那里流出的并不是血，而是一种黑色的，散发恶臭的液体。老人仍保持着生前的姿势，手握一把餐刀，像是在与什么东西搏斗，但那银质的刀刃已被某种奇怪的黏液腐蚀殆尽。很快，四月也走了进来，第一眼就在舱室尽头发现了孪生弟弟的尸体，那个可怜的男孩就倒在最阴暗的角落，像是被众人遗忘了一般，身体竟从腹部开始被拦腰断成两截，爬满了正在暴食的蠹虫。

对于这件怪事，人们议论纷纷，有人说这是一场被盗匪精心装饰的劫案，只为抢走馆长的珍宝，有人说这是老人筹备已久的自杀，只为在最后留下一个无解的悬念，再一次愚弄世人，也有人归咎于青舌，断定老人遭到了女巫的诅咒，而更多的人则对此并没有什么看法，因为他们相信，疯狂往往没有因由，而为疯狂寻找解释的尝试则只会归于徒劳。就在人们推理猜测的时候，忽然间，角落里传出一个孩子的声音，带着恐惧的震颤，打断了人们的低语，那是四月，他说：

“是海妖，是海妖席拉……”

所有人都笑了，红胡子甚至哼了一声，对这个孩子的说法嗤之以鼻，他似乎还在记恨馆长对他的羞辱。不过，可以肯定的是，愚人船上至少还有一个人不会嘲笑男孩的说法，但是，很遗憾，他并没能加入这场讨论。就在事发当夜，被缚于船头的瘸子或许是愚人船上唯一一个还没有入睡的人，只有他感到了自船体传来的震动，只有他听见了老人的第一声呼喊。就在他疑惑不解的时候，一阵重物落水的巨响突然从后方传来，他赶紧侧身观望，那个时候，乌云中突然投落一缕月光，将骚动的水面打磨成无数破碎的银镜，于是，瘸子见到了那个在波涛中歌唱的巨大阴影，见到了她的六个头颅，见到了她的九条蛇尾，见到了闪烁金属光泽的鳞片，还见到了……

“噢，不，我真的疯了！”

即使在当时，瘸子也自嘲地笑了，他不相信自己的眼睛，也不准备把自己目击的一切告诉任何人，因为那实在太过怪异，太过不合情理。但是，他终究无法否认，自己确实看见了，就在那恐怖而又华丽的生物身上，竟十分滑稽地长满了洋葱。

五 画师、热气球与麻风病

馆长死后，众人一致同意，让大学者接管那个私人舱室。他们这么做不仅是出于谢意，因为大学者曾把愚人船从勇士造成的混乱中解救出来，更因为除了他，也根本没人愿意住进那个不幸的地方，日夜与诡异的标本和骨架为伴。

“谢谢，我能理解你们的不安。”大学者接受了这份遗产，却不忘对众人的观点表达异见，“但是，我认为这完全没有必要。要知道，那个船舱不见得比其他地方更加危险，人类的恐惧往往源自无知。”

于是，自那时起，顺理成章地，大学者成了四月的监护人。当男孩为新监护人扛着他那只大得出奇的麻布口袋，与大学者一道走进馆长的舱室，他发现眼前的一切都改变了，大学者打开了紧闭多年的舷窗，让阳光涌入，而那片曾经广阔的空间也在这场光芒的洪水中迅速缩小，变得不再幽深，平淡无奇，就连奇诡的动物标本也立刻失去了神采，不再闪烁双眼，而呈现出一副呆滞可笑的模样。

“知识的力量，并不在于制造神秘……”与男孩一起将标本和骨架排列整齐，并放置到角落里之后，大学者对四月说，“而是将未知化作已知，让人看清过去无法看清的一切。”

四月点点头，对大学者的说法表示赞同，却还是不安地望着那些畸形的骨架，仿佛在担心它们会再一次闯入自己的梦境。大学者见状不禁摇头，告诉男孩，那些怪兽其实从未真实存在，随后，像是要彻底扫除男孩的担忧，他从布袋里掏出一本书，交给四月。

“看看这本《博物志》吧，你很快就会发现，这些怪兽原本都是些什么东西。”

“可是，我不认字。”

“是吗？”大学者推了推眼镜，微微一笑，“没关系，我教你。”

对于这份好意，四月十分感激，他知道大学者就像馆长一样博学，却也隐隐感到了两者间的巨大差异，因为馆长的博学只会震慑他，令他堕入黑夜，而大学者的博学却仿佛要拯救他，引他走向光明。男孩的心被一种前所未有的热情占据了，他每天都会到大学者的舱室里待上很长时间，几乎拒绝了所有来自伙伴的游戏邀请。他一边艰难地学习认字，一边不知疲倦地翻阅着那些太过艰深的书籍，甚至一度相信自己也能够成为大学者那样的人，只需对每件事物看上一眼，便能说出它的由来，解释它的原理。这份纯净的热情本应像男孩对大学者的崇拜那样长久延续，却在某一天突然染上了难以抹消的阴影……

就在愚人船驶入晨曦海峡的那个午后，四月独自留在大学者的舱室里学习，突然听见一阵熟悉的笑声，来自堆放标本的角落，令他不寒而栗。随后，他见到了十月，自己的孪生弟弟，那个死去的男孩竟忽然从骸骨的丛林里冒了出来，就在自己梦中被杀的地方，曾被拦腰斩断的身体已经恢复了原貌，手中还拿着那本《博物志》，仿佛那亦是大学者送给他的礼物，正微笑着走向自己。

“你不是死了么？”四月尖叫起来，不知自己见到的是魔鬼还是幽灵。

“是的，我是死了。”十月面不改色，就像他们第一次见面时那样，又压低了声音，“但是，在疯子的世界里，死而复生又有什么稀奇？”

“发生了什么事？”恰在这时，似乎觉察到了舱内的响动，大学者快步走了进来，“你们又打架了？”

“我们？又？”近乎绝望地，四月看了看十月，又看了看自己的监护人，“你是指……我和谁？”

“当然是你和你的兄弟！”

发现大学者不但对自己的疑问感到费解，还对十月的存在习以为常，甚至没能分辨出自己是哥哥还是弟弟，四月放弃了，知道这一定又是十月的骗局，却依然不敢肯定受骗的究竟是自己还是旁人的记忆。四月问大学者，人能否死而复生，大学者表示这不可能，却也立刻发现了男孩眼中闪过的怯懦和阴郁，后来，他又认真地思索了一下，补充说：

“至少，在我所知的世界里，这不可能。”

于是，就在十月复活的那一天，男孩意识到，大学者的智慧并不总能替自己解除烦扰，而这或许并不是因为大学者的知识有误，而是因为自己的疯狂，因为自己和其他人根本就生存在两个全然不同的世界里……

果然，对于十月的回归，船上没有人在意，人们甚至不记得他曾经死过一次，全都埋头忙着自己的事情。正是在那段时间里，大学者和船医成了朋友，建立起深厚的友谊。快锯替学者制作了一个木架，好放置他带上船的书，但是，没过多久，当快锯再次造访大学者的舱室，他发现木架上已经摆满了各种笔记、图鉴、辞典，还有手抄本和古籍，而大学者的麻布口袋却依然鼓鼓囊囊的，散发着纸页霉变的气味，不但没见缩小，倒像是比过去更大了。快锯也没多想，开始着手制作第二个稍大些的书架，却在完成后没多久便又被学者口袋里的书籍填满。就在他来得及制作第三个更大的书架以前，他的注意力忽然被这些藏书吸引，在某一本疯狂的著作中，这个兴趣广泛的工匠第一次接触了构成世界的四大元素，不但了解了水与气的相似性，还发现了蕴藏在气与火中的力量，更读到了一种能让人飞上天空的神奇道具，惊叹于它竟完全没有参考鸟儿的身躯，也不需要双翼。

一连好几天，快锯都像着了魔一样，与大学者一起探讨至深夜，向他请教其中的奥妙，想知道这些奇谈怪论的真伪，但大学者似乎对这个话题提不起兴趣，因为这些理论对他而言根本算不上什么新奇。最后，他用一种略显疲惫的声音说："我的朋友，这些理论都早已被证实过很多次了。你甚至可以自己检验这一点，而且，这对你而言实在不是什么困难的事情……"

第二天，快锯便奔忙起来，他从水手长那里要来了破旧的帆布和不用的缆绳，从厨房里找来柴草，又从货舱深处翻出一个大火盆。他把帆布缝起，接合成一个巨型的布袋，又在袋口处绑上好几条缆绳，编织成一个网兜，再将火盆固定在网兜上，对准了布袋深处。

"你这是在做什么呀？"很快，好奇的人们便围拢了过来。

"我在制作一项最伟大的发明！它将利用火的力量，使气显现出与水相似的效能……"

众人看着这堆破烂，既无法理解船医的怪异举动，也没能猜透他语无伦次的回答，他们唯一无法否定的，便只有快锯此刻展现的热情，这是一种他们都十分熟悉的热情，就与那些被囚禁在笼中的疯子无异。而随之发生的奇迹更一下子令所有人目瞪口呆，甚至禁不住开始怀疑他们的船医会不会也像勇士那样，变得能用自己的疯狂干扰整个世界。

那天，当快锯终于完成了他的发明，点燃了火盆里的柴草，众人也目睹了那个巨型布袋逐渐从干瘪变得饱胀，就像被施了魔法一般，缓缓离开甲板，更拉扯着其下的缆绳和火盆，朝天空飞去。作为这件怪异载具的第一名乘客，雀嘴被缚在网兜上，一边体验着生命中的首次飞翔，一边朝周围的海鸥唱起了热烈的歌谣。但没有一只水鸟敢靠近这个无翼的怪物，更对它巨大身躯下的那团火焰感到畏惧，这或许就是此次飞行的唯一缺憾，令雀嘴沮丧不已。不过，甲板上的众人早已无暇关心雀嘴的情绪，他们的惊呼淹没了疯子的歌声和海鸟的啼鸣，这些人涌到快锯身边，一边仰望着天空中的怪物，一边向这位魔法师抛出他们能想到的每一个问题。但快锯的回答不仅没能令众人满意，反而加剧了他们的犹疑，因为众人听不懂他的话，却嗅到了他语调中的狂热，听见了诸如“重力”“浮力”“空气膨胀”“密度降低”等一连串奇异又陌生的咒语。这令他们深感不安，并最终请来了大学者，想让这位救世主阻止那个飞行的怪物，并再次驱散这股突然降临于愚人船的疯狂。不过，这一回，大学者并没有满足众人的愿望，他朝天上的怪物看了一眼，微微一笑，宣布说：

“它并不是在飞，它是在飘浮。而且，它也不是什么怪物，它只不过是一个热气球。”

纵然有大学者的保证，人们的疑虑还是没能立即消除，等到他们彻底接受这件名为热气球的发明并相信其中没有魔法作祟，则是在看到画师在热气球上完成的第一幅风景画以后了。

那个时候，画师才刚登上愚人船不久，也还未打算在船上长住，为了画出上一个港口的日落，这个倒霉的旅行者错过了唯一的客船。当他急急忙忙赶到码头，水面早已一片空寂，只有一个被缚于船首的瘸子远远地朝他打招呼，令他吃了一惊。不过，在得知愚人船也会行经自己的目的地之后，画师便心怀感激地登了船。虽然船上的众人可能并不清楚，但这位画师在正常人的世界里早已小有名气，既有人把他视为印象派的追随者，也有人把他称作野兽派的先驱，既有人对他推崇备至，也有人对他嗤之以鼻。但无论人们对他的看法如何，却基本上是出于同一个原因，那便是他那率直粗犷的笔法和奇异而又毫无逻辑的配色，这一切都令他的作品看上去像是疯子的涂鸦，不但撼人心魄，还根本无法模仿。

他为船上的众人画像，每一幅都让人惊讶，他把大副的红胡子画成了幽暗的深蓝，又将水手长的三角眼绘成刺目的惨白，瘸子在他的笔下真的有了一身如塑像般的青铜色皮肤，而大学者的眼镜则在画布中央被染上了一层神秘的靛青，不再像玻璃，倒像是云雾。他为黄毛的脸颊添上猫的胡须，把雀嘴的耳朵画成了鸽子的双翼，他用银杏叶装点龅牙的卷发，以纸莎草和水仙填满牛蛙的鼻孔和肚脐，他将黑眼眶的脸画成紫色，又在墨鱼黝黑的手臂上留下了一个怪诞的水母状旋涡。在替四月画像的时候，他甚至为男孩画了一左一右两张侧脸，分别涂成纯黑和纯白，而这两张脸又彼此咬合，拼接成一副完全陌生的面孔……人们问他这些画里究竟藏着什么玄机，想要表达何种思想，他却像是无法理解人们的疑惑一般，连自己也说不出个所以然。事实上，即便在正常人的世界里，当那些批评家们争论他究竟该算是印象派还是野兽派的时候，他也只是一味强调自己是个写实派，声称他只是在描绘他所看到的真实世界。或许，正是这种故弄玄虚的坦白越发激起了人们的兴趣，让大家为猜测他的用意乐此不疲，也使他获得了远超出预期的关注和名声，就算置身在这群疯子中间也显得相当特立独行。

画师登船后没过多久，有一天，愚人船停靠在晨曦海峡南岸的一个小镇。那里的镇民像是拥有某种特别的血统与信仰，不但把房子漆成淡绿，还全都身穿绿色的衣袍，生着一双双绿色的眼睛。他们目光警觉，对外来者透出隐隐的敌意，除此以外，也便没什么特别。

就在船员们结束了补给和疯人表演，正准备出航的时候，晨雾弥漫的长堤上突然传来一阵急促的脚步声，紧接着，一个陌生人便闯到了船上。他还是一个少年，像是跑了很远的路，气喘吁吁，竟声言自己是个疯子，期待众人能够带他一起出航。大副虽然和不少疯子打过交道，却从未见过任何一个疯子愿意主动承认自己的癫狂，他狐疑地打量着那个少年，在对方的绿斗篷下发现了一双与众不同的蓝眼睛，那是一双忧伤的眼睛，闪烁不定，似乎还不习惯说谎，正因为担心谎言被戳穿而满溢不安和恐惧。大副不相信他是疯子，刚想要拒绝，却听见头顶的桅杆上传来了人声，那是船长的鹦鹉，正扑扇着翅膀，用一种粗嘎的鸣叫传达着船长的命令：

"让他上船吧。"

"但是，他怎么看都只是个正常人啊！"对于船长的命令，大副感到难以理解。

"人类究竟用什么方式定义正常人和疯子？我曾遭遇过一个食人部落，在他们中间，如果你拒绝吃人肉，就会被视作疯子。我也曾造访过一个崇拜太阳的民族，在那里，如果你不愿为神流血，不愿被祭司挖出自己的心脏，就会被视作疯子。正常人和疯子之间本不存在绝对的界线，却只有数量上的区别，正常人之所以看似正常，只是因为他们人数众多，彼此相像，而疯子之所以显得疯狂，也只是因为他太过稀有，找不到同类，以致无法被大多数人接受而已……"鹦鹉歪着脑袋，盯着少年那与众不同的蓝眼睛，"所以，你必须承认，在这座小镇上，他的确是个疯子……"

于是，那个蓝眼少年便成了愚人船的乘客，离开了故乡。人们原本并不愿意接纳他，总觉得他是一个令人羡慕的正常人，但是，仅过了短短数日，几乎所有人都暗暗确信，他真的颇有些疯狂。这个少年喜欢狭窄的舱室，喜欢待在角落，不喜欢点灯，也不喜欢打开门窗，他睡得很浅，只要一阵风或海浪便足以将他惊醒，即便能够短暂入眠，也始终紧握随身的小刀，似乎在警惕着某种近在咫尺的，几乎就潜伏在门外的厄运。他吃饭的时候很安静，哪怕肉干硬得像岩砾，也从未有人听过他咀嚼食物的声音。有时孩子们竟会忘了他的存在，以为桌上多了一个餐盘，直到伸手去拿，才赫然见到他藏在斗篷下的脸。他并不喜欢与人谈话，如果有人主动与他攀谈，他便会下意识地别过脸，甚至抬起一只手护住前额，仿佛不想让对方看到自己的眼睛。有一次，四月对他双眼的颜色感到好奇，刚说了第一句话，他就猛然向后跳了好几步，身躯仿佛一下子变小了，全缩到了绿衣之下，就像一只受惊的蜗牛，只为了逃避这个令他不安的话题。后来，在确信愚人船已再不可能掉头返航以后，他才逐渐变得安定，断断续续地说起了与自己有关的事情。但他的叙述非但没能使众人对他改观，反而让大家更加确信，他真的是一个疯子。他说，他们家原本有五口人，但是，自从麻风病流行的消息在镇上传开，他的父母便突然消失了，没过多久，他的姐姐也消失了，而在半个月前，就连他的哥哥也消失了。他相信，他们之所以会消失，是因为他们都患上了麻风病。

“消失？是怎样的消失？”众人对这种怪异的说法表示不解，“而且，这跟麻风病又有什么关系？”

“你们原来还不知道吗？”他语带惊讶，声音颤抖，“一旦染上麻风病，你就会在半夜里听见敲门声，如果你去开门，嗖的一下子，你就会从这世上消失，只剩下衣服和鞋子……”

众人笑了，觉得这种荒唐的事情即便是疯子也不会相信，但蓝眼少年却并不认为自己是在开玩笑。他甚至坚称他曾在海边见到了成堆的衣服和鞋子，里面更有他哥哥的马靴，并认为这就是麻风病人消失的铁证。不但如此，他还觉得自己也患上了麻风病，即便快锯早已替他做过检查并否定了这种可能，他依旧对此深信不疑。

“他们说，只要你出生时长着一双蓝眼睛，你就一定会染上麻风病。”

“他们是谁？”船医有些好奇。

“那些绿眼睛……”

那个时候，人们或许不会料到，就在晨曦海峡的北岸，一位即将登船的蓝袍女子竟会复述出所有这些与麻风病有关的呓语。她会说，她的未婚夫消失了，因为染上了麻风病，只不过，这一次，细节有了少许不同，因为她的未婚夫就像她一样，生着一双绿色的眼睛，而在他们生活多年的小镇上，几乎所有人都把房子漆成深蓝，身穿蓝色的衣袍，拥有一双双蓝色的眼睛。后来，当蓝眼少年与绿眼女子第一次在甲板上遭遇，他们都长久地盯视着对方，面上流露出难以抑制的恐惧。最后，还是画师替他们打破了隔阂，他同时为两人画像，却用了同一种明艳的红，描绘出两人的衣服和眼睛。望着那幅将现实彻底篡改的画作，看着陌生的色彩取代了自己身上的悲剧印记，女子和少年都长舒了一口气，却还是感到难以理解，于是，女子怯怯地问他，为什么不用绿色，而少年则心怀感激地探问，为什么不用蓝色。

“绿色？蓝色？”画师瞪大了双眼，似乎对问题本身感到惊奇，“那都是些什么东西？”

人们纷纷发出感佩的惊叹，却并不能理解他话里的玄机，就在这时，醉倒在一旁的酒鬼忽然开了腔，高叫着对画师表示赞同，道出的却是无人能懂的呓语："他说的没错，看不清的是你们！可怜的人啊，无论生就什么颜色，最后都将被自己的罪恶染红，因为魔鬼的另一半仍是魔鬼，因为留下后裔的并非英雄……"

六 冲突的色彩

纵然陆续有新的乘客登船，但在那段日子里，愚人船上最引人注目的，始终还是快锯的发明。事实上，在成年人打消疑虑以前，孩子们便展现出了无所畏惧的天性，尤其是龅牙和墨鱼，一有机会便偷爬上热气球的网兜，往火盆里添柴，一心只想喂饱那个吞食火焰的怪物，好让它带着自己飞上天空，去一睹那连瞭望者也从未触及的美景。每一次，三角眼都会一边痛骂，一边与众水手一道扯住缆绳，将热气球重新拖回甲板。孩子们免不了因此挨打，却总会在之后大谈他们看到的一切。他们的视线曾经越过海浪，越过岩滩，越过海峡两岸的小镇和灌木林，触到了向远方延伸的大地。他们就像历险归来的英雄，兴奋地与旁人分享着自己的奇遇。在那个仅属于诸神的领域里，河流化成了银色的缎带，农田就像黄绿相间的棋盘，道路细得犹如蛛丝，牛羊小得仿若蝼蚁……正是这童话般的描述点燃了画师的好奇，让他成为第一个登上热气球的正常人。那一天，他在高空发出幸福的惊呼，一连几个小时不知疲倦地挥舞画笔，等到他将那传说中的风景带回下界，几乎所有人都被震撼了，至此，众人对于热气球的疑虑才算彻底消除。不过，也不是所有人都满意事情的发展，作为一个疯子，酒鬼就依然对那个吞火的怪物表示抗拒，每当看到有人登上热气球，他便会高叫：

“玩弄火与气的人啊，你们触动了危险的秘密。过分轻盈的元素里没有生命，神必会惩罚那些想要与他比肩的灵魂，重新将你们掷入水与土的牢笼。”

但是，疯子的话并不会得到人们的注意，对于热气球的狂热终究还是在甲板上流行了开来。而作为这一活动的先驱，孩子们探险的玩心似乎永远得不到满足，当其他人还只是在半空中眺望远方的时候，他们早已为自己找到了更刺激的游戏。或许，这一切都仅仅始于一个意外，一次不小心，毕竟，有谁会想到从热气球上往下跳呢——在看见那惊险一幕的时候，目击者们都这么相信，但墨鱼还是跳了下来，犹如羽箭，扑通一声，掉到海里。银色的水花飞溅起来，与那孩子的笑声一起占据了天际。墨鱼并没有愧对自己因之得名的好水性，他幸福地仰躺在海面上，向天上的龅牙招手，似乎在撺掇朋友来模仿自己，去一尝那坠落的乐趣。紧接着，就像被某种疯狂感染，龅牙也跃出了热气球，猛地栽进海中，虽然动作并不怎么优美，却还是爆发出另一阵嚎叫，饱含激动和狂喜，一下子就注定了他们对此的痴迷。

四月站在舷窗后面，望着水中的伙伴，惊讶于他们的鲁莽，完全无法理解他们这么做的动机。那个时候，他已经把《博物志》读了大半，也认得不少字了，他就像是一个真正的求学者那样，被各种新知识吸引，每天埋头于大学者从麻布口袋里掏出的书籍。他是如此好学，几乎没有闲暇与朋友玩耍，甚至到现在也从未登上那个热气球，从未体验那美妙的飞行。

“你难道就不想去玩玩吗？”十月走到窗前，站在孪生哥哥身边，面带怪异的微笑。

“不想。”四月摇摇头，重新回到书桌旁，似乎对那种野蛮的游戏不感兴趣。

“哼，你不是不想，只是没有勇气。”像是看穿了哥哥心思，十月又跟了过来，仿佛四月的影子，“我不会忘记你在看到那幅画时的眼神，所以，我也很清楚，你做梦都想要看一看那片风景。但你不仅有好奇心，还是一个胆小鬼，你对那些你无法理解的事物缺乏信任，因为你不知道它们可能给你带来怎样的不幸。‘最坏的情况会是怎样？’自从剁掉了自己的拇指，你便总是这样自问，如果不能确定这一点，你就连一步也无法前进。看一看你正在读什么书吧，《物理学》？那讲的是什么？构成世界的四大元素，火与气的力量，热气球的原理……哈，尽管你装成忙碌的样子，尽管你极力表现得漠不关心，但事实上，对于那个神奇的发明，你比任何人都更加着迷。你想要了解它，驾驭它，你想要知道它为什么能够飞，你想要准备充分，并借此来获得登上它的勇气。噢，你知道吗，你真是一个无趣的人……”

对十月的话，四月无法反驳，他感觉自己从未像现在这样讨厌这个弟弟。不过，没过多久，因为一个偶然，四月找到了反击的机会，想借此证明自己的勇敢，却并不知道这只是一个危险的陷阱。

那一天，龅牙闹肚子，其他孩子也凑巧有事要忙，墨鱼便找到了四月，想让他陪自己到热气球上玩耍。四月刚要推托，脑海里就响起了十月嘲笑自己的声音，他脑子一热，扔下书本，和墨鱼一道登上了热气球。他双手紧抓缆绳，怯怯地环视着逐渐变化的风景，大海正在身下远离，天边正浮现出陆地，四月感觉自己的躯壳突然变成了书中描述的火与气，几乎要摆脱意志的控制，止不住往上升腾，而身边的墨鱼则早已习惯了这一切，正慵懒地张开双臂，感受着海风，似乎在思索着该以怎样的动作来完成这期待已久的一跃。忽然，在无际的天蓝与海蓝之间，四月的视线被一团黑色的浓烟吸引，而在那突兀的烟柱之下，他仿佛还看见了地平线上的熊熊火光，意识到有某种事物正在那里被燃烧殆尽。四月刚想要叫墨鱼，把自己的发现指给他看，却见那孩子已经纵身跃起，呼啸着往下坠去，只听哗的一声，墨鱼就变成了一朵美丽的水花，打碎了海面的宁静。直到那时，四月才第一次把目光投向正下方，望着脚底的虚无，还有虚无的尽头，那片几乎已经沉降到另一个世界的海面。一阵强烈的不安攫住了他，使他几乎惊叫出声，理性在一瞬间回归，让他重新感到自身的重量，意识到跌落的可能。而更加令他惊骇的是，他还觉察到一种陌生的、错乱的、难以抑制的悸动，正与恐惧一同袭来，占据了他的内心，甚至化作一股有形的力量，从背后驱使着他，推动着他，竟真的令他想要就此松开双手跳下去。四月全身僵直，长久地望着海面，极力抗拒着内心的疯狂与深渊的诱惑，却还是被墨鱼在缆绳上留下的余震弄得几近失控。就在这时，墨鱼的喊声从下方传来，显得极度遥远，却又极度清晰：

“你也跳一个试试呀！很好玩的！左拇指！右拇指！”

听见这话，四月脊背一凉，他猛地回头，才发现十月竟不知何时也登上了热气球，就藏在自己身后。那男孩依旧面带微笑，似乎静候已久，一下子俯身到哥哥耳边，说：“现在，我的好哥哥，你理解了吗，你知道他们为什么全都会忍不住往下跳了吗？那并不是意外，也不是偶然，那正是他们心中的渴求。在这危险的高处，在这诱人的高处，在这因危险而显得诱人的高处，你需要十分努力才能克制住往下跳的冲动。无论这种冲动看上去多么荒唐，多么不合常理，你都无法否认，它不仅存在，而且还是那么真实。难道不是么？那些最令我们害怕的事物，往往又对我们最具有吸引力……”说到这里，十月忽然松开双手，模仿着墨鱼起跳前的姿势，令缆绳又一次晃动起来，他陶醉地闭上了眼睛，语调却显得莫名哀伤，“噢，我知道，我能感觉到，我的好哥哥，即便到了现在，你也仍在不断想象着同一件事，同一个情景，那就是你的坠落。即便你告诫自己不应去想，即便你觉得这是某种癫狂，你却依然像是着了魔一般地在脑海中反复预演着，那脚底失去承托的触感，那耳畔怒吼的风，那不断倾侧直到无法挽回，上下在一瞬间颠倒的奇异体验，那紧绷的身躯，收缩的心脏，沸腾的血流，还有最后落水时的痛楚……跳吧，让重力来接管这一切，你知道，你别无选择。”

于是，四月跳了下去，并不是屈服于内心的癫狂，而是为了逃避十月的耳语。长久被压抑的事物获得了释放，他就像一个烂醉的人，在空中抓扒着四肢，以一种极度滑稽的方式跌落，坠入水中。

但事情并未就此结束，因为四月忘了一个很重要的问题，或者，更确切地说，在海水涌进他的眼睛和鼻孔以前，他就从来没有意识到这个问题的存在——他发现，自己并不像愚人船上的众人那样能够让身体浮上水面。事实上，直至获救以后，他才得知，做到这一切并非理所当然，需要一种被称作“游泳”的技巧，而他则根本就不会游泳。那个时候，世界仿佛突然背离了他的认知，四月被涌起的恐惧支配，感觉受了羞辱，但海水很快便入侵至深处，不仅占据了他的口鼻，也占据了他的意识，使一切变得苦涩、暗淡，令他再也无法思考。他见到墨鱼从上方扑来，伸手环抱住他的腰，阳光从墨鱼身后透出，晃动着，将那个男孩映照得有如救世的天使，随之而来的是一股力量，令他开始向上升腾。就在意识恍惚将灭的时候，四月突然发现，黑暗中还有另一个自己，正与他擦肩而过。那是十月，四月的孪生弟弟，他也跳了下来，他也不会游泳，他在下沉，却没有人去救他。最后，在闭上双眼以前，四月唯一记得的，就只有十月的脸，那是一张因窒息而扭曲的脸，就像四月倒映于深渊的虚像，回望着他，正逐渐被海流吞没，却依旧带着怪异的微笑，还有莫名的哀伤……

下一次睁开双眼，四月已经躺在船医的舱室，身边是大学者和快锯，而墨鱼则站在门边，他们见到四月醒来，全都松了口气。当四月问起十月的情况，众人面面相觑，表示并不理解他的问题，于是，四月一下子明白过来，十月已经死了。不难想象，除了四月，几乎所有人都认定，这不过是一次有惊无险的意外，其结果也只是让左拇指呛了几口海水而已。墨鱼颇有些愧疚，认为是自己的怂恿导致四月遇险，而四月则完全把墨鱼视作恩人，对他的及时施救心存感激，两人也因此变得比过去更加亲近。不过，若说到这件事造成的最大影响，则是让四月不会游泳的事实在愚人船上彻底传开。就像过去发现他竟会晕船一样，人们再一次震惊于这个男孩的无能与羸弱，并忍不住又开始嘲弄他，甚至对他心生怜悯。然而，这个小小的插曲还是很快便淡出了人们的视野，因为，在晨曦海峡的后半段，愚人船将会遇到更加引人注意的事情。

那是一个明丽的午后，墨鱼又一次从热气球上起跳，落入海中——虽然他不敢再叫上四月，但这个游戏本身并没有停止，只不过，这一回，当他在水上舒展四肢，无意之间，他摸到了一件冰凉的事物。墨鱼好奇地扭过头，刚看了第一眼，便发出恐惧的惊叫。他摸到的是一个人，一个死人，不但没有眉毛，连手指也缺了好几根，即便被海水浸泡了许久，身上的红褐色斑块依然清晰可见。墨鱼慌忙爬上船，向众人述说了一切，但人们并没有把那具尸体打捞起来，因为大学者断定，那是一个麻风病人。就在大家议论纷纷，不明白海面上为何会漂着一个麻风病人的时候，更多浮尸已经顺着海流从前方漂来，充塞了人们的视野。这些尸体或长着黄瘤，或满布红斑，有些缺了手指，有些缺了脚趾，无论是什么模样，全都双手被反绑着，就像一场大海难之后遗落的垃圾。直到那时，人们才想起蓝眼少年和绿眼女子的话，相信麻风病确实已开始在此地流行，虽然病人并没能嗖的一下消失干净，但他们还是离开了陆地，与海流一起来到了这里。

“这些人是被淹死的。”大学者望着海面，喃喃低语，随后，像是想起了什么，他转向身边的四月，说：“孩子，这几天你可千万别到岸上去，如果让他们发现你没有拇指，会发生很可怕的事情……”

四月点点头，将大学者的告诫铭记在心，却并不敢问“他们”究竟是谁，也不知道“可怕的事情”究竟是什么。溺水的阴影笼罩着他，令他突然发现自己的周围原来是一片敌意的汪洋，而在那之外的世界竟也是那么危险。不过，学者的担忧很快就显得多余了，因为，当愚人船重新靠近海岸，不仅仅是四月，就连最胆大的疯子也不愿再冒险到陆地上去。人们站在甲板上，望见了被焚毁的村庄，房子的废墟仍在冒烟，而海滩上还堆着焦黑的尸体。

“难道，就因为他们是麻风病人吗？”忽然，有人在人群中问道。

“也许，他们甚至还不全是麻风病人……”不知是谁的回答，让所有人都陷入了沉默。

不久以后，就像是对众人的回应，大家发现，海上漂来的浮尸已不仅仅是麻风病人，其中甚至还混杂着一些看上去并未染病的尸体。

“究竟发生了什么事？”作为唯一正常的乘客，画师对自己见到的一切感到愤怒又震惊，“他们正在和麻风病人打仗吗？噢，不，这已经不是战争，这简直就是屠杀，是暴行！”

“或许，事情并没有这么简单……”大学者看了画师一眼，若有所思。

很快，人们便发现，若愚人船靠近海峡的南岸航行，他们遇到的浮尸就全都身穿蓝衣，而当愚人船靠近北岸，浮尸的衣服则统统变成了绿色，不过画师似乎已没有闲暇去注意这些细节，他紧握画笔，发誓要将这起惨剧记录下来，所用的颜色竟又是如血般的鲜红。

后来，当海峡变得越来越狭窄，水流也变得越来越湍急，浮尸中的麻风病人就像消耗殆尽了一般，被更多原本健康的死者代替，而愚人船的乘客也已经可以在热气球上同时看到两岸的风景。海边弥漫着战争的气息，被削尖的木桩就像图腾一般排列开来，每一根木桩上都穿刺着一具尸体。巨大的横幅在木桩之间延伸，像是要恫吓对岸的敌人，不断重复着同一段话："我们将驱逐魔鬼！我们将战胜瘟疫！"直到很久以后，当快锯替大学者完成了第五个书架，四月才在其中找到一本十分陈旧的手抄本，读到了过去发生在晨曦海峡的事情……

三百年前，当"穿刺公"率领部队开进晨曦海峡，征服了宝石岛，将两万名俘虏刺死在尖木桩上，并用其环绕全岛，他也彻底吓跑了盘踞在海峡两岸的异族，获得了这个名副其实的称号。帝国认可了他的功绩，而他也因此成为海峡的守护者，长久统治着这条航道。相传，他有一副异于常人的相貌，他的鼻子像南方人，嘴巴像北方人，颧骨如钢盔般突出，胡须如弯刀般锋利，而最令人印象深刻的，还是他的眼瞳，与所有人都不一样，那是一双左右异色的眼瞳，他的敌人将此视作他是魔鬼的证据，而他的同胞则恰恰相反，认为这才配得上他们憧憬的英雄。他在宝石岛上建立城市和港口，联系南北两岸，他以酷刑惩治犯罪，促进商贸的繁荣。人们为他立像，表达心中的敬畏与爱戴。当他宣布要对治下的民众行使初夜权，整座海峡都爆发出了欢呼，新婚的少女由家人陪同着，从各地赶来，那壮大的人潮就如朝圣者组成的队伍。自那以后，新生儿们便开始以兄弟相称，但是，或许英雄的血脉过于高贵，非常人能够完全领受，在这成千上万的孩子之中，竟没有一个能继承下穿刺公异色的双瞳，而更令人称奇的是，若母亲来自北方，孩子则必定会生就一双纯净的蓝眼，若母亲来自南方，孩子则必定生就一双纯净的绿眼，虽然偶然也有例外，但在调查之后，人们总能发现，那位母亲的父辈祖辈竟曾在过去跨海迁徙。一时间，这两种颜色成了出身与血统的象征，受到人们的追捧，而那些获得领主祝福的孩子也确实展现出了天赋，显得比其他人更加强壮、聪慧、勤勉，无论干哪一行都能很快获得成功。即便在穿刺公离世以后，他的祝福依然通过这些孩子延续了下去，为晨曦海峡维持了一百多年的繁荣。不过，当后裔繁衍出后裔，当这种祝福已不再稀奇，当整个海峡的住民都拥有了或蓝或绿的双眼，他们也不可避免地开始争论——究竟哪一种颜色更加优秀，更能代表荣耀的先祖？因为无人同时拥有两种颜色，虽然答案可能因人而异，这个问题本身却无须思考。几乎是出于本能，北岸的蓝眼人全都将房子漆成蓝色，穿上了蓝衣，他们仇恨一切绿色的事物，以此来彰显他们的骄傲；而南岸的绿眼人则将房子漆成绿色，穿上绿衣，他们仇恨一切蓝色的事物，只愿明示自己的身份，与其他劣等人相区别。无论南北，巨大的穿刺公塑像依然被供奉在城镇的中心，看顾着他的子民，却全都经过了微小的改动，被满溢自豪感的艺术家们烙上了类似海盗的眼罩，盖住了其中一只眼睛。人们不会想到，正是这个改动，竟使穿刺公阴差阳错地成为后世海盗们的偶像，他们更不会发现，恰是从那时开始，就连记载翔实的历史也开始悄悄变形。就像是重新听到了来自异族的声音，史学家们全都突然醒觉，不再将穿刺公描述成一位单纯的英雄，却越发相信他真的拥有一半魔鬼的血统，至于那一半血统究竟是哪一半，南北两岸的记载则略有不同。就这样，曾经以兄弟相称的人开始彼此敌视，都宣布自己才是英雄的子孙，并相信海对岸的土地已经被魔鬼的后裔占领。

如果知道了这一切，愚人船上的众人或许就不难理解，为什么在多年以后的今天，当麻风病开始在晨曦海峡肆虐流行，当地的正常人所首先想到的，竟是魔鬼在传播瘟疫。无论在南岸还是北岸，人们都果断地焚毁了染疫的村庄，他们不但要把麻风病人扔下水，更要把带来瘟疫的魔鬼也扔下水。于是，战争爆发了，就和历史上的任何一场战争一样，这果然又是一次正义与邪恶的较量，每一个参战的人都坚信，自己正在对抗魔鬼。

疯子们站在愚人船的甲板上，眺望着远处的宝石岛，时间仿佛一下子倒退了三百年，让那里重新成了战场。一帮蓝衣战士正从北方杀来，剑上沾着麻风病人的血，高喊着驱逐魔鬼的口号，一帮绿衣战士正从南方杀来，剑尖也浸透了麻风病人的血，同样高喊着驱逐魔鬼的口号。这两帮正常人就在城市的广场上展开厮杀，在先祖的塑像上溅满了他们的血，也验证了酒鬼的预言，用同一片鲜红浸染了曾经异色的一切。不过，那位传说中的穿刺公已无法看到自己脚边发生的一切——就在前些天的争夺之中，他终于陷入彻底的黑暗，两眼都先后被他的子孙烙上了海盗的眼罩，突然变成了一个滑稽的丑角。

“噢，这究竟是为什么！”虽然宝石岛就是画师此行的目的地，但他现在已不愿下船，这个可怜的人望着远处，感到又气又怕，无法接受眼前正在发生的一切，“如果他们都想要杀死麻风病人，为什么他们还要自相残杀？难道他们不仅仅是一帮恶棍，而且还都疯了？”

“不，他们没疯。”大学者站在画师身边，语气缓慢而坚定，“他们都是正常人。”

“他们是正常人？那么，难道认为这一切都不正常的我才是疯子？”

“你的确和他们不太一样，不过请放心，你也不是疯子……”经过了这么多天的观察，大学者深吸一口气，向画师宣告：“你只是一个色盲。”

七　小丑归来

虽然从未把自己的想法告诉任何人，但早在第一次见到箱型水母的时候，四月就认定，它们必将带来不幸。那是一个晴朗的夜晚，愚人船尚未驶离晨曦海峡，画师也尚未知晓自己视觉的缺陷，就连酒鬼的预言也还只是疯话，等待着在未来的应验。四月站在舷窗前，望着被星光笼罩的海面，在那些肿胀的浮尸旁边看见了无数如鬼魅般轻盈的形体，它们来自深海，聚拢在死者周围，拂动触须，不时散发一抹冷光，就像死者离体的魂灵。

“那是箱型水母。”大学者淡淡地说了一句，似乎早已不感到稀奇。不过，他身边的男孩却无法移开视线，很显然，他看到了别样的东西。

水母荡漾的荧光吸引了他，交织成一条通往死亡的溪流，映照着逝者的脸，而在那些陌生的面孔之中，四月总能见到一个熟悉的形象，一个死去的男孩，长着一张与他一模一样的脸。那是十月，溺毙的十月，他就这样跻身在众多死者中间，乘着水母的光，依然带着那种怪异的微笑，用早已僵死的双眼仰望着窗子里的四月。四月浑身一颤，不愿相信自己看到的一切，因为他比谁都清楚，愚人船早已远离了自己溺水的海域，而一具尸体更不可能违逆海流，追到这里。但是，这种理性的判断并没能改变眼前的事实，在随后的每一天夜晚，四月总能见到那条由水母组成的溪流，并在光芒的中央与十月遭遇。只有他能见到那个死去的男孩，只有他无法逃脱，无论在船舱里还是在甲板上，无论在船头还是船尾，左舷还是右舷，只要四月把目光投向海面，便总会见到十月，见到他那张被水母覆盖的，略显哀伤的脸。最后，就在四月终于无法忍受，想要把舷窗重新关死的时候，忽然间，他感到一股奇异的热度，从胸前的护身符上窜出，那块被布帛包裹的海兽鳞片就像要燃烧起来似的，灼痛了他。四月一把将它扯离，却猛然听见一个熟悉的声音从背后传来，令他的动作僵在半空。

“别这么做，我的好哥哥，妈妈会伤心的。”

这声音冷澈得仿佛来自深海，一下子熄灭了护身符上的火焰。四月回头，见证了孪生弟弟的回归。十月就站在舱室中央，面带微笑，隔着学者的书架，凝视着自己的哥哥。空气中弥漫着一股酩酊的馨香，而窗外的水母则像是终于完成了它们的使命，全都在那一刻变得暗淡，潜入海中，只留下一具具沉默的陌生人的遗体……

就与过去一样，十月的复活并没有引起大家的注意，除了四月，所有人又一致认定，这个男孩从一开始就存在于他们中间，十月甚至主动向快锯提出，想要成为他工作的助手，并马上获得了船医的同意和赞许。

那个时候，愚人船刚驶过宝石岛，离开了晨曦海峡，人们也刚发现画师是个色盲。那些正常人在岸上厮杀的场景突然令大家意识到，原来无法分辨颜色竟也可能带来致命的危险。于是，船医准备了一个简单的测试，想要检查孩子们的色觉。他让十月从画师那里借来油彩，为许多大小相同的卡片上色，而后在孩子面前逐一亮出，要他们说出卡片上的颜色。所有人都完成了任务，又快又准，唯独四月说错了好几次，虽然他也赶紧改了口，却还是引起了大家的怀疑。不过，这也不能怪四月，因为十月在准备的时候使了坏——他并没有直接涂色，却用油彩在每张卡片上写下了不同的单字，他用黄色写下“绿”字，用绿色写下“红”字，用红色写下“蓝”字，又用蓝色写下了“紫”字……那些不认字的孩子自然毫无知觉，对于他们而言，那只不过是一团又一团单色的乱线，但识字的四月却不可避免地受到了干扰，在意识分辨颜色之前便难以自抑地读懂了卡片上的字。幸好当时大学者也在场，他不但制止了大家对四月的嘲笑，还宠溺地摸了摸男孩的头，说：“这不是色盲，这是斯特鲁效应。”虽然没人能够完全理解大学者的话，但他们最后还是被说服了。他们相信四月之所以显得笨拙又迟钝，竟是因为他知道得太多，竟是因为他能够读懂卡片上的文字。

“不过，这也有问题吗？”作为四月的好友，墨鱼满脸真诚的好奇，他凑到四月耳边，低声问：“你就暂时别去管它们，当作自己还不识字不就好了吗？”

“嗯？”被墨鱼这么一说，四月怔住了，陷入突然的沉默，神情很快就由惊讶变得茫然，“但是，我好像已经做不到了……”

就在那一刻，隐隐地，四月第一次意识到，或许知识不仅仅会引人走向光明，让人看到一个全新的世界，却也会给人套上种种无法挣脱的枷锁，带来许多全新的烦恼。夜里，当四月走进大学者的舱室，他发现十月已抢先一步，俯首坐在桌前。桌面上依然散落着他没读完的书，其中也包括《物理学》和《博物志》，海风拂过舷窗，将它们吹到了陌生的一页。于是，四月不仅在无意间读到了火与气中潜藏的危险，还见到了箱型水母的图鉴，得知它们竟拥有六十条触须，上千枚毒刺，只消轻轻一蜇，便足以使人昏迷毙命……这时，十月的声音突然从桌对面传来，断断续续的，既像是在与四月对话，又像是自言自语：

“啊哈，是的，回不去了，回不去了。我们都回不去了……”

“你到底在说什么？”四月警觉地望着十月，既不理解他的意思，也无法看透他那令人不安的笑容，先前被捉弄的怒气仍未彻底消除，使四月再一次认定，自己的孪生弟弟真的是个惹人讨厌的疯子。

“哥哥，你知道我们的父亲为什么被称作勇士吗？”

面对这个突如其来的问题，四月摇了摇头，显得有些不知所措。

“因为他曾比所有人都要无知，因为他并不了解那些可能伤害他的危险。恐惧源自无知？不，大学者错了。无知带来的首先是勇气！”现在，十月抬起头，直直地回望着四月，“那么，你知道他为什么会死吗？”

“他是被一把小刀……”

“不！”十月大声打断了哥哥，眼中流露莫名的哀伤，有那么一瞬间，四月甚至以为他会落下泪来，“他是被你们杀死的。因为你们给他灌输了太多不必要的知识，母亲曾拯救他，却还是无法让他远离你们的荼毒……而现在，你不但忘了这一切，竟还主动去追求那所有危险的事物。哈哈哈，是的，是的，我的好哥哥，你是一个笨蛋，因为你让自己变得太聪明了，也就失去了作为疯子的幸福，而我们都将因此被放逐，再也回不到过去。是的，再也回不去了……”

那一夜，兄弟两人都没再说话，陷入一场怪异的冷战。四月躺在吊床里，与十月背靠着背，无法成眠，他听见弟弟的梦呓，内里充斥着书中的断片，是热气球，是不驯服的火焰，是剧毒的水母，还有死亡的威胁。

第二天，意外发生了，当龅牙和墨鱼再一次登上热气球，飞溅的火星竟一下子引燃了全部四条缆索，烧断了这头怪兽的缰绳，令那两个孩子被海风裹挟，朝更高更远的天空飞去。龅牙死于这次意外，因为热气球升得太高，令他失掉了往下跳的勇气，等到火焰蔓延上来，他的脚下已不是大海，而是陆地。没有人知道他最后是被烧死的还是摔死的，大家只是无助地望着远方的天空，盯着那团逐渐缩小的火焰，听见风中传来的尖叫和呼救，目击了热气球的毁灭，以及龅牙往下坠落的身影，直到那可怜的孩子最后消失在一片银杏林中。至于墨鱼，他的命运则与龅牙略有不同，他及时跳了下来，落入水中，那熟悉的扑通声和他傲人的水性都一下子令大家感到安心，却也让众人忽略了他可能遇到的危险。当龅牙终于坠落，人们的注意力得以转移，他们才惊讶地发现，墨鱼竟脸朝下地浮在海上，再没有一点动静，上百只箱型水母环绕着他，无数带刺的触须还未收回，仍在那孩子中毒的身上轻拂，它们就像一群潜伏的幽灵，在黑夜与深海中等得太久，此刻竟突然全都闯到阳光下，带走了这个刚刚从火灾中逃出的孩子。

“一次不幸的事故！”

这就是众人对此事的总结。只有大学者感到蹊跷，他既无法接受四条缆索同时被火星引燃这种小概率的事件，也十分清楚行凶的箱型水母仅栖息于晨曦海峡，更不会在日间浮上水面，而最令他讶异的还是，他隐约记得，就在事发前夜，四月竟恰巧读过与此相关的书籍。那个可怜的孩子就像是预见了即将降临的不幸，在事后哭得比谁都伤心，似乎因没能提醒死去的友人而深陷于愧疚与负罪感的折磨，甚至认定是自己害死了那两个无辜的生命。一时间，愚人船沉浸在悲痛之中，大家都为龅牙和墨鱼感到惋惜，不过，这种气氛却并没有持续多久，因为船上发生了新的状况，很快便把大家拖入笑声的旋涡……

这一切都要从画师的奇遇讲起，这个正常人临时改变了主意，没在宝石岛下船，仍像一个外部世界的来客，每日穿行在各个船舱之间，热衷于拜访每一位乘客，为他们画像，记录下疯子的生活，虽然用色诡异凌乱，线条夸张极端，却还是一下子就抓住了每个人的特征，让众人能够毫无困难地认出画中的形象。大家一度以此为乐，争先恐后地涌到画师身边，想要赶在他下船之前当一次模特。那个时候，他们还天真地相信，这个正常人不会在船上久留，也不会成为他们的一员，而改变他们这种看法的，则是画师那令疯子也为之骇然的新作。没有人知道，画师究竟是在哪里绘制了这幅作品，当时，热气球的意外才发生没多久，愚人船正行驶在大海中央，画师突然失踪了，整整三天，无论在甲板上还是船舱里，人们都无法找到他的身影。就在大家以为他已经失足堕海，正准备替他清理遗物的时候，他却重新出现在自己的舱室，手里握着仍未干透的画笔，身边是一幅还没完成的新作，那模样就像刚刚结束了对某位乘客的拜访，丝毫未察觉周围的时间已经过去了三天。听见这个消息，人们纷纷跑来，面露关切，正要询问他的经历，却突然噤了声。在那张大得出奇的画布上，他们看到了一个并不存在的舱室，内里摆放着无数镜子，环绕着一个熟悉又陌生的背影，镜子相互映照，反射着幽暗的烛火，使狭小的空间无限膨胀，相互重叠，仿佛能通往另一个世界，却也悄悄地泄露了画中人的容颜。当然，船员们都知道，那是一个不可捉摸的虚像，一个美丽的幻影，就与他们噩梦深处的想象一样，属于一个女人，一位女巫……正是从那一刻开始，人们相信，画师已经彻底成为他们的一员，因为他竟拥抱了最不可触碰的疯狂，画出了青舌的脸。画师依然在工作，将大块颜色涂抹到虚无的镜中，但人们已不愿上前，也不愿探究他记忆里遗失的三天，大家都远远地站在门外，好奇而又胆怯地望着那个堕入疯狂的画师，盯着跳动的画笔，不知道他还要在那些空白的镜子里添上什么东西。

就在那时，一阵不合时宜的笑声忽然从下方爆发，远远的，来自底层的舱室，发自那些被囚禁在笼中的疯子。起初，人们并不在意，毕竟疯子的发作原本就无逻辑可循，但那阵狂笑是如此激烈，如此持久，非但没有随时间的推移而平息，却似一个危险的火源，不断蔓延，很快便引燃了更多从不发笑的声音。假孕的圣母在笑，食蜡的少女在笑，就连黄毛和雀嘴也开始发笑，撕扯着他们早已不属于人类的嗓音，这阵毫无节制的笑声仿若海啸，引起了大家的恐慌。在众人的印象之中，疯子虽然可以做出任何怪事，却甚少会聚集在一起做同一件事情，而当他们突然具备了这种仅属于正常人的特点，就显得尤其可怕，因为这将使他们变成大多数，甚至令人产生一种奇怪的错觉，担心不发笑的自己才是异类，更会被这个发笑的人间遗弃忘却。那一刻，世界就像是失去了它一贯的沉重、冷酷与庄严，一下子堕入这荒唐的笑声之中，使船员们变得焦躁不安，并终于忍不住抛下眼前的画师，纷纷奔到底层去一探究竟。

当锈蚀的铁闸被拉开，当笑声如决堤的洪水般涌出，当众人的视线越过堆积的铁笼，一直探入船舱深处，就连他们也忍不住笑了起来——在那个最臭最脏的角落里，他们找到了一个久违的，多年前就已失踪的人，不过，此人的失踪却丝毫不妨碍人们在今天回忆起他的形象，就连从未谋面的大学者也立即认出了他，毕竟，在瘸子成为新的船首像之前，这个人的形象就一直占据着愚人船的船首。没错，他正是那尊被炮弹打碎的青铜像的原型，愚人船上最老资格的乘客之一——小丑。

没有人确切记得小丑在何时登上了愚人船，正如没有人确切知道他在哪一天忽然失去了踪影，小丑周围的空气似乎总在颤动，充斥着笑声，令接近他的人都失去了严肃认真的精神。他的父亲很可能是甘蔗园的农奴，又或是小村落的制革匠，又或是某位伯爵手下的护林人和烧炭工，每当有人问起他的身世，便总会听到一个全新的故事，再配上一个一成不变的结尾：父亲把他卖给了一群路过的流浪艺人。自然，相比起频频变化的前半段，这个结尾就显得颇为可信，因为，无论农奴、制革匠，还是护林人或烧炭工，他们都不会喜欢长相滑稽的孩子，更不希望抚养一个侏儒，而小丑在成为小丑之前，就恰巧只是一个长相滑稽的侏儒。他似乎生来就流着流浪者的血，很快便融入了那群陌生的异族，他们之中有人能吐火，有人能吞下利刃，既有能变化形体的魔术师，又有会算命占卜的老妇，就算再加上一个长相滑稽的侏儒，也不会显得太过突兀。等到他再长大些许，一位主持畸形表演的大胡子歌女便出钱替他置办了一身行头，把他打扮成了小丑的模样。自那时起，身材矮小的他便穿上了一双比其他人都要巨大的尖头靴，嘴巴在彩粉的协助下能一下子咧到耳根，更拥有了七种不同颜色的头发，据说其颜色的排布还完全仿照了当时的世界地图，而他后脑勺上那块长得最快的玫瑰色则代表了不断扩张的帝国。不过，这都无关紧要，等到他开始变声，人们才终于发现了他最可怕的天赋，那就是他被诅咒的嗓音——无论一件事有多么平淡无聊，甚至悲伤得引人哀叹，只要经他之口说出，便总会引燃一片哄笑。那是一种失控的笑，一种无法模仿却又难以抑制的笑，一种危险的，如瘟疫一般的，近乎自毁的笑，能让人一直笑到精疲力竭，倒地昏厥。后来，在把一个前来观看表演的人活活笑死之后，一位专卖假药的老巫医给他开了一个药方，能够稍微抑制他对大家的影响。从那以后，就再没有人因此丧命，但如果哪天小丑忘了用药，那阵愈演愈烈的狂笑还是足以令他们的车队停止前进，陷入彻底的混乱之中……

当然，小丑这些经历的真伪，早已没有人能够考究，大家甚至不敢确定那个流浪异族是否存在，也不知道小丑后来为什么会与族人失散，跑到愚人船上来。这其中唯一不容置疑的，就只有他那引人发笑的能力，因为它确实存在，并让每一个体验过的人都心有余悸。在人们的记忆里，小丑似乎从未将愚人船视作自己的家，即便他的形象已被制成了船首像，化作了愚人船的象征，他还总是期待着有一天能够离开，宣称要找回他失散的族人。不过，直到他彻底从船上消失，人们都没有把他的话当回事，就像没人会真正讨厌他一样，也没人会真正在乎他。但这也不能怪任何人，毕竟，若一个人只能永远活在旁人的笑声之中，他便很难再奢求别人去认真对待与自己有关的任何事情。也正因为如此，小丑失踪的确切日期始终是一个谜，人们唯一记得的只是，恰是在他失踪之后，关于女巫青舌的种种传说才在船上流传了开去……

现在，小丑回来了，带着崭新的微笑和未曾改变的外表，仿佛这么多年的时光竟无法在他的身上留下一丝痕迹。他宣布，他已找回了自己的族人，但在那个时候，还没有一个人把他的话当真，大家都放纵地笑着，似乎已受够了长久的压抑，要借此把那两个孩子的死给彻底忘掉。后来，当众人簇拥着小丑来到画师门前，他们发现，画师的工作已告一段落，在画布上，那面曾经空白的镜子里，一个矮小的侏儒正把嘴咧到耳根，朝着画布外的众人开怀大笑，他像小丑一样把头发染成了七色，也像小丑一样穿着巨大的尖头靴，他当然不可能是别人，他就是小丑。画师本应是愚人船上最不可能认识小丑的人，却在这时给那个回归的侏儒送去了一个最热情的拥抱。

“哈哈哈……你们……曾经见过面？”众人虽然有些惊讶，却还是止不住自己的笑声。

“当然！”

“在哪里？”

“在那里……”

循着两人手指的方向，大家把目光投向画布，却并不理解他们那藐视逻辑的话语。不过，另一阵笑声忽然在此时泛滥起来，一下子就淹没了众人的意识，也把这所有无法解释的疑点都映衬得不再重要。

那一夜，几乎所有人都沉浸在这荒唐的笑声之中，陶醉于小丑归来的喜悦，让灵魂享受到了难得的放松。只有四月和瘸子是例外，那个可怜的男孩似乎并不想从哀痛中脱离，只愿沉湎于朋友的死亡和自己的愧疚。他刻意远离了小丑，走到船头，瘸子正在那里钓鱼，因身躯被缚而没能加入那场欢笑的游行。

直到后来，当新的异状终于在瘸子身上爆发，四月才回忆起这次见面，意识到瘸子在此时已略微显现出了不正常的迹象——他一手握着鱼竿，另一只手则不断挠着身下青铜小丑的基座，将藤壶从炮弹炸出的断面上一个接一个地抠出来，扔到海中。四月问他为什么这么做，他却只是回答说，他感觉很痒……不过，今夜的四月并没有闲暇去关心这些，当瘸子娴熟地收紧钓线，轻轻一甩，一个晶莹的事物便被抛上了甲板，发出清脆的响声，滚出了很远。

四月马上反应过来，知道瘸子又钓上了一只漂流瓶，他冲过去，拔开瓶塞，抽出里面的纸条，却一下子受了雷击似的，僵在原地。

星光洒落下来，将男孩的脸映得苍白，他突然意识到，在过去仅能看见一连串乱线的自己，此时已可以辨认出纸上的文字。纸条很短，只有一句话，四月虽然读懂了每一个单独的文字，却并不理解那句话的意思，他只是莫名地感到了一股疯狂的悸动，嗅到了苦艾酒残留在纸条上的酩酊气息。他突然想起自己还藏着好几只漂流瓶，而他在识字之后竟还没能把它们重新找出来看上一眼。霎时间，一股强烈的好奇从内心涌起，令男孩告别了瘸子，匆匆跑回船舱。在久被遗忘的角落，四月找回了那些积满灰尘的漂流瓶，急切地将内里的纸条抽出，读起了那些来自过去的文字。这一次，蕴含在乱线间的意义终于浮现了出来，让四月触碰到了一个又一个遥远的世界，这其中既有船员在海难时投出的求救信，也有商人在遭遇海盗时匆忙留下的绝笔，更有来自单恋者无望的情书，还有揭发他人罪状的匿名证词，以及一些明显触犯了禁忌的古怪忏悔。最后，当四月打开自己获得的第一只漂流瓶，他有些惊讶地张大了嘴巴，相比起先前那些写得密密麻麻的书信，这张纸条上只有一句话：

“快逃吧，逃到自己的孤独中去，厄运的风暴即将把你笼罩，祸及身边的无辜！”

现在，男孩又嗅到了那股熟悉的酩酊的馨香，想到了父亲的死，也想到了自己与母亲的相遇。他看了看手中的纸条，又看了看今夜捡到的那一张，蓦然确信，这两段文字竟是出自同一人之手，因为，就在刚才，他才在甲板上读到了这样的文字：

“太迟了，一切都太迟了，恐怖的种子已经抽芽，你将以无辜者之血写下自己的罪孽!”

八 耍蛇人

相比从出场到退场都吸聚了无数目光的热气球,快锯的第二项发明在问世时就没怎么激起众人的兴趣。在大家眼中,那只不过是一个笨重又肮脏的怪物,仅能发出些奇异的噪音,他们无论如何也不会料到,在这怪物漆黑的躯壳下竟蕴藏着一股神奇的力量,足以改写愚人船在未来的每一次航行。

事实上,就在热气球成功升空后的第二天,快锯便在另一本书上找到了第二项发明的创意,而这又令他经历了好几个不眠的夜晚,沉迷在创造与狂想的快乐之中。最后,也许是他的热情感动了大学者,在获得了总计一百零三个修改建议以后,快锯终于完成了他的设计图,开始着手制作这个庞然大物。他钻进货舱,不知从哪个角落翻出一个陈旧的铁炉,开始叮叮咣咣地改造起来,为其添上许多奇怪的铁锅和铜管,当愚人船在港口靠岸,他还会直奔铁匠铺,揣着自己的设计图,向那些只造过草叉、斧头和马蹄铁的老板提出些不明所以的要求,而后再心满意足地把各种形状诡异的零件搬回到船上。最后,一切都准备停当了,人们受邀走下甲板,来到他工作的船舱,只见快锯就像一个钟情于四大元素的魔术师,又一次以点火的方式开始了他的表演。

明晃晃的火焰在炉膛里跳动着，把众人昏黑的背影映照得宛如颤抖的红炭，当沸水的呜咽从铁锅中传出，这个巨物也获得了呼吸，被赋予了生命。它的连杆开始伸缩，曲柄开始推进，白烟从彼此缠结的管道末端喷涌出来，内里还不时激起一阵阵淬火般的声响，而这一切都在驱动着一个粗笨的转轴，使一只悬空的铁轮飞速旋转。人们彼此交换了一个惊奇的眼神，都猜不透这个巨物的下一步行动，却在这时听见他们的船医发出了忘情的高呼：

“怎么样？这伟大的发明！”

“嗯？然后呢？”用了很长时间才搞明白，快锯的演出已到此结束，红胡子大副感觉自己被耍了，发出不满的质问：“难道这就是你的新发明？唉，可怜的人啊，你花了那么多时间，造出这么大一个怪物，就只是为了让一只连地也碰不到的破轮子转起来？这东西能有什么用？”

很快，大家便随红胡子一同散去，只留下快锯一人，颇有些失落地望着众人的背影。这时，大学者走到快锯身边，他当然知晓这个装置的价值，并为其提出了第一百零四个修改建议——唯一一个考虑到怎样使它变得“有用”的建议，也正是这个建议，在未来彻底改变了人们对这项发明的看法。

快锯又开始忙碌起来，施展出自己引以为豪的木匠技巧，就像是有意回敬大副的责难一般，他竟一口气制作了两只巨大的木轮。没有人知道这两只木轮在大海上能发挥什么作用，正如他们在过去并不相信火盆能够离地飘起，只有四月隐隐地对其感到一丝熟悉——虽然这好学的男孩曾在书中见识过某个遥远大陆上的水力磨坊，却一时没能把那水车的形象与眼前的木轮联系到一起。后来，当快锯终于用铆钉把那笨重的发明固定至龙骨，并开始尝试将木轮安装到愚人船的两舷，愤怒的人们差点就把这位发疯的船医关进了铁笼。

不过，瘸子制止了他们，他大喊："就算给愚人船再添上两个不着地的轮子，它的样子也不可能变得比现在更滑稽！"

最后，快锯如愿以偿，用一条长轴把那怪物和木轮相接，替他的发明争得了用武之地。那一天，火焰重新在炉膛中燃起，一下子就打断了大家的议论，令所有人都张大了嘴，几乎不敢相信自己的眼睛。海风呼啸，水花飞起，两只木轮疯狂旋转，逆着风，把愚人船向前方推去。在那以前，即便最有经验的水手也从未体验过如此轻松欢畅的航行，愚人船像一条起跳的飞鱼，仅在身后留下两行银色的浪花和一缕惨白的烟。

"噢，这真是一个奇迹！"现在，红胡子彻底折服了，"但那个怪物……呃，我是说那个发明，究竟是靠什么魔法来做到这一切的？"

"火的力量、水的力量、气的力量……"快锯刚回答了一半，便激动地张开双臂，迎着风，陶醉在自己的世界里。

"那不是魔法。"站在一旁的大学者推了推眼镜，低声说："那是蒸汽……"

于是，自那时起，愚人船便获得了一颗蒸汽心脏。在船首像的幽灵之后，一个新的传说又在航海者之间流传开来，在那个故事里，人们总会提到一群疯子，并用描述怪物的语气给他们那艘长相滑稽的快船安上一个颇为荒唐的名称——轮船。

瘸子也许是这件事的最大受益者，他虽然从未真正见过那头铁皮巨兽，却简直爱死了恩人的发明。每当愚人船的双轮开始旋转，他便开始兴奋高呼，在最前端享受飞驰，欣赏身下破开的波浪，像是获得了双翼。不但如此，他的皮肤还总会微微泛红，淌满了晶莹的汗珠，有一次，四月想替他擦汗，却一下子被烫得缩回了手，男孩略显不安地望着这尊不眠的船首像，真有些担心他的脊背会不会在下一秒喷出火焰，将他们两人都烧成灰。

“别碰我，孩子。”瘸子语带歉意，“我无法控制自己，我感觉体内长出了新的脏器，它在幸福地燃烧，它在推动我前进。”

最后，在意外发生的那天，四月甚至能够看见一股白烟从瘸子的口中溢出，竟与那新发明里喷出的白烟并无二致。瘸子的情绪并不如过去高昂，似乎觉察了即将到来的事故，他一边抹去身上的汗，一边念叨着奇怪的话语。他说，他感到疼痛，确信有某些奇怪的事物正沿着他的血肉穿行，卡在膝盖的关节里。

“但这是不可能的啊。”四月疑惑不解，“因为你根本就没有膝盖！”

说话间，愚人船突然慢了下来，快锯的新发明似乎出了故障，停止了不知疲倦的运转。随后，在那个蒸汽缭绕的船舱中，前来查看的众人目击了颇为骇人的一幕，几乎令他们立即相信，愚人船已受到诅咒，正驶往不归的厄运。他们见到金属转轴仍在错位飞旋，发出怪叫，而从那些颤动的缝隙里不断飞溅出鲜红的事物，竟是一滴滴几近滚沸的鲜血。

快锯并没有被眼前的一切吓住，他相当清楚，自己的发明虽然饱含智慧，却并没有借助一丝一毫神秘的东西。经过长时间的检查，他终于找到了原因，那是好几条蛇的尸体，它们大小各不相同，全都堆积在一处，有的头部已被碾碎，有的身躯已经断开，却仍死死缠绕着一段曲柄，令这个精密的发明偏离了既定的运行轨迹。快锯把这些蛇的尸体清理出来，排列在甲板上，总共七条，而每一条都拥有独特的颜色和纹理。愚人船的双轮虽然很快就恢复了正常，但不安的气氛却并未散去，因为人们根本无法想象这些蛇究竟从哪来，又是如何避过所有人的眼睛，聚集到了一起。

当夜，四月再次来到船头，把甲板下发生的一切告诉了瘸子。那个时候，瘸子已不再念叨自己的膝盖，却像是奇痒难耐似的不断挠着全身。“是的，我知道，七条蛇，死了。但这还远不是全部……”他如此宣称，“还有九百九十七条，我知道，因为我能感觉到，它们在爬行，它们就在这里！”

瘸子的谶语很快便不幸应验。没过几天，人们就发现，愚人船上到处都充斥着蛇的踪影。吃饭的时候，桌子底下有蛇，航行的时候，舵轮上盘着蛇，甲板底层的铁笼上挂着蛇，货舱深处的酒桶里浮着蛇。有的蛇会顺着缆绳爬上桅杆，在白帆上留下一道蜿蜒的阴影，有的蛇会潜入船医的药箱，一连吞下好几个药瓶。人们每走一步都十分小心，担心会踩到哪条蛇的尾巴，等到入夜，大家便抢着点亮风灯，不愿留在暗处，生怕在哪个看不见的角落里触到它们的毒牙和信子。受惊的老鼠从尘封的仓库里涌出，发出绝望的嘶叫，却无法逃避被吞吃的命运。黄毛曾被放出，并一度呲起牙，耸起他棕黄色的毛发，与盘踞在甲板上的蛇对峙，最后却还是被那蛇尾上摇动的响环吓得逃了回去。人们也曾尝试把这些蛇抓起来，却发现它们行动敏捷，总能突然消失在某个狭小的缝隙之中，随后又突然出现在另一片相距甚远的阴影里。有的蛇甚至会蹿进水手长的烟管，在其中拉屎，又或是钻进大副的胡子，在那里蜕皮，仿佛拥有灵性一般，嘲笑着众人驱赶它们的努力。

也就是在那段蛇患成灾的日子里，四月染上了将会伴随他终生的毛病，但这也不能怪他，毕竟，如果有谁哪天突然发现自己的吊床上躺着一条翠绿色的大蛇，即便他不是孩子，也很难不在心中留下阴影。那一回，十月表现得出奇勇敢，他冲到床边，一把捏住蛇的脖子，随手一甩，便把蛇扔了出去。四月随即扑上前，锁起房门，就像要把这可怕的一切都关在门外似的，靠在门板上喘着粗气。

自那时开始，每天睡前，四月总会反复检查门窗，一遍又一遍地确认它们是否已经关死。他还担心着四壁的每一个缝隙，哪怕是一阵最轻微的海风，又或是一丝木板的颤动，都能令他惊坐起来，并再一次下床去检查门闩，似乎不这样便根本不能安然入睡。在最严重的时候，他竟整夜无法成眠，不断往返于吊床和房门之间，徒劳地检查着门闩的状态，而检查的唯一方式便是把门闩重新拉开，并再次插紧，不幸的是这个动作本身又会改变门闩的状态，并在他重新躺下之后成为新的担忧，使他不得不再次起身，去开始另一个痛苦的轮回。四月感到绝望，就连他自己也深知这种做法既不必要也不合理，但他却不能无视内心深处那股近乎荒唐的焦虑与不安，不能抑制自己那愚蠢而又迫切的行为。

“可怜的孩子，这是强迫症。”面对四月的苦痛，大学者如是说，却始终没有给出什么有效的解决办法。

抛开四月的烦恼不提，愚人船的蛇患仍在持续。人们用尽各种方法都没能把它们清除，就连龙骨上的蒸汽心脏也再没有绞死过它们的任何一员。而更让人想不明白的还是，这些蛇竟没有两条是同种，它们既不互相残杀，也没有固定的巢穴，更从未有人见过它们繁殖产卵。它们就这么突然出现，劫持了愚人船，看样子像是要与人们永远地共处下去。

就在大家都束手无策的时候，事情出现了转机。一天清早，三角眼的水手长走上甲板，在主桅杆下发现了一个竹篓，那竹篓极大，更不时从内里传出一阵人类的鼾声。水手长打开竹篓，看见一名陌生男子，这男子戴着一顶异域的礼帽，穿着色彩斑斓的衣袍，蜷着身，睡得正香，怀中还抱着一截奇怪的事物，像是某种生物的肋骨。

水手长感到不解，正要叫醒这个人，却突然忍不住爆发出一串狂笑。原来，小丑也在这时登上了甲板，一见这个竹篓，便兴奋地撒开小短腿，朝这边跑来。这阵笑声不但惊醒了竹篓里的男子，也惊醒了还在船舱里熟睡的人，大家都望着这离奇的一幕，虽然心中有许多疑问，却早已被笑声感染，无暇顾及。

小丑不停地说话，用一种异邦语言与男子握手言欢，就像久别重逢的旧友，很快，男子便点了点头，盘腿坐下，从竹篓里拿出一只牛皮鼓，以手中的肋骨为鼓槌，忽缓忽急地敲击起来。这怪诞的鼓声与众人的笑声相互碰撞，在虚空中擦出点点火花，就像游动的极光，朝愚人船的各个角落散播开去。没过多久，甲板就微微震动起来，声音带回了更多的声音，其中既有缆索的呼啸，又有锚链的轻响，更有鳞片的窸窣擦刮，以及信子和响环的沙沙摇摆。

蛇来了，并不是一条两条，而是全部。这些长久潜伏于阴影的生灵就像听到了无法抗拒的召唤，纷纷从桅杆上落下，从狭缝中跃起，从人们的衣帽鞋袜里蹿出，在甲板上翩然起舞。

现在，男子一甩手，那截肋骨便直立起来，跳跃转动着，一圈一圈，在鼓面上打着旋，而蛇群也像是见到了寻觅已久的至宝，全都如海潮般追逐着这个干枯泛黄的信物，在甲板上汇聚成一片涌动的旋涡。最后，鼓声与笑声终于化成有形的波纹，托起这片蛇海，把它们逐一投入竹篓，一条，两条，三条……整整九百九十七条蛇，在转眼间便被收纳到一处，变成了男子的宠物。

愚人船上的蛇患就此终结，人们甚至还没跟这位陌生男子说上一句话，就已对他敬佩万分，感激不已——这就是要蛇人在刚登上愚人船时发生的事情。

“哈哈哈，你们……曾经见过面？”等大家终于从欣喜中冷静下来，有人向要蛇人和小丑发问。

"当然！"

"在哪里？"

"在那里……"

循着两人手指的方向，人们把目光投向通往客舱的阶梯，突然发现这个情景似曾相识，都忍不住朝画师的船舱奔去。随后，他们敲开了画师的舱门，在那张巨大的画布上，在那个女巫的房间里，在无数面通往疯狂的镜子之中，他们赫然见到了一个全新的形象，那正是耍蛇人，他就坐在一棵树下，敲着牛皮鼓，手脚上都缠着颜色各异的蛇，正与小丑一起演出。直到那时，众人才想起小丑说过的话，意识到这位耍蛇人正是他失散已久的族人。

人们很快便认定，若耍蛇人不是一个天才的说谎者，就只能是一个传奇，因为大家总能从他那里听到数不清的奇幻经历。他至少懂三十九种语言，虽然没人有能力验证这一点，因为他们大多只能用自己的母语和他交谈，但他们还是会不时从耍蛇人的话里分辨出一些零碎的，拗口的，来自另一个语系的词汇和发音。他的舌头就像一条灵动的蛇，能够在众多不同的语言之间来回变换。他甚至能发出类似鸟类的鸣唱，声称自己可以理解雀嘴的话语，尽管雀嘴从来就不喜欢他的靠近，不过，也许那只是因为他身上总满溢出蛇的气息。他并不知道自己随族人流浪了多久，也早已忘记了自己的年龄，甚至在那以前，当他还没有成为一位耍蛇人的时候，他就已经以一名猎手的身份游历了几乎整个有人类居住的已知世界。他曾在无名的草原上用陷阱抓住过狡猾的恐狼，也曾为获得一张完整的毛皮而仅用双拳打败了凶猛的剑齿虎。有一次，他旅行到遥远的北国，竟一度在极夜的雪地里跋涉了七天，只为追逐一头受伤的猛犸象。另一次，他拜访了一个萨满部落，竟不顾酋长的劝阻，冒着狂风和闪电攀上了传说的圣山，终于在悬崖上发现了他们丢失的图腾柱，盗回了一只刚出壳的雷鸟。他曾在大海上找到过龙涎香，却声称它们在被晒干前其实十分难闻。他最喜欢的食物是河豚，虽然他也承认自己有好几次差点被毒死，他最讨厌的食物是渡渡鸟，因为它们的肉不但粗糙，而且油腻，只是想想都会令他感到恶心……如果有人质疑他的故事，他便会挽起袖子，掀起衣袍，向人们逐一展示自己在冒险中留下的伤疤，细述出那些可怕的抓痕和齿印都是来自哪一次战斗。有一回，他在无意间提到了美人鱼，并声称自己曾经拜访过它们栖息的海域，他甚至在地图上指出了具体的位置，却立刻被大副打断了发言。

“你确定没有记错，也没有看错地图？”大副摸着自己的红胡子，面带讥讽，自从被馆长狠狠嘲弄之后，他就对这些奇谈怪论充满了怀疑，“你指的这个位置，可是一片沙漠呀！”

“这不奇怪。”耍蛇人一脸认真，丝毫没有动摇，“我去的时候，那里的确是一片大海。你不知道么？有时陆地会因地震而沉没，有时大海上会有山脉升起，而大陆则从来就没有停止过漂移，这都给我的旅行造成了不少困扰……”

“真的么？”这时，大学者接过话头，似乎对耍蛇人的故事充满了兴趣，“你上一次到那里的时候，是多久以前的事了？”

“十年？二十年？不不不……我想想，也许有一万两千年，又或是一万两千个一万两千年了吧，为什么这么问呢？”

“我记得，我曾有个朋友在你说的地方挖到过鲸鱼的骸骨，那是一种奇特的鲸鱼……”

“鲸鱼？是的，一角鲸，它们长着一支螺旋状的长角，是仅属于美人鱼的独角兽。”这么说着，耍蛇人从衣兜中掏出一枚陈旧的尖锥，虽已磨损得非常厉害，却还是能隐约看到其上螺旋的纹理。他把这件纪念品递到大学者面前，说：“我还曾经用它们的角来制作长矛哩，不过现在只剩下这么一小截。”

“哼……”红胡子不以为然，“我敢说，如果馆长还活着的话，你们一定会成为朋友！”

人们散去了，似乎都不愿相信这些疯狂的事情，只有大学者面露惊喜，把耍蛇人邀请到自己的舱室，与他细细交谈了很久很久。正是在那里，耍蛇人见到了馆长的收藏，他流连在无数标本和骨架之间，显得十分开心，并不是因为他能准确地指出绝大部分藏品的名称、习性和栖息地，而是因为他忽然发现，这世上竟还存在那么多他不认识的物种。不过，大学者很快就扫了他的兴，他告诉耍蛇人，在那些他无法辨识的藏品之中，竟没有一件是真的，它们全都是被人拼凑出来的假货。“噢，是吗？好吧，也就是说，这里并没有什么新鲜的东西……”耍蛇人叹了口气，颇有些沮丧地回过头，望着那条被遗忘在角落里的腔棘鱼，蓦然一笑，“不过，至少你还活着，我的老朋友，太久没见，我还担心你们会不会已经灭绝了呢。”

那一夜，直到所有人都睡下了，大学者才送走了耍蛇人。在长久的交谈之后，他感到疲倦，精神因过度集中而有些恍惚。他关上门，正准备熄灯，却在这时听见船舱深处响起了一个熟悉的声音："朋友？我怎么不记得，你曾经把我当作朋友？"这声音不是来自别处，而正是发自那些沉寂已久的标本。现在，僵死的腔棘鱼忽然翕动嘴唇，从鱼腹中传出死者的话语——那是馆长的声音。

"我并没说错。"大学者重新坐下来，确信这是幻觉，却又沉浸在自己的幻觉之中，"那个时候，也就是你在沙漠里挖掘一角鲸的时候，我的确把你视作朋友。他们都嘲笑你，并不相信你的发现，你却没有因此放弃。应该说，我甚至是敬佩你的，仅在那个时候，仅在你捏造出那些虚构的物种之前……"

"啊哈，是的，那时的我是多么天真啊，竟误以为那些待在皇家博物馆里的老朽都足够聪明，拥有真正的智慧，可以发现我的才华。但事实上，他们就和那些来看热闹的家伙一样，只会生活在常识的牢笼里，不学无术。"腔棘鱼转动眼珠，几乎摆出了一副怪异的笑脸，就像馆长一样满溢出对世界的嘲弄，"我曾经尝试拯救这些人，企图让他们看清这个他们并不理解的世界，但他们的愚蠢远远超出我的想象，你知道吗，他们是不可能得救的！因为他们最大的无知就是对自己无知的无知，他们最大的悲剧就在于他们并不知道自己是个悲剧。他们自信早已懂得一切，也便不允许自己的世界里出现新的事物，他们是如此自大、狂妄、浅薄，不但可怜，而且令人作呕。他们嘲笑我，嘲笑他们的拯救者，噢，他们只是一群等待着衰退和死亡的猿猴……"

“所以呢，你就开始欺骗他们，并以戏耍他们为乐了？”

“难道还有什么更好的选择么？即便你我都逃到了这个疯人统治的地方，也依然躲不过他们愚昧的恶臭。我曾经的朋友啊，你难道忘了么，他们最初是如何鄙视你的发明，而到了后来，在他们享受了切实的便利之后，又是如何的欢欣鼓舞，且更重要的是，由始至终，他们都不曾关注过其中的原理和奥秘。蒸汽？你为什么要告诉他们这些？你就应该让他们相信那全是你的魔法，只有这样，他们才会继续配合你的伟大探索，拜服于你的智慧。相比起理解，他们更喜欢信仰，相比起理论，他们更倾心神秘，你应当对症下药，仅给予他们需要的东西，而不是用那些他们不懂的名词去折磨他们可悲的智力……你说我以欺骗他们为乐？不，欣赏他们的蠢相并不能给我带来多少乐趣，如果我可以独自生存于荒野，我将很乐意与他们断绝最后一丝关系。很可惜，我不能，于是，我只得换一种做法，用他们喜欢的方式为他们服务。是的，当我看透了他们那点可笑的心思，当我摸清了他们那点贫瘠的想象力，我便为他们创造出他们能够理解的事物，以一种驯化宠物，为小狗制作玩具的心情……然后呢，这些笨蛋终于开始喜欢我了，我竟用这种近乎儿戏的方式，获得了我在过去竭尽全力都无法获得的认可！我有些后悔，后悔在一开始把他们视作自己的同类。随他们去吧，我说，既然这些蜣螂只喜欢食粪，我又何必费力去为他们准备一桌美食？毕竟，人类永远只相信他们愿意相信的东西。”

“但他们愿意相信的，往往不是真相。”

“当然不是，况且真相本身并没有意义。”现在，馆长的幽灵已经跳出了腔棘鱼的身体，依附在他创造的达兰若龙身上，颤动着本属于蜥蜴的下颌骨，继续将这场论战进行下去，“我曾经的朋友啊，让我问你一个问题，你所说的真相，究竟是什么东西？”

“真相，就是事物原本的面目，就是所有客观存在的东西。”

“那么，什么是客观存在呢？”

“不依赖任何精神或意志的存在，就是客观存在。”

“如果同一个事物，你看它是蓝色的，而我却说它是绿色的，那么，客观上，它究竟是什么颜色？”

“我们可以找一个诚实且色觉正常的人来进行评判，这并不是什么困难的事情。”

“是的，当然，去找另一个人来评判，我敢打赌，如果一个人不行，你还准备找更多的人，直到一方的人数明显压倒另一方，直到你们粗暴地把少数派称作色盲，认为他们全都有病，又或是疯子……”馆长的声音里透出不屑，“这就是你所说的客观？不要惹我发笑了，这世上根本就没有客观，只有主观，以及被简称为‘客观’的‘多数人的主观’。你发现了么，一旦你开始奢谈客观，你便不得不倒向庸众，开始考虑那帮笨蛋的看法，并天真地相信他们竟与你看到了同一个世界。无论有意无意，你都倾向于认为，客观存在的事物迟早会获得他们的肯定，或者，更糟糕的是，你很可能会暗示自己，相信只有能获得他们肯定的事物才算得上是客观存在……”

“但是，抛开这些不谈，即便人类不复存在，这世界也不会毁灭，它还是会留有一副它最原本的样子，就像人类尚未出现时那样，而我们应该记录追求的，就是这种东西。”

“人类不复存在时，世界真的不会毁灭吗？人类尚未出现时，世界真的存在吗？存在就是被感知，就是成为被观察的对象，而观察本身又是一种对存在的干涉。你一定听说过那只非死非活的小猫吧，那种一旦被观察就会发生塌缩的疯狂状态，这不恰恰告诉了我们，存在不但必须依赖观察者，更会因观察者而发生改变么！再来看看‘客观’这个词吧，多么可笑啊，无论是‘主’是‘客’，终究还是要‘观’，还是要进行观察的，而你一旦开始观察，你便再也不可能自外于这个世界，你便再也不可能是‘客’，却只能是‘主’了。只有尚未被观察到的事物才可能是客观的，只有已被观察到的事物才可能是存在的，所以‘客观存在’本身就是矛盾的，它只能是一种虚无的理想。想想看吧，作为一个人，你如何才能将自己的精神和意志抽离，以一种不受精神和意志左右的方式去观察世界？你又能用什么方式去了解世界在他人眼中的确切模样？你做不到，没有人能够做到，因为你只是一个人，你只有一个人，你跳不出你自己，你无法到你之外去观察世界，你的一切认知都只可能是主观的。事实上，那个让你无比醉心的客观世界并不存在。”

“不，够了，我是不会被你蛊惑的。我知道，你已经死了，你是幽灵，而现在说话的只不过是我脑海中的幻影。”

“啊哈，的确，讽刺的是，我已经死了，我已经将自己从这个恶臭的世界抽离。我是唯一能为你解答疑问的人，因为我是幽灵，我到达了我之外。现在，只有我敢说，我在客观地观察着你们的世界！而在我眼中，你们全都在用自己的主观意志将世界不断改写……对了，既然说到这个话题，我还有一段十分精彩的亲身经历可以与你分享，事实上，你究竟知不知道，我是怎么死的？”

大学者深吸一口气，陷入不安的沉默之中。那一夜，在这个幽灵回归的舱室里，烛火彻夜未熄。

九 不眠的船首像

当疯癫在瘸子身上呈现出全新的形态，人们还没能马上理解这究竟意味着什么，大家只是兴致盎然地与其交谈，不断试探着，像是要验证他这种怪异天赋的真伪，而这一切都可以追溯到红胡子大副和瘸子闲谈的那个夜晚。

那是一个众人都疲乏不堪的夜晚，愚人船刚从暴风雨中逃脱，甲板上四处都是水迹。大副走到船首，松开长久紧绷的神经，开始喃喃自语，像是被眼前的情景触动了，禁不住回想起许多年前的另一场暴风雨。当年，他还只是一名年轻的水手，也尚未蓄出引以为豪的红胡子，那场记忆中的暴风雨虽不见得比今夜的更加猛烈，却令他从阶梯上摔了下去，磕掉了两颗牙，几乎要了他的命。而更糟糕的是，他到后来才发现，他竟把自己最珍贵的怀表弄丢了。那怀表是父亲的遗物，也是其英勇事迹的奖赏和证明，因为他父亲曾效力于海军，直到在一场海战中遭遇友军的炮火，丢了一条胳膊。所以，红胡子至今都无法释怀，他长叹着，兀自讲述起那件父亲用胳膊换来的宝贝，从它的象牙表盘讲到白银表链，再讲到镶在时针上的蓝宝石，以及刻在表壳四周的珍兽……

一直沉默的瘸子忽然打断了大副，抢先问："那表壳上是不是刻着胡狼、蛇和狮子？分别在三点、九点和十二点的位置？"

大副从记忆中回过神来，笑了笑，说："没错没错，哎呀，我以前是不是也说过这件事？"

出乎意料的是，面对大副的自嘲，瘸子摇了摇头，表示自己其实只是第一次听说。

"不可能吧，不然你怎么会知道呢？"大副显然不信，"那可都是你上船以前发生的事情。"

"因为，我感觉到它了。"

"你是说，你曾见过那只怀表？"

"不，我是说，我感觉到它了。"瘸子微微扭过头，用他满布血丝的双眼望着大副，那神情一点也不像是在开玩笑，"它就在货舱尽头，那面铜镜的左手边，第三个木桶的后面。多亏了今夜的雨水，洗去了堆积的灰尘，现在，你的怀表正在黑暗中闪闪发亮呢。"

红胡子瞪大了眼睛，与瘸子对视了片刻，哈哈大笑起来，他快步走开，没再搭理那个少了双腿的疯子。

不过，瘸子的诳语却始终萦绕在他的脑海，仿若魔咒，终于燃起剧烈的好奇，令大副难以自抑地朝货舱跑去。于是，在货舱尽头，那个人们曾经聚集在一起搜索青舌并最终失败的地方，红胡子成功地寻回了自己遗失多年的怀表。它就在那面铜镜的左手边，第三个木桶的后面，浸渍在涌流而下的雨水之中，依然闪烁着大副记忆里的光芒。

这件事很快就在船上传开，引起了众人的兴趣，大家都来找瘸子攀谈，而他也的确帮不少人找回了他们一度遗失的物品，其中既有厨子的汤勺，也有水手长的望远镜，甚至是快锯制作发明时剩下的零件，又或是牛蛙梦游时丢弃在角落里的玩具。这个无眠的疯子虽然从未离开船首，却总能轻易指出这些失物的所在，无论它们是昨天才刚刚丢失，还是十年前便已经没了踪影，准确得令人称奇。也许，正因为如此，人们才会一度沉迷其中，直到许久以后才突然发现，瘸子这种奇异天赋的作用并不仅限于为他们找回物品。后来，瘸子竟变成了船员们最得力的助手，因为他总能抢在所有人的前面，注意到愚人船上出现的问题。不管是快要断掉的缆绳，还是船帆上破开的小洞，哪怕是舷窗上最细小的裂痕，又或是一股刚刚开始散发的腐臭，来自黄毛暗藏在甲板下的海鸟尸体，都逃不过他的“感觉”，事实上，他几乎知晓这艘船上发生的一切。

在大学者对此事得出结论以前，人们都目睹了那件难以理解的怪事。在一次靠岸补给以后，瘸子毫无预兆地叫嚷起来，一副又疼又痒的模样，更声称有某种东西正在啃噬他的皮肉，钻进他的身体。人们为他喊来了船医，但快锯还没来得及走近，这个无眠的疯子便对恩人喊出了更加离奇的话语，他说他的症结并不在此处，却在两层甲板以下，那堆刚刚运上船的原木里。众人半信半疑地走入船舱，恰好在瘸子所说的地方发现了迁徙的白蚁，它们有的仍在纷飞，有的则已经脱下膜翅，正在甲板上打洞，准备到内里繁衍生息。面对这些足以带来灾难的入侵者，人们几乎马上忘掉了瘸子的异状，开始着手处理眼前的问题，等到他们终于把这些小虫完全驱逐，瘸子也立即停止了长久的呼救，像是大病初愈似的，在船头哼起了他最爱的小曲。那一天，当人们还对此议论纷纷，大学者就已经抓住了事情的真相，他推了推眼镜，向众人宣布了自己的猜想：

“这个可怜的人，即便抛弃了双腿，他多余的知觉却从未远去。不但如此，它们反而越发向外延伸，终于与这艘愚人船融为一体。”

瘸子正在变成愚人船，而愚人船则正在变成瘸子全新的肢体——要接受这个疯狂的事实，人们的确花了不少时间，他们甚至一度想要解开瘸子的束缚，使其从船首像的角色中脱离。然而，等到他们真要将这个计划付诸实施，却发现事情的发展早已超乎想象，在曾经的小丑像基座上，他们见到铜锈如藤蔓般延伸，攀上了瘸子的身躯，曾被炮弹打破的部分已经愈合，更像是被嵌进了血脉似的，正随着瘸子的呼吸微微起伏，而瘸子仅剩半截的大腿则早就被他的新肢体同化，浮现出青铜的色彩。到了现在，大家都不得不承认，不知从何时开始，这个疯子的血肉竟已经和愚人船彼此渗透，完全熔铸到了一起。不过，在最初的惊讶和不安过后，人们还是冷静了下来，意识到瘸子的改变非但不是坏事，还能给众人带来不少好处，一想到他为大家找回了那么多失物，而且还预告了白蚁的入侵，人们也便不再介意，甚至有些欣赏、喜欢起他来了。而最欢迎这种改变的，除了负责愚人船维修工作的快锯，还有另一个人，那就是小丑。

在刚刚回归的日子里，小丑并未对瘸子有过太多关注，他不在乎自己的铜像被另一个人取代，也不觉得瘸子的癫狂相较其他疯子有何特别，要说他对瘸子有什么印象，也仅仅停留于一点，那就是他甚少听见瘸子发笑。但这并不奇怪，毕竟小丑总被众人围绕在中心，淹没在海潮般的笑声里，而瘸子则永远被缚于船首，无法加入喧闹的人群。

很长一段时间里，小丑都没能注意到瘸子对他而言是一个多么特殊的存在。不过，当那个无眼的疯子逐渐与愚人船相互融合，当人们频频聚拢到船头，向瘸子寻问各种遗失的物品，小丑也开始把目光投注到这个人身上，并终于发现了一件连他自己都不敢相信的事——瘸子没有笑。那一天，小丑不断揉搓着双眼，怕自己只是一时眼花，但是，他并没有看错，瘸子确实没有笑，即便他开口说话，即便他用那被诅咒的嗓音唱起滑稽的歌谣，即便周围的人早已因他的突然到来而笑得东倒西歪，瘸子却只是沉默地望着人群，始终没有陷入笑声的旋涡。

一瞬间，一阵酸楚涌上小丑的双眼，他望着瘸子，在多年以后第一次找到了这样一个人，能够让他稍稍返回过去，去触碰自己变声以前的世界，去重新体验那从未被他珍视过的幸福，仅仅因为这个人能够用一种严肃的态度，用一种大笑以外的表情来面对自己。小丑快步冲了上去，跳上前桅杆，探出短小的双手，环住了瘸子的脖子，几乎喜极而泣。在众人的狂笑之中，小丑不知疲倦地与瘸子交谈，渴望与他成为朋友。这可怜的侏儒就像一个在沙漠里跋涉了太久，被干渴折磨得丧失了理智的遇难者那样，把瘸子的沉默视作一片绿洲，他的贪婪被引燃了。

恰是这支小小的插曲，令人们进一步认定，瘸子已不能算是人类，却应被视作某种半人半船的生命体，毕竟，这世上有谁能够抵挡得住小丑的嗓音？又有谁能不在他面前笑出声来？不可能，正常人做不到，即便是那些铁笼中的疯子也无一例外，因为那根本不是人类能够完成的事情。不过，对于这种说法，小丑毫不在意，他说：

“如果可以选择，我也不会对一艘船产生特别的兴趣，但我早已经受够了人类，无论是乞丐还是贵族，正常人还是疯子，对我而言都没有差别，因为他们都是同一种人，狂笑的人。他们用永远的喧闹造就了我永远的孤独，我深陷其中，无数次尝试挣脱，却归于徒劳，除了他们那不停颤动抽搐的嘴脸，我再也无法遇到别的东西。那么，又有谁能够剥夺我这最后一点幸福？如果人类只会对我发出近乎兽类的嚎叫，而船却可以倾听……”

小丑独自说着，但没有人能够把他的话听完，这个侏儒的低语很快就被泛滥的笑声淹没，变得模糊不清。也正因为如此，他很快便又一次逃出了人群，让巨大的尖头靴在身后留下一串滑稽的足音，开始往船头跑去。

不过，即使小丑缺席，人们也丝毫不乏娱乐，新近登船的要蛇人不但有说不完的故事，其耍蛇技艺更是堪称一绝。如今，那些曾经四处作乱，令人苦恼不堪的冷血生物全都成了耍蛇人手中的玩物，为众人带去一场场刺激惊险的游戏。他总是挥舞着那截奇怪的肋骨，有如君王的权杖，只消在牛皮鼓上轻轻一击，群蛇便会昂首，摇摆起斑斓的身姿，在主人周围翩翩起舞。那景象十分惊悚，也十分迷人，蛇会钻进他的衣袍，从袖口探出身躯，越过他的指尖，仿若耍蛇人肢体的延伸，在那截肋骨上吞吐信子。鲜艳的鳞片反射着漆亮的光，好似蜿蜒的流沙，彼此擦刮，发出引人牙齿打战的声响，令周围的灯火也降低了温度。每到那个时候，耍蛇人就会像琴师一样张合手指，轻抚过一条条活的琴弦，将它们呈递到众人眼前，甚至使其亮出獠牙，几乎能触碰到每一位观者的脸。

这种游戏纵然危险，却几乎无人能够抗拒，大家总会定定地盯着那些不断扭动的蛇，同时显露出好奇和畏惧，既想要远远退开，又不得不强忍住伸手的冲动，只愿自己能有多一点勇气，去逗弄一下那些神秘的生灵。而在这些观众之中，只有孩子最不懂得掩饰这种矛盾的心情。他们会一边尖叫，一边凑上前去，摸索蛇鳞，轻触蛇信，就像一群无辜的雏鸟，仅仅为了满足一颗年轻的冒险之心，便愿意把自己的命运交给足以致命的不确定性。幸而耍蛇人的技艺早已达致完美，总能牢牢地控制住蛇群，从未让任何人被咬伤，更从未让这些潜在危险演变成悲剧。

不过，人或许永远也不能完全摸透蛇的行为，耍蛇人的表演也并非完全没有遭遇过意外，有一次，蛇群就一下子跃出耍蛇人的衣袍，仿佛突然沾染了人类特有的疯狂，向近处的观众扑去。遇袭的人是牛蛙，他当时正拿着一只鲜苹果，刚在衣襟上擦了擦，还没来得及咬第一口，便见到了扑来的蛇群。

危急关头，耍蛇人猛地挥出骨杖，击飞了牛蛙手中的苹果，紧接着，大家都目睹了那一幕奇景，失控的群蛇全在瞬间扭转身躯，抛下男孩，游向远处的苹果，将其层叠盘绕，吞没至鳞片的旋涡中心。

直到那时，牛蛙才被吓得哭出声来，而耍蛇人也得以稍稍放松，长舒了一口气。

那一天，耍蛇人没再继续表演，却捡起那只苹果，像是要对受惊的众人作出补偿似的，讲述起另一段遥远的传奇。然而，奇怪的是，愚人船上的乘客虽然从未听过那个故事，却无不对其感到熟悉，甚至从一开始就隐隐地带上了一丝厌倦的情绪。在那个与苹果和蛇都有关的故事里，时间返回到了上古，在人类出现之前，神为了排遣无聊，以自身为原型，新造了一个生物。神把那生物放养在乐园之中，并抽出其肋骨，做成玩偶，与那生物为伴。乐园由四条河流滋润，长满了奇异的树木和花卉，有取之不尽的果实，其中还有一棵特别的苹果树，是智慧树，而那棵树上结出的苹果则被称为智慧果。神让自己的宠儿管理乐园，又告诫他，不可取食智慧树上的苹果。不幸的是，蛇出现了，它与乐园里的百兽都不一样，因为它能点燃好奇，因为它能施展诱惑，它缠住了那只玩偶，为其注入猛毒，至于之后的情节，则已没有太多新奇的东西。

“是的，蛇用那带毒的玩偶诱骗了神的宠儿，使他吃下了智慧果，变成了现在的人类。”这么说着，要蛇人将手中的肋骨轻轻一挥，“他和他的肋骨都被逐出了乐园，而蛇则受到了神罚，变成了现在这副模样，依旧追寻着智慧树上的苹果，更像玩偶曾经屈服于它的诱惑那样，始终迷恋于那截有罪的肋骨。”

“你该不会说，你手里拿的正是那截奇怪的肋骨吧？”红胡子大副轻哼了一声。

“正是。”

“不可能。”这时，就像要否定这些神秘的传说一般，人群里冒出了大学者的声音，虽然不高，却十分坚定，“我不会看错，这没什么特别，它就只是一截普通的人类的肋骨。”

“人类的肋骨？先生，您也许对，也许不对……”现在，要蛇人转向大学者，露出一丝莫测的微笑，“而这全都要取决于，您如何定义人类。如果说神把现在的人类赶出了乐园，那么在那之前，乐园里的人类，真正的人类，该是怎样一种形态？”这么说着，他把双手摊开，同时将骨杖和苹果放在桌面上，“真正的人类，究竟是那只终日与自己的肋骨为伴的珍兽，还是那颗被神珍藏的，又被神避忌的，智慧树上的苹果？”

面对要蛇人的提问，大学者竟一时语塞，陷入长久的沉默之中。

“承认吧，人类的确生于乐园，人类的确遭到了驱逐和流放，但在寄生到那只珍兽的身上以前，人类就只是智慧树上的果实，等候着一个必然降临的悲剧，等候着一副精致又强韧的躯壳，一个与神等同的宿主，去承担那智慧的诅咒。”渐渐地，耍蛇人的声音变得高昂起来，其中并没有雄辩的推理或分析，却像目击者陈述事实那样不容置疑，“你们是知道的吧，智慧的诅咒究竟是怎样一种东西，那就是死亡。是的，死亡，即便在神的乐园里，智慧也从来都与死亡紧紧相连。人类拥有智慧，人类孕育智慧，人类既是智慧树的果实，又是死亡本身。这就注定了他所寄宿的躯壳的命运——以神的姿态死去。如果你们还不相信，就请看一看自己的周围吧，看一看愚人船上的愚人，那些被你们关在铁笼中的生命。他们既不辨善恶，也没有羞耻之心，离智慧最遥远，也就与生命最接近，正因为如此，他们才能够不惧寒冷，不怕饥饿，即使终日活在肮脏的舱底，也永远不会得病，甚至令船医都显得多余。他们正是这样一边逃避着智慧的荼毒，一边向世界展现出那种独有的，来自乐园的生命力。”

现在，耍蛇人停了下来，环视四周，仅在众人的脸上看到惊讶，却再没听到任何反驳的声音，于是，就像是要为这个故事添上最精彩的结尾一般，他道出了那段一直被自己珍藏的奇遇：“或许你们无法想象，但事实上，相比起你们周围的愚人，这世上还存在另一种更加稀有、更加强韧的生命。他们像人，却不是人，他们生而具有神的躯壳，却并未继承人的智慧。他们吐出了致命的苹果，变得比疯子更加懵懂无知，纯洁得就如乐园里的珍兽。也正因为如此，他们竟完全脱离了死亡，依然沐浴在神爱之中，甚至能够扭曲现实，令周遭的一切都呈现出乐园的模样。而我就曾经遇到过这样一个‘人’，并目睹了他带来的奇迹，噢，你们绝对不会相信，那是多么……”

“不，你错了，我的朋友。”忽然间，大家异口同声地打断了耍蛇人，像是终于明白为何从一开始就对这个话题感到熟悉，他们一边打着哈欠，一边说，“这有什么稀奇？我们早已见过你说的那种人，因为他就是我们曾经的伙伴。他叫勇士，是左拇指的父亲。”

十 雾

就在人们痴迷于耍蛇表演的日子里，快锯替大学者完成了第七个书架。它虽然比第六个书架更大一些，却还是一下子便被大学者的藏书填满。现在，那只本就巨大的麻布口袋竟变得更加巨大，膨胀到了半人高，鼓鼓囊囊的，有时甚至不用大学者伸手去掏，也会兀自发出些奇怪的声响，有如山间的回音，末了再自己吐出一两本世人从未见过的书来。而那些新上架的书也开始变得不着边际，从占星术到矿物学，从曼德拉草的种植方法到海蓝宝石的切割技术，从治疗腹泻和痔疮的祈祷经文到以蝙蝠和食蚁兽为主菜的食谱，不一而足，其中甚至还掺杂着几本稀奇古怪的神学著作，讲的都是些以植物为主角的寓言和长着章鱼腕足的神祇。

也正是从这个新完成的书架上，四月找到了那本会令他后悔去读的蛇类图鉴，开始学习与蛇有关的一切。很快，他便在书中找到了许多在耍蛇表演上出现过的品种。四月暗暗辨识、记忆着，知道那颈部长有皮褶，可以向外膨起，甚至能射出毒液的是眼镜蛇，而那身披灰白菱形斑纹，藏着钩状毒牙，吻端朝上翘起的则是尖吻蝮，白头蝰全身紫棕，缀有朱红窄纹，唯独头部是一个淡色的三角，而珊瑚蛇则长着红、黄、黑相间的环状花纹，鳞片光滑细腻，至于那条曾侵占过他吊床的绿色大蛇，则被世人称作翡翠树蚺。直到那时，四月才知道，翡翠树蚺并没有毒，但大多数蛇都是有毒的，比如白头蝰就能令人血液凝固，肌肉肿胀，吞咽困难，尖吻蝮则会使人出血不止，伤口溃疡，组织坏疽，而眼镜蛇和珊瑚蛇都可以麻痹人的呼吸，使人死于休克……后来，每当四月看见耍蛇人身上盘绕的蛇群，便无法自抑地回想起这些中毒的症状，他会出神地望着灯火在鳞片上的反光，感觉自己的心脏也开始逐渐收缩，紧随信子跳跃的节奏。最后，在蛇群为苹果陷入疯狂的那天，站在人群边缘的四月刚想要后退，却发现十月就站在自己身后，挡住了他，这个孪生弟弟对周围的混乱无动于衷，反而凑到四月耳边，对自己的哥哥发出低语：

“又一次，我的好哥哥，你开始接触新的事物，学习新的知识了……”十月面带微笑，显得有些哀伤，他并未寻求四月回应，却像是在陈述一个简单的事实：“耍蛇人在开始耍蛇以前，曾接触过那么多不同的生物，而你在抽出那本蛇类图鉴以前，也曾在书架上见过那么多不同的书，但你们终究还是选择了蛇。没错，蛇，为什么必须是蛇？看一看你周围那些观览表演的人吧，为什么唯独蛇能够吸住他们的目光，令他们既畏缩却步，又无法转身离开，仅能一边战栗一边尖叫，发出兴奋得近乎兽类的声响？而更令人难以理解的还是，这种对蛇的钟情并非疯子独有，它几乎就根植于每一个人的内心，要不然，为什么在那个众所周知的创世传说里，向人类的祖先发出诱惑的，竟是蛇，而不是别的什么动物？你有想过这个问题吗，我的好哥哥，神的乐园里有着成百上千的物种，驯顺的羔羊，柔弱的兔子，温和的白鸽，伶俐的鹦鹉，它们哪一种不比蛇更能让人放松警惕，更容易接近人，说服人？但人类并未对这些无害的动物投以关注，并未听从它们的劝诫，反而倒向了蛇，败给了它的诱惑，为什么偏偏是蛇，这种周身散发危险气息的生物，能够对人施以诱惑？”

四月无法回答，只是茫然地摇着头，却不忘紧盯住苹果落地的方向，将那纠缠的蛇群倒映在瞳孔之中。

“是的，你明知危险，却无法拒绝，或许，这种危险也恰是你无法拒绝的原因。是不是早在人类成为人类以前，我们就已在灵魂中埋下了一颗最为疯狂的种子，它使血液因好奇而滚沸，它使我们倾心神秘，只想去触碰那最奇诡、最无法理解的东西，并迷恋着这种无法把握的未知，向往着把自己置于险境？”说到这里，十月叹了口气，“但是，我的好哥哥呀，在沉醉于这一切之前，你是不是应该先停下来，看一看自己？你知道吗，你并不了解你自己，更不清楚，在你的身上，这种对危险的好奇能够变得多么致命。你在重蹈我们祖先的覆辙，只不过，这一次，我们早已不在乐园之中，却还要被进一步驱逐，被流放至混沌的地狱……”

第二天，众人如往常那样醒来，却没能见到太阳升起，四周很静，风和浪都像是仍在沉睡，浸没在蔓延的雾气里。这样的情况一直持续到正午，人们才开始感觉异样，因为雾气非但没有被阳光驱散，反而变得越发浓重，仿佛突然到来的夜幕，将愚人船拖入一片迷蒙的灰暗之中。

后来，每当水手们试着回想起这天发生的一切，都没有人能够说得清出航的命令究竟来自哪里，也许是因为他们太过相信自己的经验和技巧，认为仅凭海图和罗盘便足以确定愚人船离下一个港口已经很近很近，也许是因为快锯的发明实在太过神奇，给予了他们足够的勇气和信心，认为只要那颗蒸汽心脏仍在运转就没有无法抵达的目的地。总之，他们并没有等到迷雾散去，就这样升起锚链，起航了。

自那时起，事态的发展便偏离了常识，雾气变得越来越浓，而本应出现在前方的海岸线则始终不见踪影。平日里在桅杆和甲板上吵闹不休的海鸟全都消失了，像是先一步意识到了厄运的靠近。快锯制作的木轮虽然仍在不倦旋转，但它们发出的声音却像是被雾气淹没了似的，显得越来越远，越来越轻，也越来越不像是在推动愚人船前进。

当黑暗再一次降临，迷雾已开始缠结，犹如层叠的蛛网，笼罩了愚人船上的一切，它一点点渗透，钻进船钟的外壳，潜入罗盘的缝隙，一下子便将齿轮锈蚀，把指针溺毙，使人们再也无法计量时间或分辨方位，终于堕入到一个彻底混沌的时空中。

现在，人们感到后悔了，为了补救自己的过失，他们决定停止航行，只愿等到迷雾散去，但就连这都已不再可能，因为，他们在抛锚时突然发现，无论如何尝试，愚人船的船锚都再也无法触到海床，无法抵达海底。毫无疑问，这是一片陌生的海域，深度超乎想象，既不在原定的航路上，也并未记载于任何一张已知的海图，就像在一片无边的汪洋中央，令众人不得不开始担忧，不知自己还能否找到可以靠岸的陆地。

别无选择地，愚人船继续在这迷雾中航行，朝着一个方向，直到蒸汽心脏把储备的柴草和木炭消耗殆尽，也没能从这片海域脱离。没有人知道时间过去了多少天，就连昼夜的更迭在这里也难以被觉察，全都隐没在朦胧的雾气里。

就在人们把船上的存粮全部吃完，正不知该如何是好的时候，船首的瘸子一甩鱼竿，从海中钓起了一件事物，而那也是他在这片迷雾里钓到的第一件事物，但那并不是鱼，而是一副完整的鱼骨。鱼骨在甲板上蹦跶着，似乎并未意识到自己已然死去，海水在它周围飞溅起来，转眼就融化到雾中。目睹了这一幕的瘸子突然感到一阵阴冷，打了个喷嚏，令愚人船的龙骨和桅杆都跟着颤抖起来。

人们闻讯赶到船头，还没来得及惊讶，便被一阵怪异的乐音吸引了注意。那乐音来自前方的迷雾，在这寂静的世界里显得残缺又扭曲，就像是一支丢失了主音，仅剩下伴奏的舞曲，不断循环往复，其中似乎还夹带着一丝行将消逝的歌声，时隐时现，令众人不由得回想起馆长杜撰的海妖，不知她是不是真的存在，潜伏在这片迷雾里。水手长提起风灯，往远处照去，很快便在声音传来的方向发现了一个巨大的阴影。那是一艘船，像是失去了动力，正倒退着，朝这边缓缓漂来，巨大的艉楼黑洞洞的，窗子里没有一丝灯火，它似乎早已被乘员抛弃，却依然保留着人们离去前的模样。水手长朝对面喊话，无人回应，不但如此，就连先前的乐音也迅速减弱，终于消失，令人们开始怀疑自己是不是因饥饿产生了幻听。

“啊哈，现在，我总算明白了，为啥总有人相信那些关于幽灵船的鬼扯……”水手长咽了口唾沫，喃喃自语起来，“原来那都是真的。”

虽然从一开始就有了不好的预感，但一想到愚人船上已经告罄的物资，人们便不得不鼓起勇气，指望着能从这艘弃船上找到什么有用的东西。为了壮胆，水手长带上了自己珍藏的新月形弯刀，纠集了一大伙人，甚至放出了笼中的疯子，和他们一同划着舢板，登上了幽灵船。幽灵船和愚人船大小相若，侧舷的木板已经朽坏不堪，破裂的船帆从桅杆上垂落，盖住了四下散落的木桶和缆索。甲板上有好几张餐桌，陈列着食具，似乎人们直到离开前的一刻都仍在举行宴会，碟子里摆满了鱼、肉、面包，还有香蕉、葡萄和菠萝，不知放了多久，模样依旧新鲜，一旦被人拿起却立刻化成了粉末。就在这时，黄毛突然吠叫起来，直扑向舱室，人们紧追上去，刚踏进舱门便听见一阵混乱的乐音，这乐音带着一股兽类的疯狂，在人群中引燃一片惊叫。

那一刻，大家的动作都僵住了，无不惊恐万状地望着前方的黑暗，见到了那一双苍黄的，飘浮在阴影中的眼睛。然而，这种危险的对峙仅持续了片刻，原本紧张的空气便被另一种滑稽的声音感染：

“咩，咩咩……”

直至此刻，水手长才举起灯，终于在舱室的中央发现了那双眼睛的主人——一只纯黑色的山羊。

人们哄笑起来，松开紧绷的脸，悄悄抹去额角的冷汗，刚准备迈步向前，却发现脚边还有别的东西。那是乐器，各种各样的乐器，既有长笛和手鼓，也有曼陀林和手风琴，这些东西凌乱地散落在舱室里，有的仍被山羊踩在蹄下，发出断续的乐音，组成了方才那支残缺的舞曲。而在这些乐器周围，众人还发现了许多人类的骸骨，这些可怜的家伙，已不知死去多久，完全变成了骷髅，身上更有明显的暴力留下的痕迹。其中一具水手模样的骷髅，右手依然捏着象牙拨片，左手的班卓琴却拦腰断开，他垂着脸，鲜红的头巾落在胸前，颈椎碎裂，想必是被勒死的，在曾是脖子的地方还缠绕着一圈圈锋利的琴弦。而那具大副模样的骷髅则头顶一把斧子，还没来得及摘下那顶漂亮的饰有极乐鸟尾羽的二角帽，脑袋便与帽子一道被劈开，行凶者的力道是如此巨大，令斧子至今仍深陷在原处，无法拔出，几乎与他的颅骨融为一体。除此以外，快锯在其他骸骨上也找到了各种各样的伤痕，有的来自利器劈砍，有的来自钝器猛击，有的部位已完全粉碎，像是经历过巨力碾轧，有的部位则显得黑漆，像是曾遭烈火炙烧，这一具具骷髅至今还穿着时髦的衣服和崭新的靴子，似乎仍想要把末日的舞会进行下去。

忽然，虚空中又传出咩的一声，吸引了众人的注意，原来，黑山羊竟在这时开始了反刍，连续不断地在饥饿的人群里发出不合时宜的咀嚼声。

人们重新审视着这只漫步在乐器与骸骨之间的牲畜，终于生发出疑问，不知它是如何活过这段漫长而又孤独的时光。山羊与人类对视着，它毛色乌亮，苍黄的双眼闪烁诡黠的光芒，在某个十分短暂的瞬间，人们甚至以为它马上就要开口，发笑，对他们说出嘲弄的话语。但山羊终究没有说话，它嚼完嘴里的食物，打了个饱嗝，从拴在脖子上的口琴里吹出一串戏谑的颤音，便又低下头，把脸埋入桌面下的阴影。后来，直到听见纸页被撕裂的脆响，人们才意识到它正吃着什么，那竟是这艘船的航海日志，厚厚的一叠，早已布满牙印，被啃得面目全非。山羊吃掉了这艘船的名字，吃掉了每一次出航和入港的日期，吃掉了补给的清单和人员任免的记录，也吃掉了所有解开谜团的线索。或许，从一开始，它就注定要吃掉此地发生的一切，把这艘船的过去全都咀嚼成了无法辨识的纸渣，填进自己的四个胃袋之中。

再一次，人们笑了，声音里带着些许无奈，他们把山羊牵到甲板上，拴好，便分头向更深处的船舱探索过去。但他们再没有发现什么值得一提的东西，这艘船上并不存在众人期待的水和食物，如果有类似的东西，也全都在他们触碰的瞬间化成了灰烬。一只黑山羊，这就是众人此次探险的唯一收获。最后，人们陆续在甲板上集合，正准备把山羊运上舢板，便见快锯带着黄毛从船首的方向奔来，船医气喘吁吁，明显受了惊吓，还未归队便做出手势，让大家赶紧登上舢板。人们一脸疑惑，还没来得及问他究竟遇到了什么，便突然听到一阵怪异的响动自上方传来，众人抬头一看，恰见一条华美的舞裙，正从半空中缓缓飘落，泛着幽蓝的光，就如一朵误入云雾的箱型水母。随即，甲板上响起了叮叮咚咚的声音，那是无数惨白的，纤细的，从桅杆顶上跌落的骸骨——一位少女的骸骨。

那一刻，所有人都目击了这些骸骨在虚空中的跳跃和飞旋，看着它们重新组合成一副完整的骷髅，呈现出人的动态，紧接着，欻的一声，舞裙落下，恰好套在这副骷髅身上，终于唤醒了她，令她投入一场死后的舞蹈。黄毛狂吠起来，人们发出惊叫，但这些声音都被突然响起的音乐声掩盖了，来自那些舱室里的乐器，来自那支连死亡也无法使其终结的舞曲。

恐惧终于在此刻彻底爆发，应验了过去种种关于幽灵船的传言，于是，在众人跳下舢板，疯狂逃离之前，最后映入他们眼帘的，便只有甲板中央那一副狂舞的骷髅，以及一只黑山羊，它正探出脑袋，一脸无聊地打着饱嗝，以一双苍黄的眼睛俯视着这些出逃的入侵者……

因为这最后的意外，大家什么都没能带回，幽灵船很快就从视野中消失，连带着那支喧闹的幽灵舞曲一道，隐没在浓重的迷雾里。

情况又回到了最初的模样，没有食物，没有水，没有风和海流，也没有能够驱动蒸汽心脏的东西。愚人船就这么漂悬在迷雾之中，像是忘记了时间，等待着惨剧降临。后来，还是瘸子替众人缓解了眼前的窘境，他运用自己的新天赋，在愚人船上找到了一箱饼干和几桶淡水，这些东西就堆在货舱的角落，上次勇士嚼碎玻璃的地点附近，像是被遗忘了，积满了灰尘，箱子上潦草地写着“十五天内食用”，但记录在末尾的日期早已模糊不清，水面上虽然覆盖着一层橄榄油，却也没能阻止水质发绿，变成一种浓稠的，散发腥味的流体。若是平时，大副必定会把众人训斥一遍，再捏着鼻子将这些垃圾倒进大海。但是，现在情况有所不同，人们几乎要感激当初那个疏忽大意的船员，让这些补给能够留存至今。于是，宴会开始了，多亏了这场雾，遮蔽了阳光，把舱室里的一切都变得幽暗，让人们在吞下这些饼干之前不必看清在上面蠕动的蛆。不过，即便如此，当这些小虫连同变质的饼干一同滑进喉咙，它们还是会在那里留下一种特别的，又痒又凉的触感，直到人们喝下绿色的浆液，将它们冲入胃部，以另一种黏糊糊的感觉将其取代，这段奇异的体验才算是彻底结束。那一天，大家都放纵了自己的食欲，因这次意外的发现而感到幸福。然而，瘸子的能力并非无限，他终究无法找到并不存在的事物，在把这些东西消耗殆尽之后，饥饿和焦渴便又一次回归，甚至变得比过去更加剧烈，不断冲击着人们濒临崩溃的精神和肉体，使常人和疯子之间的界限变得越来越模糊。

事故就这样发生了，不知是哪一天，也不知是在清晨还是午后，被饿坏的孩子们终于对耍蛇人的宠物打起了主意。

值得一提的是，自从进入这片迷雾之后，那数百条蛇便像是觉察到了周围的异样，全都陷入了休眠，不再活动，或许正因为如此，孩子们才会产生错觉，竟天真地认为自己能够把它们逮住，再做成佳肴。提议的人是黑眼眶，这个男孩在过去曾随父亲到荒岛上打过几次猎，是唯一尝过蛇肉的人。趁着众人睡觉的时候，他带领牛蛙、四月和十月，悄悄走近耍蛇人的竹篓，掀开盖子，认准了最容易下手的一条，一把将它抓起。

那是一个将被四月反复回忆的瞬间，借着昏暗的灯火，四月见到了那条蛇，无论是它细瘦光滑的身躯，还是红、黑、黄相间的环状花纹，全都深深地烙在了男孩的眼底，唤醒了他在图鉴上读到过的记述。血流几乎一下子停滞了，四月寒毛直竖，死死盯住那条曾被他想象过无数次的蛇。而蛇也像是嗅到了男孩内心的战栗，终于被他的目光灼醒，突然扭动起来，想要从黑眼眶的掌握下逃脱。混乱之中，孩子们发出惊呼，黑眼眶下意识地收紧手掌，却激怒了那条小蛇，令其猛地扭转身躯，一口咬住他的手臂。

“没关系，不疼！”黑眼眶面无惧色，虽被那短小的尖牙刺伤，却并未松手，倚仗着过去的狩猎经验，他现在变得勇敢无比，“我知道的，它并没有……并没有……”

然而，话还没说完，黑眼眶就倒了下来，牛蛙一开始以为他只是饿昏了头，还忍不住笑了出声，直到发现朋友的脸和嘴唇都逐渐变成了紫色，那胆小的胖子才意识到危险，一边大声呼救，一边朝外跑去。

人们很快就赶到了这里，不过为时已晚，船医跑上前，却只来得及确认黑眼眶停止了呼吸。他看了看男孩的伤口，转而望向随后赶到的耍蛇人和大学者，刚要开口询问，却第一次在这两人脸上看到了同一种罕见的、难以置信的神情。

“他中毒了，是某种神经毒素，能够麻痹呼吸，很可能是眼镜蛇或珊瑚蛇的蛇毒……”大学者摇着头，发出犹豫的低语，眼前的一切似乎令他自己也不愿接受刚才所说的事情。

“但是，这根本就是不可能的啊！”要蛇人把那条行凶的小蛇抓起，显得有些茫然，甚至还让它在自己的手臂上咬出了一个完全一致的伤口，试图以此来向大学者作出证明，“您一定也知道，这只是一条乳蛇，它虽然长得很像珊瑚蛇，却完全不一样，它并没有毒！”

忽然，角落里爆发出一阵哀号，打断了要蛇人的话语，现在，四月像是终于从梦中惊醒，意识到了眼前发生的一切。他开始哭泣，声音嘶哑，满含苦痛，使震惊演变成悲伤，淹没了周围的人群。于是，也就鲜有人能够知晓，在这男孩的苦痛之中，还充溢着别样的情感，那是自责，是悔恨，是惊悚，以及一种恍然的，近乎绝望的恐惧。

紧接着，令众人意外的一幕出现了，只见大学者一转身，推开围拢在尸体周围的人群，径直走到四月跟前，劈头就是一耳光，把男孩打得一个踉跄，几乎摔倒，而这还不算完，这位一贯和蔼斯文的监护人更向前追跨出一步，开始对四月拳打脚踢。要不是十月扑上来死死抱住他的手臂，并引得众人都来劝阻，大学者当时很可能就要把四月打成残疾。于是，在黑眼眶死于蛇咬的这天，人们第一次见识了大学者的狂怒，有人认为他是要惩罚四月，因为这男孩没有阻止朋友的愚行，对黑眼眶的死负有责任，也有人认为他仅仅是被眼前的饥饿和绝境冲昏了头，想借此发泄心中的负面情绪。各种奇怪的猜测一度在人群里流传，却全都经不起推敲，并终将被流逝的时光驳倒，因为，在许久以后，即便愚人船已经从迷雾中脱离，即便黑眼眶的死已经成为遥远的过去，即便四月已经从男孩成长为少年，大学者对他的态度却依旧恶劣，不但经常口出恶言，甚至还会拳脚相加。不过，到了那个时候，已没有人会去探究其中的原因，毕竟，早在意识到自己的猜测并不正确以前，人们便已经接受了这种突然的转变，习惯了，甚至认为不这样反而就不正常了。

那一天，四月躺在吊床上，嘴角淌血，耳朵嗡鸣，神志恍惚，似乎又一次嗅到了那股酩酊的馨香，在幻觉里遇见了自己的母亲。母亲轻抚他的额头，对他说着无人能懂的言语，像是在安慰自己的孩子，却令悔恨燃起于男孩的内心。这份悔恨会把四月留在过去，让他一遍又一遍地遭遇到那条红、黑、黄相间的小蛇，一遍又一遍地目击到黑眼眶的死，一遍又一遍地经历绝望和痛楚，承受监护人在他身上施加的暴力。不过，最令四月痛苦的还不是这些众所周知的事，而是他的另一段经历，另一个秘密，那是在牛蛙从现场逃离以后，直至要蛇人道出真相以前，十月对四月的耳语：

“难道你还没意识到吗，我的好哥哥，你身边的人，正一个接一个地死去。你用你的知识觉察到了他们即将遭遇的危险，却对他们的死亡无能为力。要蛇人是对的，知识所到之处，厄运如影随形。就连我们的父亲也无法从这诅咒中逃脱，生为乐园的遗民，最后还是死在那柄微不足道的小刀之下，屈从于你不幸的记忆，也就更不用说这些本就脆弱不堪的孩子了。告诉我，哥哥，知识除了会使你更加痛苦，还能带来什么别的东西？你已经太聪明了，甚至聪明到无法分辨，究竟是自己预见了他们的死，还是自己在无意间用知识将他们引入了险境。你竟开始怀疑，自己到底是一个旁观者，还是这一切不幸的主因。无论是过去的热气球和箱型水母，还是今天的珊瑚蛇……嗯？那是珊瑚蛇，是珊瑚蛇对吧？你记得，你在图鉴上读到过它的，可是，你依然很在意，黑眼眶在倒下之前所说的话，他究竟想要表达什么呢……”

四月记得，正是在那个时候，人们闯进了船舱，大学者和要蛇人的声音相继传来，在十月的脸上激起一阵哀伤的笑意：“噢，那只是一条乳蛇，乳蛇没有毒，原来，你认错了。但是，太迟了，这个真相来得太迟了，你的朋友已经被毒死了！”

十一 塔塔罗斯的视界

如果死亡注定在那天降临，那么对于黑眼眶来说，死于蛇毒也许还算是一种幸运。毕竟，就在孩子们出手抓蛇的时候，愚人船上的其他人也正疯狂地寻找食物。即便成年人更善于掩饰自己的欲望和冲动，也早已有人把注意力转向了笼中的疯子，想要拿起刀，从黄毛或雀嘴的身上割肉，哪怕是稍微理智一点的人，也开始暗暗期待圣母能在此时再来一次假孕，分娩出一个尽可能大的肉瘤……所以，若不是大学者宣称黑眼眶的尸体已被蛇毒侵染，还真不知人们会做出什么可怕的事来。

被这悲苦且疯狂的气氛笼罩着，愚人船又在迷雾里漂流了许久，直到众人彻底绝望，好几位船员已经投海，事情才突然出现转机。那是一次意外的救赎，却在降临之初引起了恐慌，因为远方再次传来乐音和歌声，一度勾起了众人对于幽灵船的糟糕回忆。

这一次，与声音一同到来的还有光，那是一种柔和又温暖的火光，从迷雾中透出，由远及近，在一张张濒临癫狂的脸上留下希望的色彩。很快，一艘灯火通明的大船就闯进了众人的视野，船上的人正在举行宴会，唱着，跳着，弹奏着欢愉的乐曲，他们向愚人船大声问候，挥手致意，丝毫不像是迷途的落难者，甚至对这些疯人的狼狈感到不解，表露同情。当两船靠近到彼此相接，对面的大副便拍着手，邀请众人跨过船舷，加入他们的酒宴。没有人能够拒绝这慷慨的邀请，大家尽情吃喝，仿佛重新回到了传说中的乐园。那真是一场丰盛的宴会，餐桌在甲板上排开，美酒在杯中蒸腾，鱼、肉、面包在餐盘里堆积成幸福的小山，还有不知产自何地的香蕉、葡萄和菠萝，全都新鲜得就像刚摘下来似的，洋溢着诱人的香气。好客的水手嬉笑欢闹着，围成一圈，吹着长笛，拍着手鼓，唱着异邦的歌，拨弄着曼陀林和班卓琴，鲜红的头巾有如火焰。没有人知道这场宴会持续了多久，正如没有人知道自己在饥饿中挣扎了多少个昼夜，当众人终于吃饱，喝足，用鼓胀的胃袋驱逐了灵魂深处的绝望，他们才逐渐恢复理智，开始和这帮陌生人交谈起来。

毫不意外地，红胡子找到了对面的大副，主动聊起这场雾，想要知道怎样才能脱离眼前的困境。不过，他很快就发现，自己很难接上对方的话，更完全无法理解这帮人用以航海的术语，什么“时空的势垒”，什么“隧穿”，什么“概率的涟漪”，红胡子一句都听不懂，甚至禁不住产生出一种错觉，以为站在自己面前的正是死去的馆长，又或是沉浸于发明的快锯。就在这时，一直坐在一旁的酒鬼忽然放下杯子，他在今天喝下的酒或许比过去全年的还要多，他大喊一声：“我知道了！”过量的酒精染红了他的双眼和皮肤，使他变得目光炯炯，而他的大舌头也从未像现在这样麻利灵活：“简而言之，我们一直都在塔塔罗斯的视界上航行！”

“噢！”对面的大副摘下他那顶崭新的，由海狸皮制成的二角帽，恭敬地对酒鬼深行一礼，“想不到您仅用一句话就总结出了我要说的全部，您真是一位天才。”

“天才？”红胡子轻哼了一声，“不，我的朋友，他并不是天才，他只是一个疯子。”

“疯子？哈哈，您说得或许没错，反正我一直没搞懂，天才和疯子到底有什么差别。”

红胡子还想说些什么，宴会的音乐却在此刻达到高潮。一道幽蓝的光芒突然在众人面前闪过，急速飞升，把大家的目光引向高处，终于在桅杆上发现了一位美丽的少女。少女穿着样式奇异的舞裙，裙摆一直向外延伸，与雾气融为一体，她在桅杆之间跳跃，旋转，轻巧得仿若没有重量，好似被舞曲召来的精灵。人们仰望着她的一举一动，全都张大了嘴，被那一幕幕惊险悦目的景象攫住了心，与其说是在欣赏一段优美的舞蹈，毋宁说是在观看一场刺激的马戏。等到一曲结束，舞女重新飘落在甲板上，小丑突然跑了上去，踮起脚尖，拉住舞女的手，神情激动，他问：

“天啊，原来你还活着？”

当时，所有人都发出了哄笑，这笑声在雾气里回荡，把侏儒的搭讪映衬得更加笨拙滑稽，也便没有人能够听见舞女的回答，更没有人能够理解小丑脸上的欣喜。所以，直到后来，当舞女成为愚人船的乘客，人们才逐渐意识到，她竟真的和小丑、耍蛇人他们一样，是那群流浪艺人的一员，并为此惊讶不已。

宴会结束了，红胡子再次提出请求，想让愚人船与这帮人一道航行，直到离开迷雾。但对面的大副只是掏出怀表，朝表盘上看了一眼，便摇摇头，说：“抱歉，你们不能跟来，因为我们的航向全然不同，事实上，我们还需要你们的帮助……”这么说着，他把舞女叫到身边，“请带上她一同旅行吧，她正在寻找自己失散的弟弟，我们对此早已无能为力，而更糟糕的是，她本属于你们那边，却已经与我们在一起太久了……”红胡子愣了一下，并不理解对方的话，他本不想接受，却终究无法拒绝对方的提议。舞女就这样带着自己的衣箱，登上了愚人船，而与她一同到来的，还有大量的食物、美酒和淡水，至少可以再支撑一个月的航行。这帮慷慨的陌生人甚至为愚人船提供了足够的木炭，好让那颗蒸汽心脏重新开始跳动。最后，当一切交接完毕，对方又为愚人船指明了一个方向，让他们不要犹豫，只管一直往那里航行。

“去吧，我的朋友，离开塔塔罗斯的视界，回到你们的时空。”

“谢谢你，好心人。”当两船逐渐分离，红胡子终于忍不住朝对面发问：“等我们得救以后，该到哪里去找你们，又该怎样表达我们的谢意？”

“若你们得救，就再也不可能找到我们了！”

“为什么？你们究竟从哪儿来，又正驶往哪里？”

“我们来自未来，我们驶往过去。”

对话到此便中断了，两艘船很快在迷雾中错开，朝着两个完全相反的方向驶去。

在那艘奇异的航船消失以前，四月走进船舱，见十月正站在窗前，出神地眺望着它逐渐远去的艉楼。四月感到好奇，便循着弟弟的目光朝那边望去，一下子惊讶得呆立在原地，揉了揉眼睛，却无论如何也无法否定自己看到的情景——那是一座十分破败的艉楼，黑洞洞的，仅在最后一扇窗子里留有一丝火光，然而，也恰是在那扇窗子后面，有一只纯黑的山羊，正微眯着苍黄的双眼，回望着自己所在的地方……

四月并未把自己的发现告诉任何人，自从挨了大学者的打，男孩便再没有对监护人主动开口，况且，此时船上的气氛也与这个秘密并不相宜。虽然迷雾仍未散去，新的补给却还是为愚人船带来了新生，让人们看见了些许希望，或许，正因为这意外的救赎，众人才会沉浸在喜悦之中，以致忽略了船上发生的变化。

最初，这种变化并不明显，要说有什么值得一提的迹象，也就只有那团在蒸汽心脏里燃烧的火焰了。那一天，当水手把新获得木炭抛进炉膛，将死去的灰烬重新点燃，他们见到的并不是熟悉的橙黄色光芒，火焰像是尚未从休眠中苏醒，仍带着梦的色彩，将众人的脸映照成一片诡异的青蓝。除此以外，也便没什么不同，这些蓝火照样滚烫，照样能够推动连杆和曲柄，使木轮旋转。于是，遵循好心人的建议，愚人船开始全速行驶，直到最后也没有改变过航向，而人们也恢复了正常的生活，享用着鲜美的食物，欣赏着初来的少女在船上翩翩起舞。

那个时候，人们对舞女还感到新鲜，既想要知道她的身世，又想要打听一下她正在寻找的弟弟。不过，对于众人所说的语言，舞女似乎并不熟练，即使她也懂一些简单的词汇，能够勉强交流，却还是显得有些拘谨，甚至羞怯。只有耍蛇人可以和舞女流利交谈，用的是她的母语，但这也没能使他们两人的关系变得亲近。舞女似乎总是有意地远离人群，而她也的确拥有与之相配的天赋——愚人船上虽然满载着疯子和怪胎，但无论如何乖僻，大多数人在吃饭的时候还总归是要聚到一起的，仅仅为了满足这种最基本的生理需求，疯子和怪胎们便不得不彼此容忍，终于使吃饭变成一种周而复始却又无法回避的社会活动，但舞女是个例外，她几乎从来就不用进食，也就无须走入人群之中。她总在跳舞，身体轻盈，裙摆如雾，若觉察到有人靠近，她便会纵身一跃，跳到船舷上，桅杆上，甚至是细长的缆绳上，在那里继续她的舞蹈。有一次，好事的人们围住了她，执意要向她敬酒，她怎么也拗不过，只得喝了一口，随即，奇怪的一幕出现了，裙摆的褶皱忽然收缩，变换了形态，令层叠的舞裙也拂动起来，像是一朵受惊的水母，产生出一股升力，把舞女向上推去，让人们禁不住回想起快锯发明的热气球。在人们的惊呼声中，舞女就这样飘起，直至身体触到舱顶，她就在那里跳舞，头朝下，脚踩着天花板，似乎重力在她身上被逆转了一般，留下一连串倒悬的脚印，良久才重新落地。若这次意外不是发生在船舱内，人们还真有些担心她会一直往上，就此坠入无底的天空。后来，当大家发现她并不喜欢睡在吊床里，却总喜欢钻进自己带来的大衣箱，并从内里将箱盖锁牢，一种奇怪的猜测便在甲板上流传开来，水手们认为她并不像常人那样会因进食而增加体重，恰恰相反，食物会令她变轻，甚至向上升腾，而她的独舞则只是一种近乎巫术的仪式，用以把她的身体固着，留在人间。不过，大家并没有时间去验证这一猜测，因为就在那个时候，愚人船上发生的变化逐渐明显了起来。

最先惊动众人的，是那些与舞女一同上船的食物。无论是酒、水，还是面包和鱼肉，都像是吃不完似的，怎么也不见减少。酒桶和水桶的液面会在众人睡觉时自动回升，而在上一顿被吃了一半的腌鱼，则总会在下一顿之前重新长出被切掉的肉。刚发现这一点时，众人着实兴奋了好一会儿，不过，与之相对的，人们的食欲却开始减退，但这并不是什么疾病的先兆，大家只是纯粹地不感到饿而已。不难想象，人们最初甚至没能意识到这一点，毕竟船钟早已在迷雾中停止了运作，就连昼夜的更迭也变得模糊，大家只是毫不自觉地推迟了下一顿饭的时间，等到他们能够在两顿饭之间美美地睡上三觉，却依然不觉得饿的时候，他们才开始感到异样。到了那时，酒和水都已经从桶里满溢出来，而剩余的面包则像是植物的块茎一样膨胀，分裂，向外疯长。人们虽然对这种改变疑惑不解，却并未感到不安，事实上，如果没有接下来发生的异状，有不少人甚至乐得接受这一切，并准备永远生活在这种无欲无求的富足之中……

然而，那一天还是来了。

在一场宴会之后，三角眼第一个从酣眠中醒来，当时船舱里一片昏暗，他懒懒地翻了个身，迷糊中猛然发现吊床上还躺着另一个人，那人与自己距离极近，似乎还在睡，却几乎要碰到他的鼻尖。水手长很生气，他一下蹦起，想要把这个不速之客拽下床，却发现自己无论如何也抓不到对方，那人就像在嘲弄他似的，与吊床一道来回摇摆，却始终保持着原来的姿势，不动分毫。三角眼忍无可忍，大喝一声："你等着！"一转身，直奔向他那堆武器收藏。这声音吵醒了其他人，有人点起了灯，于是，借着淡蓝的火光，大家恰巧见到水手长手执弯刀，一脸茫然地站在床前。吊床上有一个人影，但不是真人，而是一个扁平的，拥有人类肤色的，像汗渍一般的人形印记——水手长自己的印记。

人群中爆发出笑声，三角眼放下刀，却怎么也无法理解这个人形印记的由来，然而，周围的笑声很快便停住了，因为人们终于觉察到了异样，全都用关切的神情望着他们的水手长。直到此时，三角眼才把目光从吊床上移开，转向自己的双手。他发现，那是一双颇为陌生的手，颜色惨白，事实上，不仅仅是双手，他原有的那一身红褐色皮肤就像褪了色似的，全都在一夜之间变作惨白，而那遗失的色彩则全都染到了吊床上，绘出了他在过去的形象。

"水手长的皮肤掉色了！"

新闻立刻在甲板上传开，不过，事情还远未结束，这种奇怪的现象很快就平等地降临到了所有人身上。每一次醒来，众人都会在自己的床上发现更多遗落的颜色，每一次吃饭，大家的皮肤就变得更加惨白，大副引以为傲的红胡子正在变淡，而蓝眼人和绿眼人的双瞳都失去了他们为之自卑的色彩，在为蒸汽心脏添加燃料的时候，水手们发现火焰的颜色已由先前的青蓝变成纯净的银白，那银白的火焰照着惨白的脸，把众人的神情映得更加病态。到了后来，就连这种病态的色彩也开始消退，火焰变成了无色，而众人的皮肤也变成了彻底的透明，大家的躯体就像是包裹了一层柔软的玻璃，足以让人看清其下颤动的肌肉和血脉。恐怖的气氛在愚人船上蔓延开来，每一天，人们都不得不面对同类的血肉，目睹他们裸露的眼球、肮脏的牙床、抽搐的筋腱，并被这些隐去了皮肤的活尸吓得半死。不但如此，众人的声音也在这时开始蜕变，仿佛那不散的迷雾终于入侵了听觉，将大家的话语都浸染得模糊不清，再也不像从前，甚至连男女都难以分辨。

当然，也不是所有人都抗拒这种改变，船医快锯就是一个例外，眼前的景象竟一下子撩拨起他最初的兴趣，令他再也按捺不住内心的亢奋，把众人都当作绝佳的样品，开始了研究。他会拿出珍藏的素描本，为每一个人绘画出血管，标记出静脉和动脉的排布，而后是淋巴，再而后是神经线，并逐个进行对比，分析，用以修正过往的医书和自己的笔记。也正是在那个时候，人们发现了一些原本不可能被知晓的事实，其中既有大副偷偷镶上的金臼齿，也有埋在黄毛大腿里多年的铁箭头，更有水手长被劣质烟草熏黑的肺部，以及十月那颗与众不同的，长在胸腔右侧的心……现在，这些藏在皮囊下的小秘密全都暴露了出来，被众人记下，成了日后的谈资。

相对于众人的失色，舞女的存在反而变得越来越绚烂多彩。没有人知道她那只巨大的衣箱里究竟存了多少套舞裙，但每到宴会，人们总会发现她的舞裙比上一次更华丽，更繁复，更宽广，甚至闪烁起宝石的光辉，就在众人眼前变换出层叠的色彩。舞女是唯一一个没有褪色的人，而她绝食的习性则与那些明显有问题的食物一道，重新引起了注意，让大家隐隐猜到了整件事的诱因。

然而，即便如此，也没有一个人愿意挑明，毕竟，所有人都十分清楚，与饥饿、焦渴和死亡相比，不管自己的皮肤变成何种模样，都只不过是细枝末节的问题。但细枝末节的问题终究是问题，当这种现象开始蔓延向人们的衣帽鞋袜，大家就陷入了前所未有的窘境，他们发现，自己已很难分辨周围的人是谁，也无法奢求别人认出自己。因为在看不见的衣服和皮肤之下就只剩一组组骇人的筋肉和脏器，哪怕各人的肤色和长相再不相同，血的颜色却十分单一，事实上，越是不可或缺的，性命攸关的部分，就越是无助于身份的区分，无论疯子还是正常人，到了现在都显得大同小异。于是，几乎不可避免地，愚人船上一连发生了好几起耸人听闻的事故，起因全都是认错了人，毕竟正常人还有一点与疯子颇为相似，那就是他们也会断然否认自己的疯狂，像“不是我，我没疯！”这样的辩解每天都会在甲板上被听到千遍，无不显得热切，诚挚，声嘶力竭，却依旧引人怀疑，真假难辨。

在众人第二次错把他们的大副当成疯子关进铁笼之后，终于有人提出了一个看似可行的建议，他们找到了画师，想让他为每个人涂上不同的油彩，用以标明身份。

画师起初不大情愿，因为他仍忙于完成自己的巨作，正为那幅绘有无数镜子和流浪艺人的画作添上新的人物，那是一位怪异的舞者，虽与舞女一样穿着飘逸多彩的舞裙，却仅只是一副骷髅，就像小丑曾经声言的那样，早已死去……

经过大家反复的请求，画师总算同意为众人标上记号，但他并没有设计出数量与人数相等的记号，而只是简单地用油彩在正常人的脸上画一个圈，表示他是正常人，又在疯子的脸上画一个叉，表示他是疯子。虽然也有人对画师提过建议，希望他能把大家的名字写到各自的额头上，但对于绝大多数不识字的船员来说，简单明了的符号显然更受青睐。

船上的秩序一下子就恢复了过来，人们把脸上带叉的全都关进铁笼，果断坚决，又把脸上带圈的全都视作朋友，甚至比以往任何时候都更加亲密无间。不过，这种做法并非一劳永逸，不难想象，如果连肤色都会脱落，油彩就更难以长久附着，所以，每隔一段时间，所有人就要集合到一处，由画师重新标上记号，以便向大家表明自己是正常人还是疯子。在这新规则下，愚人船又航行了好几周，直到某一天，在替众人重新绘画记号的时候，画师的笔突然从手中脱出，落到了地上，他俯身去捡，却试了很多次也没能把笔捡起，于是，大家也首次注意到了那种引人不安的趋势，发现画师的手指不仅仅是皮肤，就连血肉和骨骼也开始褪色，几乎变成完全的透明，仿若彻底失去了实体，也不再具有干涉现实世界的能力。

“噢，太可怕了。”人群中，一个脸上曾画着叉，现在又画了个圈的人发出一声惊呼，“这种现象正在向内侵蚀，从我们身体的末端开始，很快，它就要把我们全都变成幽灵，活的幽灵。”

“活的幽灵？不……”像是并不同意前者的说法，一个脸上只画着叉的人沉吟着，“若我们再也无法干涉这个世界，我们又怎敢确信自己还活着？”

画师并没有理会这些疯子的言语，他只感到气恼，因为这份工作不仅浪费了他的时间，现在更被意外中断。他用另一只手把笔捡起，沾了点油彩，再以自己那只透明的手为画布，开始涂鸦，很快，他便把失去的手重新画了出来，而这只手也在那一刻寻回了力量，能够重新拿起画笔，将剩余的工作全部完成。

没过多久，正如人们担心的那样，这种可怕的现象就真的在愚人船上蔓延了开来，在衣物和皮肤之后，大家的血肉和骨骼也开始变得透明，稀薄。而人们也更加频繁地来向画师求助，请他为自己画出失去的部位，以免自己堕入无力的虚无。但画师的精力终究有限，并不能满足每一个人的要求，很快，他便宣布，只有最必要，最有用的部分才会得到修补。而这其中排在第一位的，便是画师自己的双手，其次是大副和水手长用以发号施令的声带和舌头，再次是水手们用以执行命令的双腿和胳膊，至于其他的部分，则全都可有可无，仅能在画师闲暇时酌情修补。至此，画师在众人心目中的地位终于达到了前所未有的高度，几乎与救世主无异，而愚人船上的景象则再一次发生剧变，甲板上已见不到任何一个完整的人，却只剩些飘浮在半空的声带和舌头，不停喷溅着唾沫，指挥着一些没有脑袋的双腿和胳膊，去完成那些日常的工作。

事情发展到这种地步，或许只有那个知觉早已和愚人船连成一体的瘸子才能彻底搞清，在这支由飘浮的器官和肢体组成的队伍里，究竟有多少个"人"。不过，也正是这个瘸子，突然在这时把大家召集到船头，道出了一个令所有人都毛骨悚然的事实，他说，他自己虽没法看见，却能够感觉到，此地乘客的数量正在发生改变——现在，愚人船的乘客已经比舞女加入的时候多出了好几个人……

十二　他们是谁

"他们是谁？"

"他们是怎么上船的？"

"他们都藏在哪里？"

"他们想要对我们做什么？"

事实上，早在人们开始思考这些问题以前，早在众人感到恐慌以前，甚至早在瘸子宣布他的发现以前，四月就已先一步知道，愚人船上还有一些别样的，既不属于正常人，也不属于疯子的乘客。只不过，他并没有将这件事告诉任何人，而在那个时候，他的身体状况也不允许他把这件事告诉任何人。毫无疑问，作为一个孩子，四月的存在被一致认定为“无用”且“无必要”，所以他几乎从未获得画师的垂青，而他的身躯也很快就变得透明，稀薄，拿不起任何物件，发不出任何声音，甚至连进出船舱也没有开门的必要，只需轻轻一侧身，他便能穿过门板的缝隙，滑入雾中，竟真如人们曾经声言的那样，变成了一个活的幽灵。或许，正是这种活幽灵的状态，使他获得了一种新的能力，让他可以在原本虚无的地方发现某种近乎幻觉的存在，让他可以在被人类疏远的时候为另一个群体所接受，甚至亲近——是的，四月遇到了幽灵，真的幽灵，死者的幽灵。

四月与幽灵的第一次遭遇并没有多少恐怖气氛。他那时正在船上闲逛，突然听见一阵笑声，这令他十分诧异，因为，到了现在，只有发号施令的人能留有舌头和声带，而四月听见的笑声则属于一群孩子，纯净得仿佛来自另一个世界。更令他不解的是，他发现自己周围的人似乎对这笑声毫无知觉，不远处，好几条粗壮的胳膊仍飘浮在半空，并没有停下，还在修补着坏掉的甲板。循着笑声传来的方向，四月往前走去，在主桅杆附近，迷雾最浓重的地方，他找到了十月，并在十月身边见到了好几个熟悉的身影，那其中就有墨鱼、龅牙、黑眼眶……四月知道，除了十月，他们都已经死了，而这些死去的孩子现在却与自己的孪生弟弟一道，环绕在一只木桶周围，继续进行着那个愚蠢的，会把拇指剁掉的游戏。

对于四月的到来，孩子们都感到不解，似乎受惊的并不是四月，反倒是这些幽灵。很显然，他们都留有生前的记忆，也很清楚四月并非幽灵，他们甚至保留了过去的性格，不顾自己已死的事实，纷纷嬉笑起来，一如既往地调侃着这个还没死的伙伴。

“左拇指，你是怎么找到我们的？”孩子的幽灵一下便将四月围住，好奇地端详着他越发稀薄的身体，“你瞧瞧你，明明还没死呢，怎么就变得跟我们一样了？该不会是吃错东西了吧？”

“为什么偏要问我！”面对这样的质问，四月颇有些愤然，因为他看见十月就站在这群幽灵中间，却并未像自己一样受到质疑，“十月也没死呀，你们怎么就不问他，却跟他玩在一起？”

本来，四月心中有很多更为迫切的疑问需要解答，但他还未来得及了解伙伴们在死后的经历，也未来得及思考这帮幽灵的存在本身是否合理，就开始了反驳，说出了上面那番话语。而无论是四月还是幽灵们都不会料到，恰是这一句孩子的气话引发了接下来的骚动，将十月推到了话题的中心。

那个时候，四月发现，这些幽灵全都怔住了，再次露出惊讶的神情，他们不同意四月的说法，并一致认为，十月已经死了。不过，当四月进一步追问事件的细节，混乱爆发了，对于十月的死，每个幽灵都有自己的一套说法，他们马上就相互争论起来，却始终没有任何人愿意被说服，竟全都声称只有自己的记忆才最为真实可信。根据黑眼眶的说法，十月死于窒息，那是要蛇人登船的前一天，一条翠绿色的大蛇爬上了吊床，缠住了十月的脖子，把他勒死在睡梦之中。龅牙虽不敢断言十月的死因，却相当肯定十月和他一样登上了终将被烈火焚毁的热气球，而在最后的坠落到来之前，他也确实听见了男孩在高空的哭喊，目击了火焰在十月身上流窜肆虐的情景。至于墨鱼，则坚称十月死于一场离奇的麻风病，那时人们还没有离开晨曦海峡，十月的右手沾了些海水，黄瘤和红斑便突然爆发，从他拇指的断口处蔓延开来，转眼便夺去了十月的生命，而他的尸体更是嗖的一下消失，仅在甲板上留下衣服和鞋子……为这个问题，幽灵们就像孩子一样越吵越激烈，甚至开始相互指责，认为其他人都在死后染上了愚人船的疯狂，被错乱的精神篡改了记忆。四月看着他们，一语不发，因为他的记忆更加疯狂，因为他已不止一次目睹了十月的死……

“这有什么好奇怪的呢？”这时，一直旁观的十月说话了，他就站在幽灵和人类之间，既不像是活着，又像是从未曾死去，稀薄的脸上泛起一丝无色的微笑，那神情令四月不寒而栗，“有谁规定过我只能死一次了？相信我，你们曾目睹的一切都是真的，没有任何篡改，而你们的记忆之所以如此不同，也只是因为你们各自忘掉了不同的东西。”

听见这话，幽灵全骚动起来，像是受了惊吓，怎么也不愿相信十月的诳语。四月看着十月，陷入长久的沉默之中，他一度以为，只有自己的记忆才是最准确的，因为十月欺骗了其他人，而到了现在，他却开始相信，十月所说的一切都是真的，无论是别人的记忆，还是自己的记忆，都没有错，却也不全对，唯一可以肯定的，就是他这个孪生弟弟绝对不合常理。

一时间，一股莫名的哀伤占据了四月的心，连同巨大的不安一起，令四月陷入想象，在脑海中重新描摹着自己的弟弟，还有他那种不断遭遇死亡，又不断被遗忘的生命。噢，那全是真的？这是多么可怕的事情！他来到这里，难道并不仅仅是为了折磨，戏弄他的孪生兄弟？四月不明白，在自己看不见的地方，在旁人的记忆边境，他为什么也要一遍又一遍地经历死亡，以各种各样恐怖离奇的方式，而后再一遍又一遍地复活，凭着某种超越逻辑的力量，却永远无法获得安息……这究竟是为什么？四月找不到答案，这个问题将会一直困扰着他，直到真相在最后与灾祸一同降临。

那一天，直到四月离开，返回船舱，幽灵们的争吵仍在继续，死亡似乎为那帮孩子带去了无限的时间和精力，足以令活人感到疲惫，厌倦，即便隔着门板也能听到他们在甲板上闹腾的声音。不过，又有谁忍心责怪他们呢，这些孩子实在太寂寞了，只有极度接近幽灵的四月能够找到他们，听到他们的话语，而那些尚且保有一条舌头或手臂的船员则始终无法觉察到他们的存在，甚至会直接踩到他们身上，横穿过他们的躯体。

后来，四月也遇到了不少别的幽灵，既有相识的，也有不相识的，几乎包括了愚人船历史上的每一位死者，却唯独没找到自己的父亲。这些幽灵就与那些孩子一样，飘荡在虚空中，遍布了愚人船的各个角落，有的仍在叹息，念叨着尚未说完的遗言，有的还在踱步，寻找着生前遗落的物品。当男孩向幽灵打听起自己的父亲，虽然他们也不了解勇士的近况，却还是乐得与四月交谈，为能有这样一个新奇的伙伴而备感欣慰。

但凡事都有例外，比如馆长，这个老人的幽灵就不愿见到四月，他似乎仍很忙碌，不知捣鼓着什么事情。有好几次，四月与馆长在甲板上遭遇，老人都立即做出驱逐的手势，要四月别再走近。后来，在那个曾属于馆长的舱室里，男孩终于与老人重逢，时过境迁，馆长已死，过去陈列于此的标本和骨架全都被堆放到角落，积满了灰尘，而过去曾在这里读书认字的男孩则被现在的监护人赶出了船舱，全凭着成为活幽灵的便利才得以再次潜进这里。那一次，馆长并没有注意到男孩，他像往日那样摸索着柜子，显得有些焦躁，像是要再看一看自己生前最爱的那套银制餐具。直到男孩从背后走近，怯怯地告诉他，他留下的汤匙和餐叉都早已被大副变卖，换成了酒钱，老人才猛地转身，看了四月一眼，眼中燃烧着可怕的愤怒。他宣称，他要复仇，他要让那些流氓和野蛮人为自身的粗鄙与无知付出代价。

“但是，你能做什么呢？”四月望着老人的幽灵，语带哀伤，“你已经……”

“你想说，我已经死了？”馆长打断了男孩，突然俯下身，端详着四月，语调变得缓慢而又危险，“的确，你是对的，但这并不能保证你们的安全。我虽然无法直接干涉这个世界，但我留在世上的东西却可以做到这一点！你是不是已经忘记了，我都做了哪些准备？你是不是也忘记了，你都干了什么事情？”

那一天，馆长的话一直萦绕着四月，令他无法成眠。那一天，梦游症发作的牛蛙来到船舷边缘，忽然被旋转的木轮惊醒，正好见它从海中捞起一个物件，抛落在甲板上。那是一个奇怪的布袋，内里似乎装有某种活物，正不停颤动着，发出嗡嗡的声响。若是在平时，牛蛙或许会感到好奇，甚至将布袋打开，但在这片无边的迷雾中，在这片长久空无一物的大海上，这个突然出现的布袋反而把牛蛙吓了一跳，令他远远逃开。但这孩子也和四月一样，早已失去了动作和发声的资格，他无法将这件事告诉旁人，只得将一切都归结为一场梦，陷入不安的沉默之中。

也恰是在那一天，瘸子把大家召集到船首，向他们宣告了那些“多出来的乘客”的存在。人们发现，自己既无法否定瘸子的说法，又难以清点船员的人数。入侵者或许已经来到他们中间，而他们却不能将其找出，抓住，这种对未知的无力感很快就转化成了恐慌，令大家开始彼此审视，带着难以抹消的猜疑，想要从那些飘浮的舌头和胳膊之中发现某种潜伏的敌意。就在这样一种紧张的气氛之中，人们陆续沉入不安定的睡眠，等到他们一觉醒来，事态已朝着更加奇怪的方向发展。

入侵者出现了，以一种明确得令人讶异的方式——在那一张张稀薄的，不是画着圈就是画着叉的人脸中间，又冒出第三种符号。这些家伙的脸上全都有一个显眼的，无法抹掉的三角，标示出了他们那种奇特的，既不属于正常人，又不属于疯子的身份。

人群哗然，不由分说地逮住了他们，发现这些入侵者之中竟还有不少人保留着被画师修补过的舌头和胳膊，大家无不感到后怕，惊讶于他们竟潜伏了那么久，甚至一度骗取了众人的信赖。被逮住的入侵者试图狡辩，不过已是徒劳，在被骗了那么久之后，在如此确凿的证据面前，大家的眼睛终于变得雪亮，不再相信他们精心编织的谎言。一场骚动过后，所有的三角都被关进了铁笼，人们开起了庆祝胜利的宴会，却在酒醒时发现身边又出现了更多陌生的三角。

大家并不知道这些入侵者总共有多少人，也不知道他们究竟有什么目的，不过，为了安全，大家别无选择，只得继续与他们争斗。然而，每当上一批三角被关进铁笼，下一批三角便会很快出现，到了后来，就连脸上画叉的疯子也全都被释放了出来，仅仅为了腾出铁笼，用来关押那些更可怕的，不知从哪里冒出来的三角。共同敌人的出现终于令愚人船上的正常人和疯子变得空前团结，他们开始分工合作，轮流把守在画师的门前，发誓不再让入侵者靠近他们的救世主半步。然而，就在大家以为一切进展顺利，入侵者马上就要被完全肃清的时候，一件最令人难以置信的事情发生了，那一天，画师的守卫从假寐中惊醒，蓦然发现，在他们救世主的额头上，出现了一个极度显眼的三角符号……

“噢，不！这个世界真的疯了么！”

大家还来不及惊讶，一阵清脆的声响便从上方传来，打破了迷雾里长久的寂静，叮叮咚咚的，令人们心中一惊，不由得回想起幽灵船上从天而降的骸骨。不过，这一次，当众人手执武器冲上甲板，他们见到的却是无数细小的，从高处陨落的，仍在不住蹦跳的玻璃珠，而在这些玻璃珠中间起舞的也并非骷髅，而是舞女。她像是陷入了突然的狂喜，长裙随舞步旋动，呈现出空前艳丽的色彩，在这场由玻璃珠组成的暴雨之中扭转成汹涌的旋涡。仅用几个简单的词，舞女便表达了喜悦之情，她宣布，她已找回了自己的弟弟。面对众人的疑惑，她抬起手，直指向上方，于是，人们发现，在视野的尽头，主桅杆被迷雾吞没的地方，仍不断有玻璃珠从那里坠落，它们仿若流星，每一颗都闪烁着光芒，那是一种几乎已被众人彻底忘却的光芒——太阳的光芒。

是的，愚人船已在迷雾里航行得太久了，就连负责瞭望的水手都投海自尽了，所以，当人们重新攀上桅杆，在那个被荒弃的瞭望哨上与舞女的弟弟遭遇，他们都不敢相信自己的眼睛。那是一个极度瘦小的男孩，并未如众人那样失色，却也不知在此处逗留了多久，乌黑的头发散落下来，像是多年没有修剪，仿若野兽，而这个一度被戏称作"乌鸦巢"的瞭望哨也竟真的成了一个巨大的鸟巢，铺满了不知从何而来的树枝和干草。不过，最令人费解的是，就在男孩的周围，还有数不清的玻璃珠，它们彼此层叠堆砌，形成了一座巨大的沙丘，占据了整个乌鸦巢，终于满溢，在甲板上掀起了那场怪异的暴雨。

几乎是出于习惯，人们拨开男孩的长发，却并未在他的额头上找到任何符号，既没有圈，也没有叉，更没有三角。这位"多出来的乘客"依然保留着人类旧有的形象，并未加入到愚人船的疯狂之中。男孩睁着一双乌黑的大眼，没看任何人，像是在遥望虚幻的远方，瞳孔病态地扩张着，就如一对向内塌陷的深渊，几乎占满了眼眶。他不理会众人对他的问话，反而缩到角落，转身背对着大家，甚至还撑起了一把伞，仿佛要以此来挡住投落在自己身上的目光。

就在那个瞬间，众人眼前一亮，玻璃珠突然透出彩虹般的光泽，在一个个圆滑的弧面上反照出人们逐渐变得清晰的脸庞，直到发现自己的影子正投落在男孩的伞上，人们才觉察到后背的温暖，意识到阳光已穿过迷雾，辐照在这个小小的乌鸦巢之中。雾气正在散去，一轮朝阳正从天边浮现，阳光笼罩着众人的身躯，一下子唤回了曾经失去的颜色，将这些活的幽灵全都变回了他们原来的样子。一时间，乌鸦巢突显拥挤，在重获实体之后，人们彼此推搡着，差点没把这个小小的瞭望哨给压垮，不过，这一切都没能阻挡住众人的欢呼，也没能停止他们对太阳的赞美，喜悦的气氛与久违的阳光一道回归，驱散了阴惨的迷雾。在这场狂欢之中，只有那个陌生的男孩仍躲在伞影下，一言不发，并没有加入人们的庆祝。七彩的玻璃珠从他的脚边滑落，在甲板上跳跃，滚下阶梯，滚入船舱，滚进铁笼，宛如无数个承载阳光的容器，为关押在笼中的三角们重新绘出了他们一度消失的身躯和面孔。

在那一刻，或许只有瘸子能够完整体验到愚人船上的喜悦，也只有他能够完全目击到弥漫在每一个角落里的荒诞和滑稽——在那场对入侵者的肃清之后，雀嘴、黄毛、圣母……所有这些疯子都站到了阳光下，似乎早已不记得自己为何能够重获自由，正兴高采烈地庆祝着躯体的回归，而红胡子、三角眼，以及他们麾下的水手则全都身处铁笼之中，却并不理解自己为何遭到关押，甚至颇有些好奇地对望着，只知道嘲笑彼此脸上的三角。

肃清失败了，人们并没能抓住那些狡猾的入侵者，铁笼里连一个陌生人也没有。这一切就像一场梦，正常人在梦中忘记了自己是正常人，而疯子则在梦中忘记了自己是疯子，他们依然忠实地扮演着符号分派给他们的角色，将这早已扭曲的秩序延续了许久。后来，还是酒鬼戳破了梦境，在另一次豪饮之后，他突然高喊起来，道出了一个早已被众人忽略的事实：

“快醒醒吧，笨蛋，这是一场多么悲壮的战斗啊。你们赢了，你们输了，你们是如此英勇，如此无惧，虽然你们并不知道，那些被称作敌人的家伙竟不是旁人，而是你们的同胞。就算到了最后，你们也不愿承认，你们所扮演的英雄只不过是一条追咬自己尾巴的傻狗！”

于是，绝大部分正常人都恢复了正常，因为疯子将他们放了出来，因为疯子并不在乎自己手中的钥匙，也不在乎寄宿在钥匙上的权柄。或许，也恰恰是这种不在乎，注定了秩序的回归，也注定了疯子永远只能是疯子。不过，也有极少数原本正常的人再也没有恢复过来，永远地疯掉了，他们将一直留在铁笼里，用尽自己的余生去搜寻早已不复存在的敌人，再没能从那场破灭的梦中苏醒。

聪明的大副自然不在此列，他很快便重新执掌了一切，但是，在离开铁笼的那一天，他还是立即攀上了瞭望哨，想要向舞女的弟弟打听一下，那些他一度认定其存在的入侵者们究竟藏在哪里。那个时候，舞女的弟弟正低头玩着玻璃珠，没有理会红胡子的问话，黑洞般的眼睛一眨不眨，却并未向对方投去一丝关注，而陪在他身边的舞女则立刻站了起来，向大副解释了弟弟无礼的原因。她说，自己的弟弟是个聋子。

事实上，男孩出生没多久就已经被称作聋子，他不但对旁人的声音毫无反应，也不愿接触任何人的目光，他没有朋友，对同龄人的游戏和玩具都缺乏兴趣，只有一种东西能够令他着迷，那便是他周围的玻璃珠。没有人知道这些玻璃珠从哪来，也没有人明白这些玻璃珠里到底蕴含了怎样的魔力，出于担心，人们曾一个不漏地把它们清除，却总能在第二天发现，男孩的周围又冒出了更多的玻璃珠。它们环绕着男孩，就如他生命的延伸，组成了一个旁人无法涉足的世界，既显单调冷寂，却又色彩缤纷。聋子会用这些玻璃珠堆砌出各种奇异的形象，有时是六翅的蝴蝶，有时是独腿的蜘蛛，有时是残缺的古堡，有时是异邦的塔楼，不过，他还有更多的作品既无法被命名，也无法被描述，因为人们根本不可能找到它们在世上的原型。在聋子手中，玻璃珠就像被赋予了生命，能够轻易地相连，嵌套，咬合，拔地而起，甚至一直保持着旋转的姿态，藐视了一切物理学的定律，永不停息。除此以外，聋子就没有做过别的事情。

在过去，当舞女带着他加入了那群流浪艺人，聋子着实给人们出了一个难题，因为大家并不知道该怎么安置这个奇怪的男孩，更无法想象如何才能令他养活自己。但事情还是出现了转机，在一次前往东方的旅途中，这些流浪艺人偶然与一群朝圣者同行。朝圣者信奉一种奇怪的宗教，必须时时自省，向他们的神坦承自己犯下的过错和罪行，并以此来获得宽恕，他们把这种奇怪的仪式称作“告解”。但负责听取告解的神职者却在旅途中遭到谋杀，被一杯毒酒夺去了性命。这群虔诚的信徒马上就陷入了窘境，因为没有人愿意触碰他们不为人知的罪愆，而他们也不放心把自己最肮脏的秘密透露给教友或陌生人。在这个过分危险的世界上，若要倾倒出自己的恶，人类必须找到一个安全的、值得信任的出口，知道它必定会通往遗忘和虚无，知道那罪愆的恶臭不会回归，不会再污染到他们因告解而变得洁净的生命。所以，在谋杀案发生之后，他们真的憋坏了，就像是一群找不到地方解手的文明人，被自己不断积聚的罪愆憋得团团转。

流浪艺人们立刻注意到了这一点，并将其转变为商机，他们向这群朝圣者宣布，有人愿意协助他们完成仪式，并且还绝无泄密的可能，理由也十分简单，因为那个即将听取他们告解的人是个聋子。那个时候，人们已在营地边缘支起一顶厚重的帐篷，铺上隔音的绒毯，将男孩和他的玻璃珠都安置其中，又买来神龛和圣像，将这个仪式的场所弄得像模像样的，甚至还带上了几分神圣的意味，足以助客人酝酿情感。

很快，朝圣者就在帐篷外排起了长龙，只需交付两枚铜币，他们便能够在那位忠实可靠的听众面前毫无顾忌地宣讲出自己最难以启齿的罪愆。聋子表现得很好，他就如大家期待的那样，由始至终都面无表情，低头玩着自己的玻璃珠，没有朝那些或声嘶力竭，或痛哭流涕的告解者们看上哪怕一眼。每一位告解的客人都十分满意，无论在来时曾摆出怎样一副痛苦的神态，在离去时均会流露出通便后舒爽的表情。

聋子一下就成了万人艳羡的红人，赚到的钱比那些吐火吞剑的艺人还要多得多。他的名声也不胫而走，其中更有不少真实的案例，全都与这种仪式的神奇功效有关，比如在告解后摆脱了失眠，告别了胃痛，又或是在秃瓢上重新长出了头发，有人刚钻出帐篷就收到来信，从离家出走二十年的姨妈那里继承了一笔巨额遗产，要是连续告解上三次，就不但能修复破裂的恋情，甚至连梅毒和淋病也能无药自愈……很快，慕名前来的信徒便纷纷声称，相比起大多数神职者，聋子竟更擅于与神沟通，因为他们能从那些玻璃珠里窥见神的威光，从它们相互碰撞的声响中得到天启，而在那些由男孩一手塑造的怪异形象之中，他们还能找到从未体验过的救赎。

现在，在离开了那顶帐篷之后，聋子依然撑着伞，把自己留在罪愆弥漫的阴影之中，而他的玻璃珠则又一次带来启示，以一种意想不到的方式回答了那个长久困扰大副的问题。只见男孩的手指轻轻一弹，一颗玻璃珠便从他的堡垒中蹦出，带着迷幻的光彩，吸尽了所有人的目光，在空中划出一条绚烂的轨迹，径直落向深处，闯进了那个曾属于馆长的私人舱室。随后，在红胡子的带领下，人们赶到现场，终于目睹了这出闹剧的起因，发现了他们一直想要肃清的“多出来的乘客”。不过，他们找到的并非人类，也非幽灵，而是数不清的蠹虫——不是玻璃箱中那种肥短且满布刚毛的幼体，却是在饱食腐肉之后破蛹而出的成虫。这些蠹虫在飞，一边发出恼人的嗡嗡声，一边在墙上写字，足爪上无不沾满了从画师那里盗来的油彩，所用颜色竟全都一样，令人甚感熟悉，因为那正是众人额上三角的颜色。现在，这些一度被四月抛入大海的小虫竟悄然回归，在制造了无数混乱之后，正遵循着幽灵的意志，传达出馆长死后的声音：

“致船上的流氓、野蛮人和无知之辈，在找到这里以前，你们是否已经打量过彼此的额头，在我赠予你们的印记之下稍稍窥见了自身的愚昧？你们是否正在庆幸危机已经过去，以为这一切都仅仅是我对你们的又一次戏弄和羞辱？若你们能看见这段话，就要加倍小心了，因为你们也和我一样，交上了无法摆脱的厄运。是的，这出戏谑剧还远未结束，事实上，它才刚刚开始，只不过，等到最后一幕开演的时候，为你们书写结局的已不再是我，却是某位更加可怕的作者，某种更加骇人的东西。”

面对死者的挑衅和恐吓，红胡子暴跳如雷，他抓住那些飞舞的蠹虫，把它们全都碾死，捏碎，又命人清洗墙壁，把馆长的话全部抹去。

自那一刻起，一种无声的默契便在这些正常人之间建立起来，他们再没有谈论这场闹剧般的肃清，也再没有提起入侵的蠹虫，更永远不会承认自己的额前曾被画上三角，也不会承认馆长曾在墙上留下口信。一切都被刻意回避、忽略了，仿佛从未发生。到了后来，这个禁忌的话题也就真的从众人的记忆中消失，彻底沉入遗忘的海底。

“现在，你明白了么？”那天夜里，当所有人都已睡去，在满布书架和标本的舱室深处，腔棘鱼又一次开口，向大学者传达了馆长来自冥界的声音，“仅凭一句话，甚至是一个微小的暗示，你所钟爱的客观世界便会被完全扭曲，这个实验的结果你可满意？是的，你是对的，你的担心不无道理。所以，请不要有太多负罪感了，我曾经的朋友，若你还不快想想办法，我的命运就将成为你的命运！”

十三 另一艘方舟

尽管人们对迷雾里发生的事绝口不提，但愚人船上还是留下了不少无法被抹掉的证据，其中既有舞女和聋子这种活生生的新乘客，也有画师在那个时期完成的素描和写生，还有航海日志里对于幽灵船与黑山羊的记述，而最荒唐也最引人注目的，还要数那些自船首一直延伸向货舱的船板。也许它们正是最早与瘸子融为一体的部分，所以，当那个被缚的疯子在迷雾里变作活的幽灵，这些船板也纷纷失去了色彩，变得如玻璃般透明，即便离开了迷雾也没能恢复成往日的状态。

自此，愚人船的货舱就成了一个巨大的温室，阳光可以直接照射进来，使内里变得炎热不堪。人们不得不把容易腐败变质的货物移去别处，却也意外地发现，这个货舱可以用作疯人展览的舞台——他们只需驶进港口，甚至不必把铁笼搬下船，便能够让码头上的人们见识到毕生难忘的奇景。不过，即便是瘸子本人也绝不会料到，自己腹中的温室到了后来竟会被梦占据，变成一座巨大的丛林。当然，那都是后话，透明的船板显然不是瘸子此时最在意的问题。

那个时候，遍布各个角落的知觉让瘸子获得了独特的视角，他很快就发现了一个世人从未设想，也难以相信，更不会去关心的事实——尽管小丑身边总是充满欢笑，但这个可怜的侏儒其实并不快乐，也根本无法成为一个快乐的人。

是的，早在小丑把瘸子视作知己之前，这个无眠的疯子就已经觉察到了这一点，迹象包括侏儒暗地里的叹气，还有从被窝里泄露的抽噎，以及清晨醒来时他那双被泪水濡湿的眼。瘸子能够透过层叠的甲板，嗅到小丑的阴郁，触碰到小丑的哀愁，那是一种太过细腻的情感，若出现在某位纯洁少女的身上，或许就能令追求者更加心动，却绝不适合一个侏儒，因为那只会越发凸显出他的滑稽和丑陋。后来，在一次闲谈中，小丑向瘸子坦白，说他曾想要成为一位诗人，并自顾自地从裤兜里掏出几张发黄的羊皮纸，念了几首他创作的小诗。诗歌里排满了太过庄严宏伟的辞藻，其蹩脚程度令早已疯狂的瘸子都频频摇头。不过，小丑并不在乎，反而满足地眯起了双眼，只因他的诗并未唤起一片哄笑，只因瘸子自一开始就紧锁着眉头，那模样恰巧与小丑心目中的鉴赏家或批评家的形象相重合，而这种引人怜悯的满足感则更加使瘸子确信，自己的朋友将注定是一个悲剧。

在瘸子面前，小丑总会忍不住讲起自己随流浪艺人们旅行的见闻，似乎已经憋了许久，仿佛他也信奉了那种奇怪的宗教，几乎把瘸子当成了告解的对象。不过，即便小丑刻意模仿了吟游诗人的叙事方式，他的故事里却鲜有荣耀和战斗，反而充斥着死亡，那不是属于神祇或英雄的悲壮之死，而是降临在小人物身上的死，显得笨拙、卑微，甚至令人尴尬。

小丑记得，某个泥泞的夏季，天花在原野上流行，一个附近的村民跑进他们的营地，请了几位歌女到他家里，他的家是一座残破不已的小屋，只有一个房间，一张床，那儿仰卧着他弥留的母亲，等待着死亡降临。母亲存了一笔钱，只为在这最后一刻把邻镇的唱诗班请来，好让自己在《万福圣母》的歌声中前往那个被应允的世界。可是，就在上个星期，唱诗班的领唱已先她一步投入了神的怀抱，而剩下的孩子们也满脸斑疹脓疱，奄奄一息，无法再胜任这项工作，她的儿子被逼无奈，才想到了这帮流浪艺人。不过，歌女们并不会唱《万福圣母》，却只会唱《欢乐颂》，但这也总比没有好，在谈妥价钱之后，便是漫长的等待时间，每当老人开始颤抖或抽搐，儿子就会把铜币塞进小丑高举过头的布袋之中，歌女见状立即扯起甜美的歌喉，唱起《欢乐颂》。她们一边唱，一边观察着老人的动静，末了还会把旋律放缓，拖长，但等到一曲唱完，老人却还是没死，反而暂时平复了下来，以渐弱的呼吸向大家暗示着收工的时刻又不得不延后。这样的情况在一天里反复出现，直至正午，直至黄昏，直至深夜，直至生者和死者都精疲力竭，后来，当布袋被最后一枚铜币填满，老人才终于完成了心愿，永远地闭上了眼睛。小丑本想要忘掉这件事，却没能成功，因为歌女们后来都学会了《万福圣母》的唱法，而每当他们为将来的客户开始练习，小丑便会回想起那对虔敬的母子，并忍不住发出叹息。

另一次，季节是深冬，新皇帝即位没多久，一队近卫军就闯入小丑他们演出的地点，当场从围观的人群中逮捕了十多名青年。这些被捕的男子在过去也不是没经历过牢狱之灾，罪名往往是诈骗，因为他们都曾经宣称，自己是皇帝的私生子。虽然上一任皇帝也留下了不少韵事，但若要说他在这座帝国边境的小镇上竟有十多位私生子，其可信度还是相当低的。无奈的是，这世上总有太多幻想跻身皇室的女孩和渴望为国分忧的臣民，正是他们对这些私生子的攀附和资助，使得更多游手好闲的青年在各地泛滥，化身为皇帝的私生子，也在最后令这种可笑的假想变成了可怕的现实。因为，这一回，这些骗子成功了，即位的新皇帝并不认为他们是骗子，却从一开始就认定他们正是自己遍布全国的兄弟。皇帝对待骗子和兄弟的方式自然有些差别——在把骗子关进牢房以前，他会首先把自己兄弟的脑袋砍掉。于是，还没等到第二天黎明，这些国王的兄弟们便遭了殃，死刑就在小镇的中央广场上执行……小丑本不愿提起这件事，但他终究无法忘记行刑前，私生子们贿赂刽子手的情景。刽子手会接过死者悄悄递上的一枚铜币，随后再欻地一斧，把那人的脑袋砍落下来，鲜血就这样飞溅入夜色之中，和利斧的闪光一道，模糊了小丑的视野。不过，当刽子手走向最后一个倒霉蛋，却发现那人竟穷得连一个铜币也付不起时，他不由得吐了口唾沫，转身抄起另一把斧子，那是一把小斧，很钝，还布满了铁锈。直到那时，小丑才明白，那一枚铜币究竟能买到什么东西，它买不到生命，却能买到死亡，那是值得被买下的，利落的死亡。就在小丑顿悟的一刻，他的耳畔也响起了斧子反复凿进人类后颈的声音，一下，两下，三下，四下，寒冷的冬夜特别安静，令声音能够传出很远的距离。

还有一次，他们把篷车停在了首都城郊，紧挨绞刑场的地方。就和其他刑场一样，那个刑场原本十分冷清，示众的绞架上稀稀落落地挂着已被处决的罪犯，没有人会去把尸体放下，要一直等到皮肉在绳圈里彻底腐烂，这些骸骨才会自然落地。不过，这一切已成过去，因为战争，绞刑场突然变得热闹非凡。服兵役的男子会被送到国境线上与陌生人厮杀，而逃兵役的男子则省去了赶路的麻烦，会直接在这里迎来生命的终结。能旁观这一切的只有那些生而不幸的病弱残疾者，他们就和小丑及其族人一样，因毫无价值而被剥夺了为国捐躯的资格，却全都聚集于此，仰望着那些绳圈里逐渐变得冰冷的，一度健壮的身躯。往日里的羡慕和妒忌皆在此刻升华为庆幸和怜悯，终于与欢呼声一同爆发，使绞刑场成了最能排遣空虚与无聊的娱乐之地。因为观看行刑的人实在太多，围栏和看台也立刻被搭建起来，人们不得不买票入场，根据座席的位置，票价也略有不同，若想要看清犯人因恐惧而失禁的模样，则往往要再多花上几枚铜币。艺人们正是看准了这个机会，才把营地扎在附近，但不死人的表演终究不及绞刑精彩，只能充当余兴。那个时候，不断被战争改写的地图令小丑不得不频繁改换自己的发色，把那一小撮无关紧要的头发一会儿由红染黄，一会儿又由黄染红，这令他实在没有什么闲钱去观看行刑。然而，等到入夜之后，他还是有机会跑进刑场去一探究竟，也正是在那里，他撞见到了那些会令他终生恐惧的黑影。他们是盗尸者，正把白昼里被处决的犯人解下，偷运出去，转卖给医学院里沉迷解剖学的教授。在发现小丑的时候，他们两眼放光，因为在尸体的黑市里，相比起平淡无奇的正常人，一个侏儒显然更能引起那些教授的注意和好奇心，而这也就意味着一个更高的价钱。那一夜，小丑用尽了毕生的好运，才从那群黑衣人的眼皮底下逃离，但那些无声的黑影却永远占据了他的记忆，成了小丑噩梦的主题。

“那实在是太可怕了！”又一个无法安眠的午夜，侏儒惊醒，奔到船头，向朋友讲述起自己梦中的经历，“我发现自己死了，既不能移动手脚，也不能转动眼睛。他们把我抬进一个环形剧场，放到中央的长桌上，周围是一圈圈向上攀升的看台，挤满了一双双饥饿的眼睛。一个教授模样的人走到桌前，高声宣布，若神以自身的形象创造了人，那么人的构造中就必然隐含了神的秘密，而他在今天则要更进一步，借一件有瑕疵的作品去探究神曾经犯下的错误。这个狂人说罢就拿起刀和镊子，切开了我的身体。看台上发出惊呼，而我则目睹了自己的心、肺、肝脏、肠子，听见了黑衣人在远处数钱的声响。我想要反抗，尝试挣扎，但一切都是徒劳，梦中的死亡是如此真实，否定了我的一切努力，我就这样被绝望充盈，直到忽然从梦中惊醒。我知道这就是我的未来，而他们就在暗处等待，不，我是绝不会让这种事发生的！”

“噢，你终于意识到这一切有多么可怕了么？”像是总算找到了知音，瘸子欣慰地点了点头，发出一声叹息，“厄运就在暗处等待，直到你终于支撑不住，直到你终于闭上眼睛，自那个瞬间开始，未知将统治整个世界。你将与自己拥有的一切分离，无论你曾是多么强壮，多么睿智，多么幸福，你都不得不屈从于这种铺天盖地的无力感，失去对身体和意识的掌握，堕入混沌，为一种你无法理解的恶意所摆布。那里没有逻辑，没有规律，没有任何你能够仰赖或信任的东西，一切都是不确定的，不可捉摸的，正如笼罩你的黑暗，你对它一无所知，既不知道自己还能否醒来，更不知道再睁眼时所看到的还是不是原来的世界——你放弃了你自己。难道不是么，若疯癫这一概念真的存在，那么愿意去体验这一切的人就必然是疯子。所以，最让我不解的还是，为什么你们竟都有勇气去拥抱这暗处的厄运，去面对这未知的虚无……”

“勇气？怎么可能！”小丑立刻否定了瘸子的指控，“死亡是如此可怕，我惧怕死亡，也从未见过任何人能够有勇气去拥抱死亡。”

“死亡？”忽然间，早已抛弃了睡眠的疯子睁大了满布血丝的双眼，一脸疑惑，“为什么要扯上死亡，我刚才提到过死亡吗？”

“难道不是么？”

“当然不是。我说的是梦，是睡眠，是那无比奇诡，无比恐怖，而你们却每天都要为其浪费掉大量时间的睡眠。”

就在瘸子向小丑阐述睡梦有多么危险的时候，他还无法预料，很快就会有人用行动为这一观点提供论据，将愚人船引进新的疯狂之中。那一夜，梦游症发作的牛蛙四处行走，将他那滑稽的鼾声传遍了愚人船的每一个角落。等到这胖小子离开梦境，他发现自己正躺在桅杆顶部的乌鸦巢中，玻璃珠在他面前筑成一座高塔，其上还停着一只牛蛙从未见过的浑身漆黑的鸟。发现牛蛙醒来，黑鸟像是受了惊吓，一蹬爪子，飞离了乌鸦巢，口中还衔着一件亮晶晶的事物，正是塔尖上的玻璃珠。眺望着黑鸟离去的方向，牛蛙踮起脚尖，恰好能在海平面的尽头瞧见一个黑点，却并不知道那是一座岛还是一艘船，而缩在瞭望哨另一端的聋子则由始至终背对着他，打着伞，躲在阴影之中——这便是第一只乌鸦拜访乌鸦巢时的情景。

根据众人事后的回忆，聋子那时已是第四次搬回到瞭望哨里。人们曾在早已拥挤不堪的舱室内拉起新的吊床，为他腾出一个栖身之所，但这种善意的邀请只能令男孩陷入莫名的焦躁，使玻璃珠相互碰撞的声音变得愈加频密，湍急。结果，聋子每一次都没能在他的新家待上半日，便又会偷跑出来，重新撑起伞，回到乌鸦巢中。

那个时候，愚人船上的生活刚刚回归正轨，人们难得有了娱乐的闲心，重新开始观赏舞女的舞蹈，倾听耍蛇人过往的奇遇。而这一回，故事的主题则是一场遥远的大洪水，按照耍蛇人的说法，那是他曾经历过的最可怕的洪水，地面就在脚下开裂，喷涌出深渊的浊流，天空就在头顶破碎，倾泻下浩瀚的泉源，大雨持续了四十个昼夜，而大地则被淹没了整整一百五十天，旱地上一切用肺呼吸的生物都死了，就连最高的山峰也被彻底吞没……

“那么，你究竟是怎么活下来的呢？”忽然间，人群中爆发出质疑的声音。

似乎早已预见了这个问题，耍蛇人微微一笑，但他还没来得及回答，便见牛蛙闯进了舱室，而与这气喘吁吁的胖小子一同到来的还有甲板上的骚动，像是奇异的鸟叫，一下子转移了大家的注意。众人冲上甲板，恰见雀嘴扑扇着双臂，像是在呼唤朋友，正仰头发出兴奋的鸣唱。循着疯子的目光，人们很快就看到了归来的乌鸦，它正领着更多形态各异的飞禽，转眼就占据了众人头顶的天空。

一时间，愚人船仿佛陷入了非人类的狂欢，被各种叽叽喳喳的声音淹没。多彩的孔雀、斑驳的火鸡、洁白的丹顶鹤、鲜红的火烈鸟，这些本不应出现在大海上的鸟类竟全都聚集到了一处，在桅杆和甲板上跳跃盘旋，就像是对玻璃珠的回礼一般，每一只都衔着一颗泥土、草籽或树种。它们把这些礼物与自己的粪便一道投落，仿佛正在愚人船上进行一次野蛮的播种。

大家还没搞清楚眼前的状况，更奇怪的事情便接踵而来，海面上突然飞来一支箭，射落了最肥大的火鸡。人们循声跑到船边，在波涛中发现一位射手，那是一位矍铄的老者，银白的胡子直蓄到腰际，他正骑跨在一头大河马的背上，破浪而来，身后追随着鳄鱼、大鲵、水狸、鸭嘴兽，以及更多连耍蛇人也从未见过的稀罕生物。

“一，二，三，四，五，六，七！一，二，三，四，五，六，七！”老者眼望天空，口中反复念叨，话音仿若祷词，每数到七就会弯弓搭箭，射死一只飞鸟。没过多久，甲板上便落满了鸟的尸体，而老者也领着他的兽群来到了愚人船的旁侧。见船舷上站着那么多好奇的人，老者一下子面露惊喜：“噢，你们好。没想到还有别的生灵蒙受了神的恩泽，能在这滔天洪水里幸存至今。那么，我猜，你们一定也是义人咯？”

“艺人？当然，我们也是艺人！”虽被老者的技艺折服，红胡子还是不甘示弱，他一边鼓掌，一边让人把关押疯子的铁笼推进温室，亮出愚人船最引以为傲的珍藏，“如您所见，我们提供娱乐，展览疯人。”

听了大副的话，老者脸上闪过一丝疑惑，似乎并不十分确定，提供娱乐和展览疯人能否算是义人之举。但他还是礼貌地笑了笑，点了点头，接受了大家的邀请，登上了愚人船。自称“义人”的老者环视四周，对一切都感到新奇，就像是来自人类文明之外，不但从未见过锚链，从未听说过船帆，更从未想象过在水中旋转的木轮，以及推动木轮的蒸汽心脏。他睁大了眼睛，在船上转了又转，对这些精巧的结构羡慕不已，终于开口向众人寻问，想要知道他们究竟花了多少年来建造这艘船，又是从哪里得到了神的指引。然而，更加令老者讶异的是，人群中竟走出来一个叫快锯的青年，宣称这艘船现在的模样正是他设计改装的结果，而他竟从未向天祷告，亦从未寻求过神的指引。

“你们虽是义人，却从未得到神的指引？”老者无比震惊。

“没错，我们是艺人。但神为何要指引艺人？难道神也会感到寂寞，需要娱乐自己？”

言语的误会并没有解开，因为愚人船上的众人也在忙着惊讶。当老者结束了对飞禽的猎杀，当他带来的珍兽也模仿着主人，开始尝试攀上甲板，人们终于忍不住内心的疑惑，向他打听起这些飞禽和珍兽的来历，而老者的回答则令所有人都立即认定，他也肯定是个疯子。他虽然不认识耍蛇人，却也像另一位目击者那样，兀自讲述起远古时代的大洪水，不但如此，他甚至还否认了眼前这片大海的存在，宣称这里本应是陆地，只不过仍浸没在尚未退去的洪水之中。当人们向他问起洪水的由来，他就一口咬定这都是神的决定，只为将大地上的不义之人全部清除，把用肺呼吸的生物统统溺毙。也正因为如此，身为义人的他才获得了指引，幸免于难，并成为替神保护其造物的使徒。

“不洁净的动物要留下雌雄各一对，洁净的动物要留下雌雄各七对，我要等到洪水退去，再把它们放归大地，任其繁衍生息……”语带虔敬，义人复述着神的嘱托，说到这里又忍不住低声抱怨起来，“但鸟兽似乎不能理解神的意旨，洪水还没退去，它们就已经开始繁衍。我不敢怠慢自己的工作，为了把每一种动物都维持在神规定的数量，也只得拿起弓箭，成为猎手。”

那时，幸存的飞鸟全都降落下来，围绕在猎手身边，恰好每样七对，像是并不畏惧义人，反而感激他的赦免，似乎连它们也意识到了，相比起被杀的同胞，自己才是族群中最健壮，最美丽，也最能彰显造物者荣光的个体。

后来，画师还凭着记忆在画布上重现了这一幕，那是一幅暴力又恬静的图景，虽被鲜血、羽毛和尸体点缀着，却显出了格外的和谐。

只有深陷癫狂的雀嘴和黄毛无法体会义人的苦心，依旧死死盯住他手中的弓箭，对眼前的猎手充满了敌意。若这一次海上的邂逅到此结束，想必众人也会认为今天的经历已足够离奇，然而，等到他们真正目击了老者乘坐的航船，他们更是被彻底震撼，甚至觉得方才所见的一切都不足挂齿了。那是一艘硕大无朋的船，就像一座漂浮的岛屿，完全由歌斐木建造，极度恢宏，也极度原始。它没有桨，没有帆，没有舵，没有船楼，也没有任何旗帜或装饰，四四方方的，似乎在设计时完全没考虑过该如何行进，宛如一口随波逐流的棺木，就连义人自己在也毫不掩饰地将其称作“方舟”。

方舟上长满了草木，无数奇怪的叫声从舱内传出，就像一个喧闹的农场。随着义人一声口哨，各种珍兽便驯顺地排好队列，走上甲板，而义人也不无自豪地介绍了起来：这是狮子，那是大象，身材最高的是长颈鹿，行动最迅捷的是猎豹……对于香獐，义人留了七对，因为它们不但勤于舔舐毛发，更有一股好闻的味道，肯定是洁净的动物。至于树懒，义人就只留了一对，因为它们懒惰迟钝，从不洗澡，无论怎么说也算不上洁净。而斑马则最令人头疼，因为它们全都黑白相间，很难判断洁净与否，义人只得折中了一下，不多不少地留了四对，并期待着神能在某一天给出更为具体的指引。

义人的方舟就像是一座活生生的博物馆，令包括大学者和要蛇人在内的所有人都大饱了眼福。然而，当这场展览继续进行，当义人把神的造物逐一呈现，众人也渐渐发现，有不少他们本就十分熟悉的动物竟偏离了自己记忆中的模样，变得有些怪异，甚至是十分怪异。最先注意到这一点的是大学者，那时义人正在展出公牛，但那公牛的下巴上竟有两片腮，会像鱼一样微微翕动。而当义人展出绵羊的时候，大学者更是质疑了对方的说法，因为他不认为羊蹄子上会长出像鸭子一样的蹼。最后，当义人把一只浑身无毛却布满鱼鳞的长耳怪物说成是兔子时，就连一直旁观的众人都有些无法接受了，他们立刻跑进大学者的舱室，从尘封的角落里翻出馆长留下的兔子标本，把它摆到义人眼前，试图以此证明，在正常人的世界里，兔子应是另一副模样。

最初，对于大学者的质疑，义人不以为然。作为神的代理人，他对自己保护的物种拥有绝对的信心。然而，当他第一眼看到那只被制成了标本的兔子，他还是惊讶得倒退了半步，很有些茫然地张大了口。义人感到害怕，并不是因为这兔子的模样有多么恐怖，多么陌生，恰恰相反，正是因为他突然发现，这只兔子的模样竟是如此亲切，如此熟悉。遥远的记忆在那一刻彻底复活，令他回想起过去，不知是几百年，几千年，抑或是几万年前，当他按神的指引建造出方舟，那时与他一同登船的兔子似乎真的没有鱼鳞，而是毛茸茸的，更接近那标本的形象。

对失职的恐惧一下子笼罩了这位老者，他渴望找到挽回过失的方法，却无论如何也想不明白，自己为什么就没能注意到方舟上的动物已被替换，全然背离了神最初的设计。

神会发怒吗？

他会不会降下另一场更大的洪水，把自己连同这些来路不明的怪物一道毁灭溺毙？

就在老者苦恼的时候，红胡子大副走到义人跟前，满面堆笑，在馆长之后，他似乎也理解了蕴藏在奇珍异兽身上的无限商机，更何况这已不是伪造的骨架，而是货真价实的活体。他表示，自己将十分乐意接收方舟上那些因繁殖过量而多出来的动物。老者望着大副，完全不能理解对方的心思，但大副这种毫不掩饰的兴奋和欣喜还是令他重拾了一点信心。

或许，这并不是坏事？

他暗自思索着，猜测这些动物的更替也许早已在神的预料之中，甚至就是神自己所为，也许他并没有失职，反而在毫不自知的情况下完成了另一项更加重要的任务。想到这里，老者以一种希望的目光盯着大副，只愿在这些同样受神眷顾的义人身上求得更多的肯定和支持。

“但是，我的朋友……”战战兢兢地，老者话语里带着一丝颤抖，“你觉得，神会喜欢一只长着鱼鳞的兔子吗？”

“当然！”红胡子没有半点犹豫，“有谁会不喜欢一只长着鱼鳞的兔子呢？”

一瞬间，老者紧绷的神经放松了下来，他两眼泛红，几近落泪。大副将这一幕看在眼里，却永远也不可能知晓，自己在不经意间给义人带去了何等重要的救赎。老者很乐意把多出来的珍兽全都赠给愚人船，而作为答礼，众人也为他进行了一次最精彩的表演，将船上的疯人尽数展出。

当方舟随着海流越漂越远，大副也一脸满足地把各种珍兽关进了铁笼，他不会料到，自己的理想很快就会化作泡影，毁于别人的梦境。而在另一边，望着洪水中逐渐远去的愚人船，义人陷入了思考。很显然，就像他无法喜欢上自己的兔子一样，他也无法喜欢上愚人船的疯子。但是，那艘船的设计竟是如此精妙，无论船帆、木轮，还是那颗永不疲倦的蒸汽心脏，都早已超越了人智，令他确信其中必定借助了神的指引。他感到失落，因为他无法理解神对这些疯子的钟爱，同时又感到庆幸，因为这种不理解恰恰坚定了他的信心，使他更有理由认定，神也会喜欢他的新兔子，而不会把自己视作失职的罪人。最后，神启一般，义人突然回想起过去，当他开始在旱地上建造方舟，他的邻人也曾经嘲弄他，奚落他，把他称作疯子。想到这里，义人笑了，他伸了个懒腰，对自己说：

“难道，癫狂竟不是完全的坏事，有时反而是一件好事？我不敢肯定。神的意旨实在太过深奥，让我不敢妄测他的好恶。比如同样是神的造物，为何有些就是洁净的，而有些就是不洁净的呢？不过，我又何必想这么多呢，就连不洁净的动物，神都要每样留下一对呢，那么他在洪水里救下一群疯子又有什么稀奇？对，一定是这样！愚人船就是神创造的另一艘方舟，他要为每一种癫狂都留下一个疯子。”

十四 发现宝藏

与义人的遭遇成了一个佐证，令大洪水的神话也开始变得使人信服。耍蛇人更是以这个故事为起点，开始讲述那些被洪水毁灭的国度。于是，在众多沉入深海的文明和城邦之中，大家第一次知晓了那个诱人的传说——大西洲。那是一座梦之岛，一个理想国，不但富庶，而且强大，更拥有高度繁荣的文化和艺术。它由十位君王共同统治，每一位都继承了神祇的血脉，卓越且英明。它的国民空前优秀，总会聚集于学院或广场，探讨哲学、政治学、几何学、修辞学，注重培养自身的智慧和德性。

若故事仅止于此，那么大西洲或许就只能引起大学者和快锯的兴趣，却令其他听众哈欠连连，而它之所以能让所有人都趋之若鹜，则要归功于耍蛇人对其卫城的描述。据说，大西洲的卫城位于岛屿的中央，耸立着最宏伟的神殿、庙宇和纪念碑，而这些建筑所用的材料，竟全是宝石、白银和黄金。

"你是说，他们用黄金来造房子？"红胡子瞪大双眼，舔了舔舌头。

"不是房子，是神殿。"耍蛇人更正道。

"有什么差别么？"

"神殿比房子要大，而且大得多。"

"也就是说，这些金子全都跟着大西洲一道，沉入了海底？"

至此，耍蛇人的故事终于吸引了船员们的注意，而大西洲也成了宝藏与财富的代名词，烙进了众人的记忆。

那个时候，快锯已为大学者造出了第十三个书架，它比第十二个书架又大了不少，却还是立即就被大学者的藏书填满。这十三个书架依次排列，就像一段向深渊生长的阶梯，把原本宽敞的舱室占去了一大半，也遮蔽了舷窗，令这片空间再次沉入幽暗，让造访者都禁不住回想起过去，仿佛又回到了馆长在世的日子。只不过，如今在这里散布神秘的已不是那些僵死的标本或幻想生物的骨架，而是大学者的麻布口袋。没有人记得大学者最初是怎么把它搬上船的，也没有人知道它究竟吐出了多少奇怪的书籍，又还将要吐出多少，但是，即便是最迟钝的人也已经无法否认它的异常。每当有事物从内里涌现，它非但没有因此变得干瘪，反而越发膨胀，仿佛它的成长恰是以那些被填满的书架为基础，令人们终于开始怀疑，或许这只口袋本身就是某种畸形的生命。

正是从这些来历不明的藏书里，快锯又一次找到了新发明的灵感，却并不知道，这个发明将会在人群中引燃一种出奇的狂热，更会使他成为愚人船的英雄。就像往常一样，在向大学者请教一番之后，快锯便忙碌起来，他从水手长的收藏中借来一个陈旧的青铜头盔，又从厨子那里找来好几段山羊肠子，愚人船靠岸补给的时候，他更到店铺里买了松香，又抱着图纸跑进最近的玻璃工房，赶制了好几片奇形怪状的玻璃。最后，当这些材料都准备齐全，快锯回到船医的舱室，一把掀开布帘，走进储藏药品的隔间，穿过各色瓶罐，走到一个巨大的玻璃缸跟前。缸中有一具男子的尸体，肌肉横生，高大得不像人类，似乎只是陷入了沉睡，尚未知晓自己已经死亡，不过，他的脖子上还是赫然留有一个可怕的断口，犹如一个无法抹去的印记，铭刻着愚人船的疯狂。也恰恰是这个断口，让快锯为之着迷，无论看多少次都不厌，并终于将其保存至今。这男子曾是叱咤风云的海盗，被世人称作铁骨，却死于一场近乎荒唐的战斗，败给了四月的父亲，终于被浸泡在这一缸防腐药水之中。

现在，快锯和铁骨对视着，突然感到一丝好奇，不知对方是否能够料想到，自己将在今日把他唤醒，让他以另一种形式存在于这个世界，回到他曾经驰骋的大海之中。

新发明亮相的那天，兴奋犹如瘟疫，一下子遍布了愚人船的甲板。就连一贯不看好这些怪玩意的红胡子都罕有地表现出了兴趣，指望着快锯能够成功。因为快锯竟向大家宣布，他这件神奇的道具不但能让人类在水下呼吸，甚至还能让他们像螃蟹一样漫步于海底。他将其称作潜水服。潜水服的模样十分滑稽，上半部的主体是水手长的青铜头盔，但这头盔经历了彻底的改造，面甲被拉到最低，其间的缝隙全被松香封死，仅在眼部附近镶上了几片可以透光的玻璃。两条山羊肠子相互缠绕着，由锁链撑起，从头盔的后脑上延伸出来，像蛇一样在甲板上盘了一圈又一圈。相比起粗制滥造的上半部，潜水服的下半部就显得相当完美，也更加怪异，那是一件惨白的，从脚尖一直延伸到脖颈的连体衣，不但没有任何缝合的痕迹，就连使用者的手指和脚趾都能紧密包裹，所用的材料更是一个谜，就连快锯本人也不愿对此多谈半句。但这都不是重点，人们并不关心潜水服的模样和原理，却只是跃跃欲试地将目光投向大海，希望这件道具能够带领他们找到沉没的大西洲，打捞起传说中的黄金。

也许是设计上的疏忽，这件潜水服只有身材足够短小的人才能穿进，而矮胖又识水性的牛蛙则担起了重任，成为第一个下水探索的人。穿上潜水服之后，牛蛙就像忽然成长了似的，显出战士般的高大，而那个古老的青铜头盔则更为男孩的壮举平添了几分英雄气息。在众人的围观下，牛蛙一步跨出船舷，沿着锚链往下攀爬，很快就消失在汹涌的海水之中。船上的众人赶忙握紧了羊肠的另一头，看着它一截接一截地离开甲板，沉入海中，当这种下落开始减速并最终停止，人们便从羊肠中听到了声音。那是牛蛙的声音，来自海底，他告诉众人，自己正用双脚站立在海床上，依然能够呼吸，羊肠虽散发着一股淡淡的腥臭，却还是送来了维持生命的空气。

男孩开始四处行走，探索着周围的一切，但除了石头、海草和鱼群，再也没遇到别的东西。他的声音从羊肠的另一端传来，大多是兴奋的笑声和呼喊，却随着时间的推移而变得有些朦胧、含混，甚至染上了不属于孩子的冰冷和幽深。

早在牛蛙回到甲板上以前，人们就已经认定，快锯的潜水服取得了成功。这次尝试只有一点遗憾，那就是他们尚未找到沉没的大西洲，但大海这么大，这也算是预料中的事情。然而，当牛蛙从海底返回，他的经历就立刻引起了众人的注意，除了对于暗礁和珊瑚的描述以外，这个胖小子竟然宣称，他还在海底听到了人的声音。那是一个雄浑而悲伤的声音，并不属于船上的任何一位成员，甚至不是来自羊肠的另一头，却是发自脖颈以下，像是直接响起在男孩的每一个毛孔里。那声音在哭泣，似乎它的主人刚刚才经历过一场致命的搏斗，正在寻找自己丢失的头颅。没有人相信牛蛙的话，快锯估计那是洋流刮过潜水服时发出的杂音，被太过紧张兴奋的男孩误认作人声，而其他人的解释则更为简单，竟统统把这归咎于男孩梦游的毛病。不过，当牛蛙模仿着那个声音，复述出自己在海底听到的最后一段话，所有人都坐不住了，因为他们听到的是：

"向东，向东！我沉没的宝藏并不在这里……"

红胡子惊呼起来，确信那是来自大西洲十位先王的指引，而之后发生的事似乎也在一步步印证着这一猜测，逐渐把他寻宝的热情推向滚沸。

那个时候，愚人船恰好正在向东航行，而快锯也恰好需要借助不断的测试来改进自己的发明，人们便抱着试一试的心态，每天都提早一些抛锚，让牛蛙穿上潜水服到海底去一探究竟。在最初的几天里，男孩并没有什么收获，充其量只能找到一些漂亮的珊瑚和蚌壳，运气再好一点则还能附带着挖出一两颗珍珠，要说还有什么值得一提的发现，就仅剩下一只开裂的陶罐，上面刻着无人能懂的文字，内里还住着一条受惊的章鱼，至死仍不断变换着色彩。但那声音并没有消失，却一遍又一遍地回归，渗进男孩的皮肤，催促他不断向东，有时人们甚至可以在羊肠的另一端听见它，隐隐约约地，从深海的奇响里辨别出几片破碎的字句。后来，当男孩第一次找到黄金，把十多枚年代不明的金币带回到船上，人们终于被大副的狂热裹挟，相信自己离大西洲已经很近很近。

但是，大西洲为何会在东方？而那个声音又究竟来自哪里？从没有人思考过这些问题，在一艘满载疯子的船上，逻辑是无力的，集体的谵妄往往能够扭曲现实，使现实朝着幻想无限逼近。

最后，在众人美梦成真的那天，羊肠的另一头突然传来男孩的惊叫，众人以为他又遇到了鲨鱼，刚要施救，便听见牛蛙用一种着了魔一般的声音向大家宣布，他找到了大西洲的黄金。

那片海床并不算深，比起过去发现陶罐的地方还要浅上少许，阳光能够穿过水面，直达水底，而金光就从激起的泥沙下透出，一下子占据了男孩的双眼，向他揭示了这些沉睡多年的宝藏。没错，那正是黄金，就在男孩的周围，到处都是黄金。金条和金砖散落在四下，层层叠叠看不到底。数十个宝箱撞碎在珊瑚礁旁，装载着数不清的金项链、金手镯、金腰带、金面具。不知名的塑像被半掩在沙中，依然闪烁金光，形象庄严又凶狠，此外还有好几只黄金打造的便盆和夜壶，倒扣在这些四脚朝天的圣徒和神祇头上，正随着海浪轻轻晃动，在水底碰撞出迟缓悠扬的声音。

人们彻底疯狂了，当牛蛙把第一只金夜壶带出水面，大家立刻决定派出义人赠送的有腮牛和有蹼羊，让它们随牛蛙一道奔赴海底，去打捞这难以计数的宝藏。大副和水手长就守在舢板上，目光炯炯地盯视着海面，只等牛羊一露头，便立刻扑上去，夺过它们驮在背上的黄金。这次打捞持续了将近一周，愚人船的吃水线一再上升，几乎面临翻沉的危险。

到了最后那天，当最后一箱金砖被运上船，牛蛙站在海底，听见羊肠的另一头传来热烈的欢呼，疲倦的男孩微笑起来，长舒了一口气，正要转身离开，却忽然发现，在前方不远处，似乎还有一个巨大的黑色人造物被掩埋在沙石之中。就在那个瞬间，盘踞于深海的声音再次响起，包裹着男孩，用一种无法拒绝的执念把他往前推去：

“噢，宝藏，我的宝藏，我的宝藏就在那里……”

男孩走近黑色的人造物，发现那竟是一个锈朽的船锚，不知已沉没了多少年，几乎与周围融为一体。一具人类的骸骨斜倚在船锚上，被异域的丝衣包裹着，深红的绸缎随水流飘摆，仿如一团尚未熄灭的火焰，仍在继续着生前的舞蹈。男孩望着这具骸骨，感觉一股巨大的力量突然从潜水服上爆发，一下子支配了他的身躯，令他缓缓地伸出手，轻抚着那具骷髅。也许，没有人会意识到，在经历了那么多年的等待之后，这一刻，海盗铁骨竟借着如此疯狂的方式，找回了他一直念念不忘的东方公主，更第一次用自己的双手，轻触到了爱人的脸庞。只不过这悲剧的二人都早已没有了体温，仅剩一张人皮，一副骸骨。

直到许久以后，人们才总算明白过来，这里是红树湾，他们并没有找到沉没的大西洲，却找到了东方公主的宝船。不过，有谁会在乎呢？无论从哪里来，黄金就是黄金。

那一天，牛蛙回到愚人船上，加入了庆功的宴会，也第一次尝到了仅属于成人的烈酒。尽管大家对他的功劳无不称赞有加，男孩却始终郁郁寡欢，他想要向旁人诉说自己最后遭遇的怪事，但已没人有时间去关心潜水服的反叛或船锚下的骷髅。大家都争论着该如何瓜分这笔财富。借出了青铜头盔的水手长和提供了羊肠的厨子更是围住快锯，只想要为自己的特殊贡献多争得一点分成。

正是在这样一种欢闹的气氛中，牛蛙走到人群边缘，把自己的经历告诉了同辈的左拇指和右拇指。听过故事的孪生子用同一种恐惧的眼神望着他，像是被吓住了，四月请求他别再往下说，而十月则紧皱起眉头，告诫他，不要太过靠近死者的世界。就在那时，牛蛙忽然感到浑身发冷，酒精的作用似乎在体内发生了倒错，令他在恍惚中看见了自己过去的朋友。那是龅牙，是墨鱼，是黑眼眶，他们就在人群间飘荡、嬉闹着，不断朝牛蛙致意招手，而在船舱中央，那堆积如山的宝藏顶端，更有一位海盗，一位公主，正在虚空中纠缠，似乎还没能接受他们各自的命运——在那最后的一夜，牛蛙也获得了与四月相似的能力，他发现自己能够看到死者的幽灵。

事实上，幽灵早就算不上什么稀奇的事物。自从愚人船驶离了迷雾，一则关于大学者的流言便在甲板上传开。有不止一位船员宣称，自己曾在深夜里听见声音，发现大学者正在与什么东西交谈，论战。而所有人都清楚，大学者的舱室里仅有他一人，所以，若标本和骨架都无法发声，那么能与大学者对话的恐怕就只剩下幽灵。

后来，就与他终于发疯的麻布口袋一样，一直潜伏在大学者身上的癫狂也逐步显现出来。他变得更加阴郁、易怒、多疑，离群索居，终日躲在自己的舱室深处，对船上的一切都失去了兴趣。而他对四月那种无来由的厌恶则几乎达到了仇恨的程度，每一次发作，都会在男孩的身上留下更多新的伤痕。

现在，似乎是觉察到了关于自己的流言，大学者开始有意识地回避旁人的目光。而为了将这种好奇的窥探彻底阻绝，他甚至数度从自己的舱室出逃，尽管动作笨拙可笑，却还是毅然攀上桅杆，爬到乌鸦巢中，与聋子和他的玻璃珠为伴。似乎只有在那个连瘸子都难以感知到的高处，他才能寻回一丝平静的孤独。

讽刺的是，与他的癫狂一同膨胀起来的，还有他病态的智慧。色盲、蒸汽、热气球、强迫症、斯特鲁效应……在过去，正是大学者让愚人船上的众人接触到了这些新奇的概念，他把蓝眼人和绿眼人都称作“偏执型人格”，将食蜡的少女描述为“异食症”，当他听说了瘸子渴求截肢的陈年往事，便将其归因于“身体完整性认同障碍”，甚至还会从史书中翻查出好几则相似的记载，以此来为自己的论断提供证据。大学者的口中似乎永远不乏这些怪里怪气的名词，他就像一位念诵咒语的魔法师，一次又一次地诊断出愚人船的疯狂，为迷惘和混乱中的人们带去意想不到的拯救。而自从大学者开始拜访乌鸦巢，他的头脑就变得更加活跃，也更加诡怪，令他在过去的言论都显得有些乏味，甚至是平淡无奇了。

有一次，在仔细观察过聋子的玻璃珠以后，大学者竟突然宣称，人类居住的世界既是无边的，却又是有限的。朝着同一个方向不断前进并不会把我们带往世界的尽头，却只会使我们回到旅途的起点。因为海洋与大陆终究只是一个巨大的球面，而人类居住的世界就像一颗不断旋转的玻璃珠。不但如此，他还确信日月星辰也具有相似的形态，并全都悬浮在遥远广阔的虚空之中，更会转动，彼此绕行。他把这种现象称作“自转”和“公转”，甚至在木板上刻出了它们运行的轨道，让玻璃珠在其中滚动，构筑出一个简单的模型。人们起初并不相信他的疯话，直到大学者用自己的理论预言了彗星的出现，甚至推算出了日食发生的准确钟点，大家才开始感到恐惧，担心世界已经与他一道堕入无法挽回的癫狂之中。

另一次，一场大雨之后，大学者以另一种目光凝视着聋子的玻璃珠，直到一丝阳光从乌云中投落，令他突然顿悟。他开始相信彩虹是分裂的阳光，而原本无色的阳光则包含了世上所有的色彩。那其中不但有人类能看到的光芒，还存在着更多人类无法看到的光芒，其颜色既未被命名，也难以被描述，它们就排列在彩虹的两端，朝着无物的虚空不断延展。为了验证自己的理论，大学者模仿着聋子的手法，将玻璃排成阵列，竟真的把阳光拆解成了彩虹，而当他在彩虹旁侧的虚空中架起放大镜，对准了远处的纸片，即便无人能在那里找到一丝光亮，纸片却还是被迅速点燃，化作飞灰，令目击者深信那其中必定牵扯到某种邪恶的巫术。只有快锯敢于向他请教其中的原理，但得到的回答却更加令人费解，因为大学者一会儿把光比作细小的玻璃珠，一会儿又把光比作大海上的波浪。他把这种自相矛盾的表述称作“二象性”，并以此来分别解释光在玻璃表面的反弹和光在玻璃内部的偏折。为了证明自己是正确的，他甚至用水和糖浆扭曲了阳光，并成功地预告了一次规模宏大的海市蜃楼。

在那段时日里，只要一攀上乌鸦巢，大学者就会着了魔一般地研究起聋子的玻璃珠，仿佛那其中隐藏着无穷尽的启示，能够把人类引向真理，令他也几乎成了聋子的信徒。最后，当人们被传说中的黄金吸引，纷纷投身于搜索大西洲的壮举，大学者也终于尝试着与聋子交谈，开始朝更深更远的未知迈进。

那一天，他刚离开最底层的船舱，那个地方如今已变得喧闹不堪，被各种来自方舟的奇异生物挤满。而正是趁着其他人都聚集在甲板上的时间，大学者才抽空为它们绘制了全新的图鉴。他把这项工作的成果带到乌鸦巢内，正想要将其装订到《博物志》的末尾，却突然发现那本书已被海风吹开，而聋子则正操纵着周围的玻璃珠，做着一件他从未曾目睹过的事情。好奇心一下子燃烧起来，大学者近乎痴迷地观察着聋子的动作，望着玻璃珠一颗接一颗地滑出男孩的指尖，在伞影下彼此联结，犹如两条相互缠绕，却绝不会彼此触碰的藤蔓，一直向上攀缘，搭建起奇妙的高塔。而在男孩的脚边，散落的玻璃珠仿佛全都听到了召唤，开始沿高塔向上跳跃，在两条藤蔓之间筑起层层相连的台阶，或红，或黄，或蓝，或绿，在阳光下呈现出四种不同的色泽，终于使高塔变成一座不断生长的回旋梯，色彩斑斓，一直通往天际。

那一回，图鉴偶然翻到了绘有兔子的一页，而在那一页的周围，大学者就见到了总共四十四座回旋梯。他不明白这意味着什么，却确信其中必有含义。后来，大学者悄悄凑到近前，翻过一页，当图鉴上的动物由兔子变为野猫，他也立即目击了六座回旋梯的崩塌。他本以为那要归咎于自己的动作不够小心，却意外地发现，剩余的三十八座回旋梯也同时开始闪烁，改变了色彩。但无论怎么改变，每一级的台阶都必然只有两种颜色，要么是红和黄的搭配，要么是蓝和绿的联结……在某个疯狂的瞬间，灵感如雷击般刺入大学者的脑海，他突然兴奋地高叫起来，因为，在那一刻，他确信自己触碰到了生命的奥秘：

“一切都来自这里，一切都记录在这里，这就是生命最原本的模样，也是搭建血肉与脏器的咒语。百兽的参差多态，归根到底不过是这些阶梯的排列与组合，仿如演奏者用音符堆砌出的绚烂乐句。我曾经的朋友啊，看一看吧，这才是神的秘密，拼凑骸骨并不能创造出新的物种，而造物者真正操纵的，是这一座座通往天际的阶梯！”

在接下来的许多天里，大学者都沉迷于这项伟大的发现，就像一位虔敬的信徒，把各种动物的图鉴呈到聋子面前，记录着台阶在回旋梯上的变化和排列。他把这些高塔描述为“双螺旋结构”，又把神的咒语称作“基因”。即便人们已经找到东方公主的宝船并开始打捞出一箱箱的黄金，他也不为所动，仍在独自思索着这些生命的谜语。最后，在海盗与公主重逢的那个午后，他也把图鉴翻到了最末，开始展现出身披鱼鳞的兔子。片刻之间，大学者仿佛又回到了顿悟降临的那天，重新见到四十四座似曾相识的回旋梯，令他一度对自己的理论产生了怀疑，以为这两种兔子竟拥有相同的基因。不过，在仔细观察之后，他欣喜地发现，尽管这两组高塔极度相似，却还是存在细微的差别。他坚信，这种细微的差别正是两种兔子如此不同的原因。再一次，被疯狂的灵感击中，他推翻了义人的猜想，因为他知道，方舟上的兔子并没有被替换，它们就是最初登船的那批兔子的后代，却仅仅是身体结构发生了改变而已。大学者把这种自主的改变称作“进化”，并坚信进化才是所有生命的意义和目的。

“是的，它们在变化，它们在进化。每一代、每一胎、每一次发育成长，它们都在朝着更有利于自身生存和繁衍的形态改变。当兔子离开大地，被义人带进了方舟，它们便一点一点地长出了鱼鳞，以此来适应海上的生活。它们永不满足，永不停滞，永远都在完善自身，永远都在趋于完美。就像人类用智慧征服世界一样，它们也在用自己的方式朝着伟大和不朽不断迈进。”

沉浸在全新的理论之中，大学者流露出陶醉的神情，那情景令一贯面无表情的聋子都感到了一丝尴尬，禁不住微微地别过眼睛。但除聋子以外，大学者的癫狂并没能引起其他人的注意，在打捞结束的那一天，众人的眼中只有黄金，而这也间接导致了悲剧的发生，令愚人船毫无防备地堕入了孩子的梦境，而这一切，都要从四月消失的那个夜晚说起……

十五 大学者与幽灵

从愚人船上消失的时候，四月已不是过去那个懵懂无知的小孩，只知道从别人那里听取大陆上的故事，在父亲死后的这些年间，他的知识就与大学者的藏书一样，不断增长，即使零碎又不成体系，却还是接触了不少东西。他学会了认字，对天文、地理、数学、生物学、物理学，甚至是炼金术和通灵术都有所涉猎。即便早已遭到大学者放逐，不再被允许靠近那个堆满标本和书籍的船舱，他还是以一种奇特的方式继续在求知的路上越行越远，甚至试着接触异邦的语言，并开始用偷来的笔墨练习书写，而这一切则都要归功于舞女对他的帮助。

四月和舞女的初次对话纯属偶然，那一天，大学者正在乌鸦巢里观察着聋子的玻璃珠，推导着无人能懂的算式，而舞女则像是为了从这位访客身边逃离，独自飘落在甲板上，走进了大学者的舱室。她本想在那里找到独处的空间，却在第八和第九个书架之间发现了四月。

对于这一次偶遇，两人都留下了十分深刻的印象，却并不知道彼此的记忆其实存在着极大的差别。那个时候，即便身体已不再是活幽灵的状态，四月也依然保留着他在迷雾中养成的习惯，一有机会便会潜进大学者的舱室，有时还会冒险从书架上偷走一两本书，看完后再悄悄地还回来，竟一次也没有被抓到。所以，当他被舞女发现时，四月竟吓得张大了嘴，完全不知该作何反应。四月记得，是舞女首先开口，用沾染异国口音的话语安慰他，声称自己“什么也没看见”，是舞女首先对他露出微笑，以一种恶作剧般的爱怜打量他，仿佛能从他身上找到一片可以发声的影子，来自她那位并不会说话的弟弟，而这一切都令她感到亲切，欣喜。

而在舞女的印象中，她自己的形象就远没有那么友善了，她相当清楚地记得，自己只是一心想要远离所有人，所以，她既不敢与男孩交谈，也不敢让男孩靠近，更不会料到自己竟会在未来向他坦白，道出自己不得不这么做的原因。总之，她在那时并没有主动开口，甚至已经转身准备离开，却被男孩从后赶上，轻声问道：

“嘿，你看见我了？”

“不，我什么也没看见。”

“别担心，我和其他人不一样。”突然间，男孩微微一笑，脸上带着一丝狡黠，话语也变得越发难以理解，“我的意思是，你不必像躲避他们那样躲避我，也不必欺骗自己，说‘什么也没看见’。”

“噢……”似乎被击中了某个柔软的所在，一阵温暖的触感忽然袭来，摇撼了舞女长久不安的内心，令她的声音战栗起来，她说：“你知道，这将意味着多大的危险吗？”

“我知道。只不过，从很久很久以前开始，我就一直身处于更大的危险之中。”

几乎不敢相信自己的耳朵，舞女回过头，开始观察眼前的男孩，目光从他瘦小的身躯一直往上，移向空洞的双瞳。那一刻，她确信，如果自己的弟弟不是聋子，再稍微修剪一下头发的话，就一定也会像眼前这个男孩一样，说出相似的话，露出相似的神情……或许，这种记忆的偏差也算得上是一种征兆，预示着四月在后来的消失并非意外，却是必然，是早已被注定的命运。总之，不管那天在大学者的舱室里究竟发生了什么，这一次偶遇都令四月和舞女成为朋友，建立起了类似共犯的关系。

当大学者越发频繁地登上聋子的乌鸦巢，舞女也越发频繁地走进他的舱室。为满足男孩不断膨胀的求知欲，她会盗出一些书、笔、墨水、计算尺、圆规，甚至是星盘和望远镜，还有装着不明药物的试管和烧瓶。有时她也会直接在那里与四月见面，听他讲述书中的历史和传说，又或是闪电的来由和潮汐的原理。

有一次，不知是什么原因，大学者竟突然从外面返回，冲进舱室。看着他快步走近，无处可逃的舞女果断一伸手，把男孩拉入怀中。四月立即感到一股升腾的力量，发觉自己就像坠入了云朵，被柔软的长裙包裹着，一下子就和舞女一道离开了地面，触到了舱顶。那是一段似幻似真的经历，男孩和少女就像是一对蝙蝠，倒悬在天花板上，屏住呼吸，俯视着从他们下方匆匆走过的大学者。而之后发生的事情则更加离奇，大学者完全没有注意到这两个闯入者，他神情激动，像是陷进了病态的狂想，径直走到舱室最深处，坐在书桌前，书桌上除了大量的文献和纸笔，还摆放着那条被馆长制成了标本的腔棘鱼。在这本应没有旁人的舱室里，大学者开始说话，声音急促，更把手中的笔记逐页亮出，放到鱼眼近前。直到那时，四月和舞女才意识到，原来大学者正在与某种东西辩论，争执，但他的对手似乎并非人类，却是那条死去多年的腔棘鱼——很明显，他已经疯了。

自那以后，四月对舞女更加心怀感激，而舞女的长裙则会在深夜里反复回归，潜进男孩的梦境，每一次都变得比上一次的更加艳丽，更加柔软，以迷幻的色彩将他裹挟，把两人朝着更幽深的高处推去。正是为了舞女，四月才开始钻研异邦的语言和文字，练习书写，也更加沉迷于那只麻布口袋里吐出的书籍。

在打捞结束的那天，庆功宴之后的午夜，牛蛙的鼾声响彻了愚人船，烈酒的气味在四下弥漫，四月无法成眠，走到船头，开始和瘸子聊天，他无意间提到了自己的梦，却从那个无眠的疯子口中得知了梦境中潜藏的危险。

“但那终究只是梦，是不真实的东西。”四月感到不解。

“是的，这就是问题所在，人类一旦跨入梦境，便再也无法奢谈真实。因为你无法确定随后经历的苏醒是不是真正的苏醒，你可能回到了现实世界，也可能仍在一个与现实世界极度相似的梦境之中。曾抵达虚幻彼岸的人，永远不可能找回梦与现实的边界，一切都会变得可疑，无论是你的经验和学识，还是你感官的知觉，都被蒙上了一层阴影，仿佛它们随时都会背叛，将你误以为是真实的事物完全扭曲。”

也许，瘸子永远不会知晓，自己这句话将会为愚人船带来多少改变。他望着四月，觉察到男孩内心的茫然，瘸子似乎还想说点什么，却突然感到手中的鱼竿往下一沉，令他反射性地一挥臂，从海中钓起一件事物。浪花和星光在它的表面跳跃，交织成银辉，笼罩着这只刚刚出水的漂流瓶。见到这一切，男孩不由得回想起过去，一下子堕入往日的记忆。就像自己曾经做过的那样，四月冲上去，拔开瓶塞，抽出纸条，立刻从海水的腥咸之中嗅到酩酊的馨香，这股熟悉的气息就像一个提示，令他忍不住奔回船舱，从角落里翻出那些久被遗忘的漂流瓶。

借着微弱的火光，四月读到了纸条上的文字，再一次确认，它就与过去那两张最简短的纸条一样，竟全是出自同一人之手。

而这种可怕的巧合还远算不上最诡异的事，因为四月很快就注意到一个更加无法被解释的事实——笔迹，四月的笔迹，这些文字竟全都是四月自己的笔迹。但这又怎么可能呢，除非因果倒易，时间逆流，记忆被改写，而所有这些猜测都只会令四月感到害怕，担心自己早已堕入无法挽回的疯癫。那一刻，男孩感到一阵眩晕，只觉整个世界都在离他远去。

“你发现了么？自己种下的灾厄之种……”一个熟悉的声音在黑暗中响起，念出了最后一只漂流瓶里的文字，“回头，快回头！你只剩下一个藏身之所，那便是虚无的梦境。”

四月回过头，见十月已来到自己背后，这位孪生兄弟浑身是伤，衣服上沾满血迹，不知经历了什么，正对四月露出微笑，双眼中饱含莫名的哀伤。这哀伤侵染了周围的一切，也遮蔽了四月的视野，仅留下那一抹怪异的微笑，仿佛那才是黑暗里唯一真实的东西。

“带着你沉重的智慧，睡吧，我的好哥哥，你已经太累了。”以话语续写着漂流瓶里的文字，十月又向前迈出一步，“不必担心，我将替你承担起未来，以及你被诅咒的生命。”

十月的话仿如魔咒，令四月又一次见到了逝者的幽灵。幽灵跳着冰冷的舞蹈，环绕在一个女子周围，与她一道由远及近。那女子并非舞女，却是女巫，是青舌，是四月的母亲。母亲张开双臂，把孪生子揽入怀中，她的怀抱犹如深渊，缺乏温度，只有一阵酩酊的馨香从那里溢出，模糊了四月的意识和形体。最后，在被疲劳彻底压垮之前，四月发现自己的血肉又一次变得稀薄，就像是一阵烟，缓缓融入弟弟的身躯。那一夜，四月消失了，而与他一同消失的还有人们对他的记忆。在随后的若干年间，右拇指将成为勇士的独生子，继承下大学者的仇恨、舞女的友谊，以及所有本属于左拇指的人际关系，继续扮演着一个不存在的人，守护着堕入梦境的孪生兄弟，直到不可压抑的疯狂在愚人船上重新苏醒。

不难想象，没有人能够觉察到四月的突然消失，正如人们在过去不会惊讶于十月的突然出现。不过，尽管如此，那一夜对愚人船上的其他人而言也注定非同寻常，不会安稳。尚未从狂欢的宿醉中恢复清醒，他们就已在梦中感到了异样，遭到了疯狂的入侵。

那是同一个噩梦，平等地降临于所有人的脑海，令大家在梦中目睹了同一场灾难，并进而怀疑那才是唯一的真实，因为梦与醒的边界并不明显，因为人们在梦中也举行着酒宴，堆积如山的黄金在灯火下闪耀着邪恶的光，迷乱了众人的双眼。他们能够见到自己东倒西歪的身躯，也能够见到自己幸福的睡脸，在这场怪异的梦中，他们变作不眠的魂魄，成了自己的旁观者。而当这场狂欢步向终点，他们全都听见了牛蛙那奇特的，引人发笑的鼾声，发现醉倒的男孩竟突然站起身，在人群间展开了另一次梦游。行走在众人的梦中，牛蛙睁着眼，瞳孔涣散，仿佛视线已穿过美酒的薄暮，触碰到了死去多年的海盗和公主。他歪着脑袋，作倾听状，像是受了恶魔的诱惑，开始往干瘪的潜水服里灌酒。潜水服很快就变得饱胀，更直立起来，摇摇晃晃地走到大副跟前，忽一伸手，便从红胡子的腰际取下了那串铁笼的钥匙。

起初，人们只是好奇地望着眼前的一切，感觉这景象竟是那么不真实，又是那么可笑滑稽，等到牛蛙牵起羊肠，领着潜水服走向通往下层的阶梯，他们才意识到不妙。红胡子和水手长都尝试发声，企图拦住男孩，却只是徒劳。或许，自他们堕入梦境的那一刻开始，事情就已变得不可挽回，牛蛙那响亮的鼾声就像是在嘲笑着众人的努力，向所有人宣告着自己才是这场梦的支配者。

世界在梦中偏离了常轨，一切都乱了套，大家眼睁睁地看着铁笼里的珍兽被男孩和他的潜水服逐一放出，因漫流的酒液而变得癫狂，开始冲上阶梯，涌上甲板。长着腮的牛狂奔过席间，用犄角把杯碟尽数打翻，长着蹼的羊则在四下里寻食，嚼着大副的胡子和眉毛，身披鱼鳞的兔子更是上蹿下跳，一会儿蹦到水手长的头顶拉屎，一会儿又跑到他的靴子上撒尿，每到一处，都会在那里留下一串脏兮兮的小脚印，就像是一串叛逆的勋章。除此之外，还有更多连名字都尚未被取好的奇特生物，它们全都齐聚于此，发出各色古怪的鸣叫，与牛蛙的鼾声相互映衬着，组成了一场来自异世界的合唱，仿佛这场疯狂的宴会直到现在才算得上正式开始。

的确，若牛蛙和他的珍兽们所制造的混乱仅止于此，那么人们还远不必将此视作噩梦，而真正触动众人内心的，令他们在梦中发出哀号的，还是接下来将要发生的事。只见潜水服一挥手，美酒荡漾的声音便从它指尖传开，珍兽们立刻停止了动作，回望着它，像是听到了领袖的召唤，转而为同一件事忙碌起来——它们分工合作，开始搬运宝船的黄金。那景象令人称奇，却也让人痛心，即便在梦中也没有人愿意相信，它们竟是那么聪颖，那么灵活，那么有力，只消片刻便能把这堆积如山的宝藏撞垮，踢散，推动，拖行，甚至是扛上脊背，又或是吞进胃袋之中。它们就像一帮劫匪，又像是一群迁徙的信徒，带着黄金，排着队列，跟随在牛蛙和潜水服的身后，朝外走去。对于这一切，大家无可奈何，除了祈求这场闹剧快点结束，也只能望着自己仍旧瘫软的身躯干着急。

最后，这种一致的焦灼竟成了契机，令大家冲破梦的障壁，在同一个瞬间，人们惊醒过来，重新夺得了对躯体的掌控，回到现实之中。晨光冷冷的，落在众人脸上，他们望着彼此，从旁人的眼中见到了同一种恐惧，源自同一场噩梦留下的幻影。

不知是谁发出一声惊呼，人们环顾左右，突然发现，他们已找不回梦里被劫走的黄金。牛蛙和潜水服都不知去向，曾经堆放宝藏的地方现在一片狼藉，各种动物的毛发、鳞片和足印遍布四下，这些迹象无不暗示着，本就脆弱的现实或许早已被梦境占据。

“难道，那一切都是真的？”

人们陷入惶惑，似乎还不愿接受所见的一切，恰在那时，他们听见了一种颇为熟悉的声音，那是牛蛙的鼾声，来自甲板之下，来自通往货舱的阶梯。那个胖小子竟还在睡，还没有结束他的梦游。作出这样的判断之后，众人立刻重燃起寻回黄金的信心，他们循着鼾声狂奔而下，终于在货舱门口见到了那一片震撼人心的奇景——他们没有见到黄金，却撞进了一座金色的丛林。

“是的，丛林！”那一刻，空寂的宴席上只剩下酒鬼，继续沉溺于疯狂的独语，“你们忘记了那些死去的飞鸟，但它们播下的种子却终究发芽。生命本不需要黄金，却只渴求一片立足的土地，那里没有应允的奶和蜜，却可以让数字大于七。”

一夜之间，曾是温室的货舱变成了丛林。那里有金色的垂榕、金色的桫椤、金色的苏铁、金色的毒箭木，生在一片突然出现的金色沼泽上，密密麻麻的，其上还攀缘着金色的紫藤和九重葛，覆盖着金色的苔藓和地衣。

沼泽里有一条小溪，浑浊的溪水散发着美酒的芬芳，而牛蛙的鼾声正是来自小溪源头的方向，或许那孩子仍在梦游，仍带着大家失窃的黄金。没有任何犹豫，众人就沿着小溪步入丛林，一脚深一脚浅地涉过那些不知从何而来的金色淤泥。阳光穿过透明的船板，投落在他们身上，与周围的虫鸣相混合，蒸腾起一股浓稠的瘴气。一路上，人们见到了许多珍兽，在逃出牢笼以后，它们马上恢复了野性，只会远远地躲在茂密的枝叶后面，窥视着入侵它们国度的人群，若有人走近，它们便会立即扭头，朝着丛林更深处跑去。直到那时，众人才发现，这片丛林竟是如此广阔，如此幽深，似乎早已超出了货舱原本的大小，甚至发生了折叠，通往某个难以名状的空间。

后来，当大家放弃了对丛林的探索，并开始把曾经的温室视作梦的幻境时，船首的瘸子才肯定了人们的猜测和担忧，就像他找不到女巫青舌的住所一样，即便瘸子的知觉早已与愚人船融为一体，他也无法感知这片丛林里发生的事情，因为瘸子从不睡觉，而那片丛林却一直都与梦连接在一起。

不过，在当时，人们并没有闲心顾虑这些，无论是梦是醒，大家都只想要找到牛蛙，寻回宝船的黄金。或许，正是这种强烈的期望扭曲了现实，令他们终于触到了悲伤的谜底。在小溪变得清澈的地方，他们如愿见到了牛蛙，那孩子就脸朝下地倒在水中，被纸莎草和水仙包围着，像是尚未睡醒，没有一点动静。而他巨大的鼾声则响彻丛林，甚至分裂成好几股，让人们禁不住生出错觉，认为他能同时在好几个世界里行走呼吸。但是，牛蛙并没有呼吸，当人们尝试唤醒这个男孩，他们发现自己摇晃的只是一具早已冷去的尸体。男孩死了，但鼾声并未停止，反而如幽灵般萦绕着人群，令大家一度陷入恐慌。等到人们终于在男孩的尸体周围发现了那些身体滑腻，拥有短小前肢和粗壮后腿，两腮不断鼓动的两栖生物时，他们才回想起馆长曾说过的话，意识到自己听见的鼾声并非鼾声，因为他们不但在丛林里找到了死去的男孩，也遇到了牛蛙，对，真正的牛蛙。

牛蛙死了。人们失去了义人赠予的珍兽，也失去了打捞多日的黄金。不但如此，他们还一度在丛林里迷失了方向，几乎遇难，摸索了许久才重新发现回到上层的阶梯。这一切都令愚人船陷入沮丧与悲痛，以致许久以后，人们才开始重新关注这座突然出现的丛林，并尝试从其中带回金色的土壤和原木，怀疑他们失窃的黄金就隐藏在那里。

抛开这场由梦引起的骚动不说，在四月消失的那一夜，愚人船上爆发的疯狂还远不止如此。因为，也正是在那一夜，当大学者回到他满布书籍、标本和骸骨的舱室，他又一次产生了幻觉，遭遇了馆长的幽灵。那个时候，他正在整理自己记录的双螺旋结构，将有鳞兔和无鳞兔进行对比，想要借此找到人类进化的捷径，却突然见到达兰若龙的骨架开始扑翼，听到腔棘鱼的口中传出馆长的声音。

“噢，我曾经的朋友啊，你是不是还没有意识到自己这些努力的徒劳，是不是又一次误入了歧途，被自己的理想主义蒙蔽了双眼？”幽灵的话语里十分罕有地带上了一丝真诚的惋惜，“看一看他们，那些无知的庸众，看一看他们如今究竟怎样评价你！他们认为你偏执，古怪，他们猜测你只愿与幽灵交谈，他们怀疑你发了疯……当然，仅凭他们那点可悲的智力与经验，会得出这样的结论也合情合理，甚至可以说，这才是属于他们的现实，一种被狭隘定义了的客观存在，因为他们根本无法真正理解你。但是，你也知道，事情原本不必变成现在这个样子，你本可赢得他们的崇拜与敬畏，让他们对你言听计从，甚至成为他们信仰的先知，而要做到这一切对你来说简直轻而易举。难道不是么，你拥有无数机会，飞升的热气球、推动巨轮的蒸汽，以及预言彗星，弯曲光线，创造彩虹，在遥远的黑暗中点燃烈火……只要你对其中任何一件事加以利用，告诉他们，这是只有你才能操纵的神力，这是只有你才能施展的魔法，你便可以使这帮愚民折服，令他们成为你的信徒。但是，你并没有这么做，却竟然试图向他们讲解其中的原理。即便他们绝不可能明白这些统治自然界的法则，你也总想让他们知道，这种力量并不神秘，这种现象也并不神奇，只要通过学习，只要勤于思考，任何人都可以将其掌握，再现，甚至是创造出更辉煌的奇迹。你知道吗，你破坏了这一连串事件中最精彩、最绝妙的部分，你让表演在进行到高潮的时候冷场了，你毁了这个原本有趣的游戏！”

“我跟你不一样。”面对幽灵，大学者的话里带着一分孤傲，“我不认为这是一个游戏，也无法从戏耍他人的过程之中感到乐趣。”

“是的，这就是你空有一身学识，地位却终究如此低下的原因。你被你幼稚的理想主义困住了，你从未正视过自己周围的野蛮人，也不愿承认他们身上那无可救药的蒙昧和愚蠢。回顾一下人类的历史吧，我曾经的朋友，可曾有任何一位学者赢得过民众的敬意？事实是，在民众的眼中，学者从来都与最危险的疯子无异。即使在最文明的城邦，民众也只会用投票的方式处决他们的导师，为了让年轻人的思想不受侵蚀，为了让自己的神不受侮辱，他们会忙不迭地用毒堇汁把最聪明的人送下地狱。像你这种学者所能犯的最大错误，就是试图与民众分享自己的知识，希望知识能够在他们脑中扎根，甚至成长为他们自己的力量，却不知道他们从来就不愿学习，不愿思考，更对知识有着天然的反感，甚至仇恨。看一看那些留存至今的传说吧，民众究竟喜欢什么？他们喜欢神，喜欢先知，因为神不但拥有力量，展示力量，而且从未将力量与人分享。每一个神都把自己的秘密藏得很深，更从一开始就宣布他的力量远超人智，告诫人们不要妄想去理解或学习——在你我听来，这种说法简直是对人类的羞辱，然而这种羞辱却得到了民众最热烈的欢迎，因为他们总是对自己无法理解的力量心怀敬畏。历史上那些最成功的宗教不都是这么发展壮大起来的么？先知把权杖变成蛇，把水变成酒，他们在海面上行走，又装模作样地从鱼嘴中摸出钱币。没有人知道他们是怎么做到的，他们以此来震慑敌人，展现神迹，劝人皈依，屡试不爽。而你我都十分清楚，这些先知不过是些拙劣的戏子，一群披上了信仰外衣的三流艺人，相比起你所能做到的事，他们的戏法是如此简陋，如此可笑，简直不值一提。幸亏他们那时还没掌握热气球的原理，不然也不会想到用喝巧克力的方式来飞离地面，哈，那真是一场失败的演出，不但短暂，就连高度也无法超过一尺……但先知终究成功了，他们从民众那里获得了你永远无法企及的敬意，民众会云集在他们脚下，追随他们的神，不但因为民众无法看穿这些戏法，也因为民众十分满足于自己的无知。难道不是么？若知晓了其中秘诀，任何戏法都将变得不再精彩，不再有趣——不仅是先知，就连民众自己都十分清楚这一点。现在，你知道自己有多么不识趣了么？或许，你以为自己只是在传播智慧，出于善意，为了大家的福祉，但你事实上是在剥夺他们作为观众的乐趣，是在摧毁一场备受期待的表演。由此可见，智慧对于民众的幸福非但毫无必要，而且还是有害的。想一想要蛇人曾经提到过的乐园吧，想一想勇士为何能够刀枪不入吧，若一种生存状态能被大多数人视作幸福，那么其最大特点往往就是‘没有烦恼’，亦即‘不必多作思考’。而你最不受欢迎的地方，就在于你竟奢望民众靠自己的智慧进行思考。相比之下，先知虽然手段拙劣，却十分清楚民众的好恶，他们从不解释，从不说理，他们命令，他们警告，他们恐吓，他们号召，他们把所有应做的和不应做的都写在石板上，清清楚楚，却垄断了智慧，从不透露这一条有何由来，那一条又有什么凭据。对于胆敢发问的人，先知只会一脸严肃地告诫他们'不要妄揣神意'，大不了就再变一个戏法，再展现一次神迹。而对于石板上那些来历不明的律法，民众总是欣然接受，甚至将其视作救赎，因为先知为他们设计好了一切，也为他们免去了'不得不思考'的酷刑，让他们得以像羔羊般幸福地生活下去。你难道还不明白么？我曾经的朋友，你是一个异端，你否认所有人都乐于崇拜的神，你想要夺取神的光环，却不是为了让自己成为先知，而是要将其强加于每一个人的头顶。你正是潜伏在乐园里的毒蛇，因为你对世人的爱太过沉重了，他们消受不起。"说到这里，馆长的幽灵再一次发出叹息，"快停止吧，趁你还未被完全视作疯子，趁现在还来得及。只要你改变主意，凭你那绝伦的智慧，你必将成为新的先知，超越历史上任何一位戏子，民众不需要你的教化，他们只想要敬畏你。"

"但我并不愿把自己伪装成先知，也不需要民众的敬畏，俗世的地位对我毫无意义。我只是坚信，他们之中总有一两个人，是在追求智慧的，是想要逃出乐园的，是不愿成为羔羊的，是有可能以理性为信仰的，而你的存在就是最好的证明。"

"很可惜，我已不复存在，我死了。我曾经的朋友，到了现在，我才总算开始明白，你的自负与高傲究竟已到达了何种可怕的地步。我收回我先前说过的话，你不但从未寻求民众的理解，也从未寻求民众的敬畏，你与他们的关系是彻底决裂的。无论他们如何误会你，诋毁你，甚至把你视作疯子，都无法伤害，甚至是触动你的心灵。我虽把他们视作野蛮人，却依然没有放弃与他们交流，尽管所用的方式全是戏耍与欺骗，但这也恰恰说明我仍在乎他们对我的看法，不愿把自己从他们之中彻底抽离。而你比我更甚，你从一开始就将他们视作野兽，你与他们接触，却不是以驯化野兽为目的，你只是在朝着羊群喊话，坚信其中潜伏着你的共犯，想要发现另一颗渴望逃出乐园的理性之种，除了这个仅存在于臆想中的同类，其他人对你而言都是没有价值的垃圾。至于野兽和垃圾将如何看待你，你自然不会介意，你在这件事上的超然与大度恰恰暴露了你对他们的轻视和鄙夷。噢，我曾经的朋友，你疯了。你否认了人类最真实最丑陋的模样，把他们从你的世界驱逐。为了填补这个空洞，你开始不切实际地替人类塑造出'理想的''应有的'形象，将其留在心中，欺骗自己。这可怕的洁癖不仅会令你变得孤独，也会反过来损害你的理智，蒙蔽你的眼睛，使你远离了你所观察的对象，在躲避恶臭的同时也看漏了真理。或许，这就是你在作出那么多伟大发现之后，唯独在解读生命时犯下了致命错误的原因……"

"错误？你是在质疑我的研究吗？"终于，大学者执笔的手停了下来，一贯冷澈的脸上闪过一丝愠怒，"一个幽灵，一个伪造生命的骗子，有什么资格与我讨论这个问题？我敢说，你甚至不了解我究竟发现了什么东西！"

"的确，我不了解双螺旋结构，也从未听说过什么基因，但对于生命本身，我依然比你更有发言权，并不是因为我有多么博学，而是因为你的观点出奇肤浅。”腔棘鱼双眼转动，飞速浏览着大学者书桌上的手稿，倾吐出来自幽灵的指控，“当然，我并不是全盘否定，生命的参差多态确实来自那一座座通往天际的阶梯，有鳞兔也的确是无鳞兔的后代，它们并没有被替换，而只是发生了改变而已。但是，在看到这些事实以后，你竟立刻跌进了你那理想主义的陷阱，认为这种改变竟是生命自主的进化，认为每一个物种都在朝着有利于自身生存与繁衍的形态改变，每一个物种都在追逐着伟大和不朽，并将此视作所有生命的意义和目的……到了这里，你那原本严肃的理论就一下子变成了可笑的呓语！就像你期待在羊群中发现自己的同类一样，这一次，你又把自己不切实际的幻想强加于所有生命。你以为它们也会像你一样永不满足，永不停滞，永远都在完善自身，永远都在趋于完美？这怎么可能！我曾为博物馆挖掘过无数早已灭绝的生物，也在旅途中遭遇过太多奇怪的个体，目睹了太多天生的病变与畸形，作为一个与生命打交道的人，我可以告诉你，生命绝没有你想象的那般高贵，而它们最大的特点就是盲目和漫无目的。你认为兔子长出鳞片是为了适应海上的生活？你错了。兔子长出鳞片就是一种畸变，只不过这种畸变恰巧增加了它在大海上存续的机会而已。”

“这怎么可能只是恰巧？看一看周围吧，这无数由你收集的生物标本，无论其中的哪一种，都具备了极强的求生本能，而它们的每一个器官都更是有着明确的用途与分工，对其存续不可或缺。难道所有这些现象都是恰巧？承认吧，即便是最卑贱的生命也带着自身的意志，其身体结构和行为模式都带着明确的目的。

它们希望自身能够存续下去！”

“是的，我们周围的生物确实具备你所说的特点，但这并不是因为它们带有目的，而是因为这些特点恰巧令其得以存续。在众多曾出现过的物种之中，它们不过是极少数，而更多更多不具备这些特点的生物则早已死绝，再也无法进入我们的视野。替生命完成演变的并不是生命自身的意志，而是死亡，死亡是一面巨大的筛子，滤去了不求生的生物，滤去了器官低效的生物，滤去了所有不适应这个世界的生物，仅留下那些会被你误以为带有意志和目的的个体。可以想象，方舟上的兔子也曾发生过别的畸变，或是少长一只耳朵，或是多长一对牙齿，或是增减些别的什么愚蠢而又无用的脏器，只不过这些畸变无助于它们存活，更大大降低了它们繁衍的概率，令它们很快就从这世上消失，也让你无法觉察到它们曾经存在而已。但无论它们最后被证明是成功还是失败，这些畸变都不过是巧合，由始至终不带任何目的，而这些兔子也从未产生过意愿，从未希望自身能更好地生存与繁衍。生命的演变并不是一次有目的的进化，而是无数次漫无目的的试错，若造物者真的存在，那么他所做的也并非精心设计，却是像醉酒的赌徒一般不断掷骰，再借严苛的、不断降下的死亡抹掉自己的败笔，一点点搭建起通往天际的阶梯。是的，生命出现了，却没有目的，它们存在，演变，挣扎，灭绝，却始终觉察不到自身的悲壮和惨烈，也永远不可能与伟大和不朽扯上任何关系。生命本身是荒芜的，是无意志的，既没有天然的价值，也没有不证自明的意义。这么说或许令人绝望，但借用你的说法，这才算得上客观。所以，我无法责怪你误入歧途，因为你并不真正理解生命，你无法正视残酷的事实，反而将自己的期待投影在它们身上，以为它们也会像你一样追求进步，追求完美，拥有好奇心，甚至永不满足……现在，你是不是开始稍微理解了，为什么自己与常人全然不同，竟从不希求他们一直渴望的权力、地位，还有海底的黄金？再看一看愚人船上的疯子吧，他们的疯狂或许各有不同，却都如失败的畸变，妨害了他们的生存和繁衍，而这也是他们之所以被称作疯子的原因。你也一样。你追求理想，探寻智慧。但这种追寻难道不正是发生在你身上的畸变，就如另一种疯狂，另一团无用的脏器，阻碍着你去获得常人应有的幸福？我曾经的朋友啊，如果连你自身的出现也只不过是一次意外，一次失误，一次连造物主都无法令其再现的掷骰，那么你又该到何处去寻找自己的同类呢？你终将消失，被筛子滤去，带着你不受欢迎的追求和理想，成为历史的涟漪。而庸众将继续充塞这个世界，过着羔羊般的生活，延续着生命的盲目和漫无目的。”

四月消失的那个夜晚，众人堕入梦境，愚人船上仅剩语塞的疯子，还有诡辩的幽灵。

十六 灾厄之舞

四月到哪里去了？

没有人能够回答这个问题。而在他消失的那些年间，也从未有人提出过这个问题。就连男孩自己也感到困惑，不知身在何方，也不知自己是否还拥有实体，他的知觉似乎被硬生生地割裂了，脱离了原本的世界，宛如被封入瓶中的精灵。有一段时间，四月以为自己已经死了，但他的意识仍在虚无中飘荡，比幽灵更轻，各种想法就像沸腾的气泡，从黑暗中冒出，全都带着一股原始又强烈的情感，把他的灵魂占据。

他开始做梦，梦里有风与火的声音，注定毁灭的热气球仍在半空中发出尖啸，被蔓延的烈焰吞没，只不过四月已不再是旁观者，却变作乘客，加入了自己的葬礼。着火的缆绳环绕着男孩，跳着癫狂的舞蹈，色彩斑斓，反射鳞光，吞吐信子，缠住男孩的手臂。珊瑚蛇的毒牙猛地刺进血肉，四月在灼痛中惊醒，伤口溢出脓来，在皮肉间引燃了黄瘤和红斑。浑浊的海浪拍打而至，死亡的味道夺去了男孩的呼吸。他发现自己双手被反绑，淹没在无数残缺的尸体中间。他知道，自己染上了麻风病。厮杀声从远处传来，像是要把四月连同瘟疫一道驱逐。他开始挣扎，下沉，坠入一片深暗的夜空。星辰在他周围漂流，闪烁荧光，拖着长长的彗发，全在触碰男孩的瞬间变成了致命的箱型水母。

另一阵刺痛令四月惊醒过来，他握着小刀，手在流血，断掉的拇指仍在半空中旋转翻滚，从越发遥远的世界带回虚幻的触觉。那是一个门闩永远无法插紧的世界，杀人的海妖就潜伏于外侧的阴影中，像是嗅到了飞掠而过的鲜血，六颗头颅一同为孩子唱出挽歌，以利爪收割着无辜者的生命，剧毒的吐息钻过虚掩的门缝，直抵战栗的心脏，引发一阵痉挛，令四月又一次从噩梦中惊醒。他感到寒冷，也感到空虚，他厌倦了这些彼此层叠的梦，却终究没能脱离。

世界开始变化，堕入无法填平的饥饿，满布骇人的声响。黑山羊离开了幽灵船，咀嚼着漂流瓶里的信札。珍兽告别了方舟，吞噬着亡灵公主的黄金。船员们聚集到一处，分食着圣母诞下的肉瘤，破碎的肉块在入口的瞬间爆发哭声，变成了婴孩的腿脚和手臂。此外还有一个面貌模糊的男子，孤立着远离了人群，仍在吃着最后一根香肠，却永远无法下咽，因为脖子早已被利刃割开，而香肠就卡在那里，散发恶臭，与流逝的时光一同变质腐朽，这一切都令四月感到难过，他确信那人正是自己死去的父亲。

饥饿传染到男孩身上，逼迫他把能找到的食物全塞进嘴里。来自乐园的苹果通体鲜红，却在口中变得苦涩，果肉在牙缝中蠕动起来，甚至冒出尖刺，划破了男孩的两颊，撕咬着男孩的舌尖，就好似真正的人类终于找到了宿主，正朝着新的躯体大举迁徙。这痛楚引发剧烈的咳嗽，令四月再次醒来，吐出一大坨黑褐色的东西，那是成群饱餐的蠹虫，在血和唾液的泥沼中摆动肥短的身躯，仿佛正向男孩发出宣告，他早已形同玻璃箱中的尸体。

四月不住呕吐，却再没能从腹中掏出一点东西，甲板就在身下起伏变形，引起耳鸣和目眩，令他回忆起第一次晕船的耻辱经历。疯狂的笑声自四方传来，带着明显的恶意，男孩想逃，却滑倒在污物里。

一片幽蓝从天而降，延伸着，幻化成华美的舞裙。舞女来了，俯在男孩身上，眼中闪烁危险的光，还未等说话，便以双唇封住了四月的嘴。那是一种奇异的感觉，带着年轻的芬芳，就像在身体里刮起一场炽热的暴风雨。舞裙融化了，沿少女的胴体滴落，汇入男孩的汗水之中。四月挣扎着，却感觉四肢早已不受控制，一种陌生的冲动淹没了他，令他在肮脏的泥泞中抓爬，就像一个遇溺的人，从未如此笨拙，也从未如此快悦。不知经过多长时间，两人才完成了一吻，舞女开始用异邦的母语欢叫，一口一个“ϯεττϊζϊκ”，一口一个“αϣεϩόμε”，世界在那一刻展现出它的美妙，交融的血肉点燃了长久干渴的生命，那焰火随四月的挣扎越攀越高，终将触到毁灭的峰顶。在这场疯狂仪式的末尾，男孩已然忘情，他渴求升华，却在一瞬间跌进噩梦的谷底。所有被填满的知觉突然呈现可怕的空虚，令四月重新睁开双眼，他发现自己正搂着一具干枯的骷髅，而骷髅仍在不住舞动，穿着绚丽的舞裙。苍黄的眼睛从黑暗中浮现，以一种诡黠的目光盯视着四月，似乎他此时的丑态才是这场戏剧的高潮，咩咩的叫声萦绕着男孩，既像是玩笑，又像是羞辱……

后来，四月真的惊醒过来，回到了现实，却在很长一段时间里仍呆呆地睁着眼睛，心中满是怀疑，害怕自己仍在梦里。

他站起身，发现周围是一片金色的丛林，一条小溪流向远方，溪水中立着巨大的铜镜，那正是人们搜索青舌时在货舱里找到的铜镜。男孩走到近前，在镜中见到一个陌生的少年，那少年拥有与他相似的相貌，身材却较他高大许多，神情也比他更加忧郁，突出的喉结颤动着，令男孩为之悚然。四月本能地向后退去，直至在对方的脸上发现了同样的悚然，男孩才意识到自己早已不是男孩，而镜中的少年正是自己。

四月沿小溪向前跋涉，还未遇到任何人，便见到了牛蛙的坟墓。时间过去了许多年，木制的墓碑已经倒下，而朋友的名字也几乎陷进了金色的泥壤，矮矮的土堆周围长着一圈蘑菇，那艳丽的模样令四月联想到死亡，还有致命的剧毒。

四月终于找到了通往上层的阶梯，回到了愚人船上，就像经历了一场时光的漫游，身后所有失落的故事都汇集成一个难解的谜。

没有人注意到四月的归来，正如没有人记得他曾经离去，或许他根本不曾离去，而消失的也仅只是男孩自己的记忆。四月穿过人群，见到一张张熟悉的面孔，也见到了岁月留下的痕迹。大副新买了一顶二角帽，帽檐插着极乐鸟的羽毛，他的珊瑚手杖不知去向，浓密的红胡子里也掺杂了些许纠结的银丝。水手长戴上了鲜艳的头巾，虽然能遮住他不断后撤的发际线，却还是无法掩盖他的疲惫，以及眼角积累的皱纹。快锯仍是船医，不知何时染上了烟瘾，每当他开始构思新的发明，他的烟斗便会点亮，那小小的火光就像他永不熄灭的好奇心。瘸子依然被缚于船首，已不记得自己在夜里吓跑了多少航船，又用坏了多少钓竿，他仍拒绝入睡，肿胀的双眼几乎要从眼眶中蹦出，青铜色的身躯早已布满锈迹。小丑换了一双尖头靴，也换了一副妆容，七种颜色在头顶的排列又发生了变化，意味着大陆上的战争从未停止，他的声音变得更加粗钝了，却依旧没能摆脱诅咒，屡屡在人群间引燃失控的狂笑。

时光改变了旧有的事物，也带来了全新的面孔。现在，画师的巨作已接近完成，各种怪诞的流浪艺人陆续被召唤至此，充斥着那个满布镜子的虚幻时空，而每当他在画布上绘出一个全新的形象，他笔下的流浪艺人便会真的出现，以或离奇，或荒唐的方式登船拜访，让愚人船在展览疯人的同时也可以提供别的娱乐。

这些人过去都曾与耍蛇人一道旅行，怀揣各色故事，就像新加入的疯子一样，令四月感到陌生，但他们也全像是认识四月，并与他相处了许久似的，并未对四月的归来表现出一丝诧异。于是，四月见到了那个擅长变化形体的魔术师，发现他既能变成白鹳，又能变成猎豹，甚至还尝试与雀嘴和黄毛成为朋友。四月也见到了那位专卖假药的巫医，他刚刚从乌鸦巢回到甲板上，手中握着一个小瓶，内里装着成分不明的药粉，据说可以抑制小丑引发的狂笑。此外还有主持畸形表演的大胡子歌女，以及怀抱曼陀林的吟游诗人，他们斜倚着桅杆，合作弹唱着《万福圣母》和《欢乐颂》。

在这片混乱之中，四月小心地询问窥探，想要找出那个让自己消失的罪魁祸首，只因他有太多疑问亟待解答。但他并没能见到十月，众人的记忆又一次被改写了，他们纷纷摇头，表示从未听说四月竟还有一个孪生兄弟。

正是在那个时候，远远地，四月在人群中见到了舞女，他发现舞女也在盯着自己，面色泛红，眼中闪烁危险的光，嘴角带着一丝意味深长的微笑。梦中的经历立刻翻腾起来，令四月感到害怕又难堪，他立刻转过脸，不敢直视对方的双眼。

就像是觉察到了四月内心的不安，命运又开始了恶作剧。就在回归的当晚，四月还不太确定自己是否已经挣脱了梦境，他像往常一样失眠，一遍又一遍地下床，去检查门闩，直到他听见门外的窸窣声，并透过门缝发现，另一侧竟还站着一个人，正是舞女。舞女并没有睡，穿着少年梦中所见的长裙，她一步跨进船舱，将四月搂在怀里。他们立即开始上升，再上升，直至触碰到天花板，就像两个炽热的，失去了重量的幽灵。梦里发生的一切全在那一刻借着黑暗复归，四月又一次听见自己剧烈的心跳和粗拙的喘息，也听见了一声声“†εττϊζϊκ”和“αωεϩόμε”。他惊讶于舞女动作的娴熟，也惊讶于自己这副擅自成长，擅自迎合的身躯，而在这场奇妙的仪式中，他更对舞女萌发出了别样的情感——那是一种颇为陌生的情感，并非单纯的友谊或依恋，却沾染了一种更加强烈，也更加难以抑制的兽性。那一夜，四月又一次沉浸在晕船的感觉之中，被巨大的舞裙包裹着，几乎溺毙。他的汗水和舞女的汗水一道陨落，在身下的虚空中积起一片水潭，随后再蒸腾为雾气，遮蔽了他们在彼此身上留下的痕迹。

等到这场狂乱的风暴终于结束，两人转而用言语交谈，精疲力竭的四月才偶然得知，在舞女的记忆中，自己早已不是第一次和她进行这样的游戏。错位的记忆带来巨大的失落与疏离，令四月怀疑自己仍在梦中，仍扮演着一个陌生人，过着一种并不属于自己的生活。

但是，身体所感受到的愉悦却是无比真实的，根本没有半点怀疑的余地，只要尝试过一次，那种淋漓的甘甜便会让人上瘾。所以，在随后的很长一段时间里，四月总会情不自禁地幻想舞女的胴体，不断寻找时机与她幽会。而舞女对四月的态度也的确与众不同，虽然在旁人眼中，她依然是那个不愿被任何人靠近，睡在衣箱里的怪人，但是，在暗地里，她对四月已不会刻意回避。一开始，四月以为，舞女也对自己产生了特殊的情感，但随着游戏在深夜里的反复，四月发现，舞女看自己的那双眼睛并不存有一丝温柔，却满溢野蛮和暴力。她会紧抓住少年的身躯，指甲深陷进皮肉，令四月生疼，那模样与其说是在求欢，倒更像是一位长久漂泊的遇难者，正紧抓住她与世界的最后一点联结，好让自己留在此地，而不是被虚无冲走，又或是就此堕入无垠的天宇。舞女并不喜欢四月，事实上，她越是与少年接近，就越是清晰地展现出一种与自身行为相矛盾的态度，对四月达到了厌恶乃至仇恨的境地。后来，在又一场深夜的游戏之后，四月终于鼓起勇气向舞女发问，想要知道她和自己在一起的原因，而舞女的回答则令少年大吃一惊。

“你忘了么，你曾宣称，自己是与众不同的。你我只可能是共犯，却永远不会成为恋人或朋友，因为我们都是疯子，都需要回避由疯狂带来的灾厄。”舞女望着四月，面带嘲讽，“你告诉我，这其中最大的诀窍，就是要保持对彼此憎恶。现在，你想要反悔了么？”

“我曾这么说过？”

“噢，你为什么要露出如此无辜的表情？难道肉体的欢愉令你变成了傻瓜？你曾是那么神秘，那么狡黠，那么自负，那么让人反感。而我之所以会接近你，正是因为我确信，降临在你身上的不幸绝不会从我这里得到任何一丝同情！”似乎觉察到了少年的异样，舞女的声音变得有些急促，不住颤抖着，重新道出了那个四月从未曾设想过的秘密：“你曾说你身处危险之中，现在看来，那不过是你故弄玄虚的谎言，而你更是永远无法想象我究竟有多么危险。请不要忘了，我是一个疯子。自有记忆以来，我就从未摆脱过自己的癫狂。我第一次意识到这一点的时候，我的弟弟还只是婴孩，母亲尚未觉察到自己生下了一个聋子，每当我抱起弟弟，她都会叮嘱我千万抱紧，别让弟弟摔下来。我听从母亲的话，每个动作都十分小心，但我的头脑却并不服从我的意愿，脑海中总是浮现出骇人的情景。我会止不住想象自己突然松手，把弟弟摔到地上。那情景是如此真切，让我几乎能听到弟弟在半空中的哭叫，还有他的小脑袋与地面碰撞时发出的碎裂的声音。我知道，我爱自己的弟弟，他是如此娇小，如此无助，根本不可能做出任何惹人生气的事情。但我越是爱他，内心的妄想就越是强烈，我越是谨慎，那每一个经过深思熟虑的动作就越有可能在脑海中演变成突然的暴力。我越是害怕，那不断浮现的骇人情景就越是侵蚀着我的理智，似乎随时都有可能化成一股冲动，控制我的手臂，将想象的一切都变作现实。后来，我放弃了，我再也没有抱过我的弟弟，因为我没有勇气面对心中那个不断作恶的自己。但我的癫狂远不止如此，它不断入侵。当我第一次见到母亲烧火，当她一边生起炉子，一边告诫我要小心火焰的时候，她一定不会想到，我已在脑海中夺过她手里的引火木柴，点燃了她的头发和衣裙，甚至把她的脸直按进明晃晃的火焰之中，直至闻到死亡的焦臭，听见血肉被炙烤的滋滋声响。我害怕得大哭起来，逃了开去。我爱我的母亲，也从未对自己的爱产生怀疑，但我越是爱她，越是不愿伤害她，就越是抑制不住自己的妄想，以至于身边的每一件事物在我眼中都会变成凶器，都会染上她的血，而那个残忍的行凶者则永远不是别人，而是我自己。后来，母亲死了，我和弟弟加入了流浪者的队伍，随后又登上了与你们相遇的航船。而我也逐渐发现，我根本就无法与任何人相处，无法承受他人的友谊或关爱，因为恶魔仍盘踞在我的脑海中，更会时刻逼迫着我，让我对任何一个自己珍视的人施以伤害。我先是痛苦，继而绝望，从一处到另一处，像是不断被自己追赶的逃亡者，不敢与任何人深交，不敢在任何地方长久停留。我把自己关进巨大的衣箱，远离了人群，而我的身体也逐渐变轻，似乎再也不属于原本的世界。但孤独并没有把恶魔驱逐，却令知觉变得更加敏锐，也令我的妄想变得更加疯狂，更加难以抑制。我不敢看伙伴表演吞剑，害怕自己会突然伸出腿，把他们绊倒，再让长剑穿透他们的喉咙，我不敢走近弹奏班卓琴的朋友，害怕自己会砸碎他们的乐器，再用琴弦勒断他们的脖子，而当你们的水手长在人群里炫耀他的收藏，让每个人都去抚摸那些镶嵌了水晶或宝石的刀柄斧柄时，我更是害怕得瑟瑟发抖，根本不敢伸手，害怕自己会突然抓起那些利器，将他的脑袋劈成两半……噢，这种可怕的冲动正随着时间越变越强，我知道，自己总有一天会失控。”

“这怎么可能……”听到这里，四月突然回想起迷雾中的幽灵船，还有遍布在那只黑山羊周围的骸骨，不由得心中一惊，“所以，你只愿与你憎恶的人在一起，只因他们不会勾起你那种被暴力污染的妄想？”

“难道不是么，这正是你最初告诉我的事情，也是我之所以允许你走近的原因。你从一开始就看清了一切，甚至嘲笑我，认为我身上的癫狂不值一提，却从不肯向我透露你自己的秘密。我们彼此憎恶，彼此鄙夷，却也恰是借着这种负面情绪，才令我们的关系保持稳定。”突然间，舞女叹了口气，“但是，现在，你把这一切都毁了。你忘记了过去，变得忧郁、善感、天真，甚至还带上了致命的温柔。你让我开始喜欢上你了，而这只会令我痛苦，也会将你置于险境。”

舞女的告白让四月窥见了疯狂的深渊，也开启了愚人船即将经历的厄运。

自那以后，四月就像是被传染了似的，被爱情卷入新的忧虑之中，他的视线总会游离出人群，紧盯着恋人，战战兢兢，热切中带着焦虑，除了胴体，更是止不住去想象舞女失控的情景。幽灵船上的骸骨会从记忆的狭缝间爬出，穿过往昔的迷雾，占据少年的脑海，纷纷讲述自己生前遭受的暴力，对少女发出指控，把那场末日的舞会变成可怕的预言，映照出愚人船的明天。而四月越是想要为舞女申辩，舞女便越是会在他心中蜕变成冷酷的杀手，这一切都令四月寝食难安，因为他深知，在这场无法避免的悲剧中，不仅仅是受害者，就连加害者自身也承受着极大的痛苦。

后来，在那个终将被鲜血浸染的夜晚，舞女并没有在往常的钟点来访，四月被不安的想象笼罩，辗转难眠，他不断下床检查门闩，直到甲板上传来了怪异的、叮叮咚咚的声响，既像是陨落的玻璃珠，又像是起舞的骸骨。

仿佛受到了召唤，少年跑了出去，见舞女就伫立在星空下，独自一人，背对着整个世界，穿着一条他从未见过的，漆黑的舞裙，头戴黑纱，不知是在默哀还是在祈祷。似乎预见了四月的到来，她转过身，开始了最后一场舞蹈。黑暗就这样包裹了四月，即便隔着黑纱，少年也能感受到恋人身体的战栗，觉察到她眼角的泪水。黑暗中，只有星光仍在跳跃，随少女手中的利刃一道翻飞狂舞。

一切都无法挽回了，一切都无法阻止了，四月知道，那柄利刃必定会变作凶器，把他杀死，而舞女则会崩溃，屈服于爆发的疯狂。随后，利刃落下，少年的身躯被鲜血浸染，他听见痛苦的嘶叫，却发现声音并不是来自自己的喉咙。一阵风从身侧刮过，四月见到一个闯入的黑影，他并不知道黑影是如何夺过利刃的，却只见到利刃刺入了少女的前胸。忽然间，四月变成了旁观者，而被害的少女就在他眼前轻抚过凶手的脸，停下了舞步，流露出恋人的喜悦，似在感谢，也似在道别。

“你总算回来了，你总算履行了承诺，替我背负了这份疯狂的罪愆。”

黑影点了点头，把少女搂入怀中。四月胸前的护身符也在那一刻爆发出可怕的炽热，宛若烈焰，灼痛了少年。至此，他才突然发现，那凶手竟与自己拥有同样的身材和相貌，也与他一样缺少了一只拇指，不过，是右手的拇指。舞女死了，四月得救了，而归来的十月则在那一刻回过头，望着自己的孪生兄弟，手中的利刃仍在滴血。他面带微笑，语调哀伤：

“我的好哥哥，你为什么要醒来呢？你瞧，现在，一切都太迟了。”

四月还来不及回话，一声凄厉的惊呼便划破了黑夜，打断了兄弟的重逢。四月和十月同时转身，在甲板的另一端发现了那个极不起眼的矮小身影——作为这场凶案的目击者，小丑呆立在原地，似乎仍未从震惊中恢复，也不愿相信自己的眼睛。这个侏儒的出现似乎完全出乎十月的意料，竟一下子搅乱了他的计划，为这场本应沉重的悲剧添上了一个颇为滑稽的结局。

当小丑开始大声呼救，哭喊着尝试唤醒其他人，四月也开始了狂笑，那是一种痛苦的笑，一种难以抑制的笑，一种失控的，会招来毁灭的笑。那笑声亵渎了死者，伤害了活人，令四月陷入愧疚与悔恨，也斩断了舞女与这个世界的最后一点联结。她的尸体终于在笑声中彻底失去重量，屈服于生命的轻，与漆黑的舞裙一道离开了甲板，不断上升，上升，坠入天穹，直到血染星光，将夜空变成一片诡异的猩红。

等到被惊醒的众人冲出船舱，甲板上已找不到尸体，找不到利刃，找不到血迹，只剩下一片愈演愈烈的笑声，等待着他们的加入。证据被笑声碾碎了，理智被笑声摧毁了，就连残留的记忆也在笑声中扭曲，抹去了舞女曾经存在的痕迹，并又一次将十月的回归变得理所当然。那一夜，所有人都沉浸在笑声之中，只有小丑仍在大声疾呼，不断向众人讲述着舞女的死，并坚称十月是“凶手”，是“突然出现的陌生人”。但是，没有人理会他，因为大家都不认识舞女，也不理解小丑为何对十月抱有如此奇怪的恶意，而更重要的还是，没有人能够在小丑面前止住自己的笑声，也没有人拥有那种不必要的天赋，可以去倾听一个小丑。那可怜的侏儒越是努力言说，越是想要澄清真相，他周围的人便越是爆发出哄笑，感到滑稽，确信眼前的侏儒终于发了疯，沉溺在不可理喻的幻想之中。

那一夜，只有乌鸦巢里的聋子没有被笑声淹没。他突然从睡梦中睁开双眼，像是听到了小丑的恸哭，也听到了众人的哄笑。他收起伞，仰望天穹，一见到血色的星光，泪水便夺眶而出，淅淅沥沥地滚落，发出叮叮咚咚的声响，环绕着他，打着旋，逐渐失去温度，变成了崭新的玻璃珠。

十七 凶案

若没有目击那桩凶案，小丑或许还不会那么快就被疯狂的命运吞没。但是，很可惜，这次意外遭遇终究还是令他陷入险境，也令他与正常人的世界渐行渐远，只因他并没能像众人那样忘掉舞女的存在，也没法像他们那样立即接受十月的归来。

小丑认为自己掌握着真相，而旁人全都中了巫术，这种巫术不但会令众人与自己彻底决裂，也会让凶手逍遥法外，随时都有可能将自己一并铲除。在最初的几天，他一直沉浸于一种近乎悲壮的情感，在深夜独醒，等待着凶手前来，惴惴不安地思索着自己将会如何被杀死。但事情并未如他料想的那样发展，十月不但没来找他的麻烦，甚至没有对他表现出一丝敌意，小丑的指控无法获得任何关注，只能换来阵阵笑声。他越是表现出愤怒与执着，他嘶哑的呼声便越是被世人忽略，或是被视作彻底的疯癫。

终于，这种荒谬的境遇令他重新冷静下来，他再一次意识到，在这世上，自己根本就没有被杀死的价值，也不可能真的与任何事物决裂，因为“死”或“决裂”这样的状态拥有一种天然的严肃与深沉，甚至带上了几分庄重，对他而言也就显得太过奢侈。他配不上被杀死，也配不上与任何事物决裂，却只能继续被嘲弄，承受着所有人的满不在乎。

很快，小丑便不得不相信，在这艘满载疯子的航船上，只有同为目击者的四月有可能理解自己，也只有四月尚保有与自己相同的记忆，因为他发现，对于那个突然到来的凶手，四月也怀有明显的恐惧和敌意。不过，当他靠近四月，尝试与少年谈起那桩凶案时，四月也会立即开始狂笑，屈服于自己嗓音里的疯癫，在原本悲伤的脸上燃起一种他再熟悉不过的扭曲的笑容。而每到那个时候，十月就会突然出现，挑衅般地走到两人身边，继续扮演着少年的孪生兄弟，那极度相似的相貌和神态甚至令小丑都一度怀疑，眼前的两人或许真的存在某种超越了血缘的关系。

后来，小丑放弃了，那种独自清醒所带来的折磨击溃了他，令他再一次走到船头，向瘸子寻求安慰，但瘸子的反应却更是刺痛了他的心。

“抱歉，我希望你是对的。”无眠的疯子轻叹着，已不知是第几次听小丑提起这个话题，他感到有些厌倦，即便知觉早已和愚人船融为一体，他的记忆似乎也没能逃过巫术的摆布，“但我真的从未见过你所说的舞女，也不认为十月会做出这么可怕的事情。我的朋友，要知道，那时是深夜，或许，你只是在梦中……”

“不，我是醒着的！”小丑急切地打断了瘸子，“我愿对每一个神祇和恶魔发誓，我看到的一切都是真的。为什么，为什么你们就是不相信！”

“我从未质疑你的诚信，我只是担心，你可能被自己的梦境欺骗了。”瘸子睁大了充血的双眼，神情恳切，“或者说，你与旁人所看到的皆为真实，却来自两个全然不同的世界。”

“噢，你还不如直说我是一个疯子。”小丑发出哀号，陷入绝望之中，“的确，我不知道这个世界在你们眼中是什么模样，但在我看来，它不仅冷酷，而且荒唐，而它的冷酷恰恰来源于它的荒唐。那个可怜的孩子，她被杀死了，就连关于她的记忆也被一并抹消，她的存在竟是那么脆弱，那么模糊，她的死亡竟无法触动任何人，无法在同类中激起一丝涟漪，却只能让我看到你们的麻木。在过去，我曾忍不住想象自己死时的情景，很好奇自己能够留下些什么，而周围的人又会是什么反应。现在，我知道了，她的下场就是我的下场，我将永远卑微，永远滑稽，永远只能唤起一阵浅薄的大笑，永远无足重轻。我的生命只不过是一次意外，非但毫无价值，甚至可以说是错误的，畸形的，而且必将被流逝的时光纠正，归入遗忘之中。而即使深知这一点，我也无法改变自己的处境，我的世界被笑声包围，我的存在被笑声浸没，那笑声中没有爱，没有恨，没有庄严，没有崇高，不存在一丁点深刻的情感，却足以让任何一个灵魂窒息。这就是我所见的世界。唉，这么说或许缺乏自知之明，但有时我真的很想知道，若我不是一个丑陋的侏儒，若我的声音不会引燃大笑，我是否就能够活得稍微有点尊严，他们是不是就会相信我说的话，将凶手绳之以法，而那个可怜的女孩是不是也不会就此消失，而至少能在这世上留下些许痕迹。”

“朋友，坦白说，我并不认为情况会有多少改善。你的不幸不仅仅在于你的身材、相貌和嗓音，更在于你希望过一种庄重且严肃的生活，你想要正视生命中的苦难，同时又渴求他人的理解。要知道，就像你周围的笑声一样，能获得大多数人理解的事物无一例外是庸俗的、肤浅的，事实上，这几乎就是‘庸俗’与‘肤浅’的定义。而苦难永远都是深邃的，正常人不愿触碰苦难，莫说是他人的苦难，即便是自身的苦难，大家也总尝试回避它，别睁开双眼，宁可自我欺骗，也不愿承认其存在。于是，他们至死都群居于笑声之中，因麻木和善忘而获得幸福，对于苦难，他们既鲜有谈及，更无从理解。若想要止住这片笑声，若想要走入内心深处，无论你是不是侏儒，无论你会不会引人发笑，你都必须离开人群，面对孤独。”这么说着，瘸子望向远方，声音突然变得有些沙哑，似在回忆过去，回想起他的妻子、儿子和女儿，“是的，孤独，就是不要试图在他人身上寻找自己的尊严或意义，因为那必然会导致失败，因为我们其实都没有能力彼此扶持，也无法彼此理解。那些宣称可以理解你的人，有不少是歹毒的骗子，另一些早已把你视作疯子，剩下的则多半是十足的笨蛋，认定所有人都像自己一样简单，认定那阵笑声便是人类灵魂的全部。正是这些人，在合力把世界变成一个巨大的兽笼，想要困住你，也想要困住我。这兽笼令一切都变得无足重轻，将追寻意义与价值的行动变得可笑滑稽。若不幸身陷其中，我们就只能借无意义的笑容相互联结，即便看似在对话，却终究无法填满内心的空洞，无法为灵魂取暖，更不得不在背地里承受伤害，来自我们对彼此的满不在乎。”

“这就是我所生存的世界，这就是我不得不过的生活？我将一直挣扎，为自己的生命寻找并不存在的尊严和意义，直到死亡抹去我的全部努力，反抗，以及所有能够证明我曾经存在的痕迹和记忆。而知晓这一切的我却并没有能力拒绝，也没有能力为自己选择一种别样的生活。这是何其可悲，又是何其荒谬。若这一切安排真有原因，真有目的，我就一定要找到那个创世的神，问问他，为什么要造出这样一个世界，又为什么要将我置于其中。”

“我的朋友，若真有一个创世的神，那么他对你我应该也还算是仁慈的吧。虽然他将疯狂加之于我们，用奇异的诅咒愚弄我们，但他至少还是让你我都生而为人，而非兽类。无论你对自己的处境有多么不满，你都应该承认，那些被人类捕捉、奴役、屠宰的兽类一定活得比你我更加不幸，不是么？”

“的确，从人类的角度来看，兽类的生命是可悲的，但这并不意味着生为兽类就必然比生为人类更加不幸。什么才是幸福，什么才是不幸？我的朋友，你应该比任何人都更清楚，这不是一个旁人可以代为回答的问题。想一想那双腿吧，在你把它们砍去之前，大家都羡慕你的生活，相信你是幸福的，而当你真正获得幸福的时候，大家又是何其替你感到惋惜，认为你已经堕入不幸。可见幸福或不幸并不是客观的现象，却是一种对自身处境的自觉。曾经，有无数次，在演出之前，我盯着自己映在镜中的形象，那形象不但令我发笑，也令我叹息——噢，这个可怜的家伙，这个丑陋的家伙，竟忘了自己的身份，尝试去思考一些如此无用，如此不合时宜的问题。我知道他的挣扎注定失败，我知道他的努力终归徒劳，我知道，这家伙是一个真正的小丑。然后，我才突然意识到，那镜子里的并非别人，而正是我自己。哈哈，我的确是滑稽的、可笑的，但这并不是因为我能逗乐别人，而是因为我清楚地知道，自己永远也无法从这副躯壳中挣脱。我是一个小丑，这个事实本身并不会带来不幸，真正带来不幸的是另一个事实——我‘意识到了’自己是一个小丑，却终究只能做一个小丑。现在，你明白了吗，最糟糕的并不是这副受到诅咒的躯壳，而是那面诉说真相的镜子，是我察觉了自己的不幸，却不得不继续留在不幸之中！如果没有这样的发现，如果一个个体的灵魂从未远离自身，从未以一种超然的、俯瞰的姿态去审视自己的生活，那么他将永远无法发现自己的处境有多么可悲，也便无从知晓自己的生命有多么不幸。而神创造的兽类就和他创造的大多数正常人一样，并不具备这样的能力，它们终日忙于应付自身的欲望，以便能在这原本荒芜的世上过得充实，因此，我真不敢说它们就一定比你我更加不幸。事实上，我几乎是羡慕他们的，如果可能，我真希望砸碎所有的镜子，忘掉自己的滑稽与卑微，再次燃起那种无比浅薄却又无比真挚的热情，重新投身到自己荒唐可笑的生活之中。但是，我已经做不到了，一旦目击了镜中的自己，我便再也做不到了。就像醒来的人无法回到梦里，降生的孩子无法回到母亲的子宫，一个人的灵魂一旦踏出了这一步，他便注定与幸福无缘，注定无法容忍自己庸常的生活，也无法返回懵懂的过去了！”

“是的，没有办法了，若你执意拒绝自己身处的现实，那么，你所能选择的道路不就只剩下最后的一条了么……”突然，瘸子止住话语，他摇了摇头，声音里透出一丝怜惜，“不，我的朋友，请忘了我刚才的话吧。我错了。因为那最后一条道路并不通往任何地方，那根本不是真正的出路。”

“我知道你想要说什么。那的确是一个选择，即使你不愿提及，我也早已在梦中踏上过那条道路，并为其尽头的黑暗与未知而感到惊恐。不过，梦中的体验即使再真实，也不过是一种虚幻的想象，我并不太确定，那条道路是否就真的仅仅指向虚无。你知道吗，最近，当我在黑夜里等待那个凶手，我又开始反复思考这个问题，并越发觉得，那或许是个诱人的选择，至少，它必然会带来改变，谁知道呢……”说这段话的时候，小丑双眉紧锁，汗水沿七色的头发滚落，与他嘴角的彩粉相混合，变作一片泥泞。而后，当他在瘸子的脸上发现了真诚的担忧，他终于微微一笑，故作轻松地说：“放心吧，我的朋友，我不过是说说而已。要知道，我只是一个怯懦的小丑，很可能永远也找不到足够的勇气，去走上那条无法回头的道路。”

两人的对话至此结束。不过，望着朋友逐渐远去的背影，瘸子内心的担忧并未就此退去，这份担忧最终演变成不合时宜的行动力，让瘸子做出了会令自己后悔不已的事情。

后来，在另一个寂寥的深夜，四月因失眠来到船首，却没看到瘸子垂钓，也没听见他哼唱歌谣，反而从他那里得知了小丑的烦恼。瘸子不但透露了自己与小丑的对话，也道出了内心的担忧，甚至还抱着半信半疑的心态向四月问起那场并不存在的凶案，像是要找到小丑与十月交恶的缘由。

面对瘸子的疑问，四月竟不知该如何回答，他过去曾幻想有人能够倾听自己，到了现在却突然发现，已到嘴边的话就像是一个个拙劣的谎言，只会引人怀疑，因为与十月有关的一切都超乎逻辑和常理，不但无法说服别人，甚至无法说服自己。四月变得支支吾吾的，好不容易鼓起勇气说了几句，便立刻在瘸子脸上见到了一种真诚的怜悯。

当然，瘸子并不相信，因为他所认识的十月并非突然出现，也没有经历种种致命的意外，更不可能死而复生。与其要认同这些胡话，他倒更愿意相信眼前的少年也像小丑一样中了巫术，竟对自己的孪生弟弟生出了幻觉的敌意。四月逃一般地离开了船首，内心被孤独挫败，仿佛自己与旁人真的活在两个全然不同的世界，被一堵无法逾越的高墙阻隔。但瘸子的话仍在脑中挥之不去，四月想到了小丑，一股同病相怜的情感漫溢开来，终于让少年触到了那个侏儒所承受的苦痛，也稍稍理解了他一直被笑声淹没的反抗与挣扎，而小丑所找到的最后一条出路更是像乌云里透出的月光，突然显出可怕的冷冽和锋利，在四月的眼前变得无比清晰。正是在那个时候，少年耳畔响起了低缓的声音，他的孪生弟弟从黑暗中浮现，双眼闪烁悲哀的光芒，一下子揭露了四月内心的阴影：

"我的好哥哥，你总算明白了么，聪明的你是不是已经开始替他感到担心，害怕他真的做出什么无法挽回的愚行？噢，你猜对了，根本就不存在什么最后的出路，正如笑声永远不会熄灭，正如人类无法找到生命的尊严。若想要结束这场荒唐可笑的演出，那个可怜的侏儒就只能用自己的死，去完成他与这个世界的决裂。"

第二天，小丑失踪了。

人们起初并不在意，毕竟那侏儒已不是第一次失踪，而人员失踪的事件在愚人船上也并不稀奇。住在隔壁的画师是第一个开始寻找小丑的人，因为他突然发现墙脚不断有水渗出，水中带着苦涩腥咸的味道，看上去却极为清澈，更拥有某种奇异的热度，在船舱里汇成小溪，稍不留神便会被它洗去画作上的色彩。

在好几次敲门都无人回应之后，画师把这异状告诉了其他人。在大副的率领下，众人打开小丑的船舱，一股水流随即从内里涌出，一下子漫过了人们的脚踝。小丑不知所踪，船舱一片狼藉，四处皆是被浸泡的痕迹。人们担心船体已经漏水，赶紧请来快锯，但船匠在检查一番之后并未找到任何破损，而众人也逐渐发现，舱里的积水似乎不是海水。后来，不知是谁高喊了一声，让一筹莫展的众人发现了这件怪事的症结。

那是一只巨大的放在角落里的衣箱，它不像是小丑的东西，从未有人见过它，也无人知道它从哪来，但大家都无端地对它产生了一种亲切的、似曾相识的感觉。不过，最令人吃惊的还是，这只衣箱正不断地往外淌水，仿佛装在箱中的并不是衣服，而是一口无尽的泉眼。好奇的人们想要打开衣箱，却一时找不到方法，箱盖紧闭着，像是锁住了，但他们没找到任何开锁的机关或匙孔——事实上，直到快锯用工具把它撬开之前，没有一个人能够料到，这只衣箱竟不是从外面，而是从里面上锁的。

箱子打开的那一刻，所有人都呆住了，他们在箱中见到了一个陌生人，或者，更准确地说，陌生人的尸体。死者是个侏儒，长相丑陋，至死仍在哭泣，泪水不断自眼眶涌出，不但涤除了脸上的彩粉，也涤除了头发上的染料，更涤除了他在众人心目中的形象，终于将他还原成一个最真实的陌生人。小丑死了，他把自己反锁在箱中，被自己的泪水溺死了——这是人们事后所能想到的最合理的解释，也是他们见识过的最诡异的自杀方法。

没有一个人知道这次自杀究竟进行了多久，因为在撬开衣箱之前，就没有一个人能够听到小丑的哭声，那箱子的隔音效果想必相当优秀，等到死者留于过去的呜咽终于冲出衣箱，重见天日，回荡于整个船舱，在场的所有人才忍不住大笑起来。直至那一刻，他们才总算确认，箱中的尸体就是小丑。

四月闻讯赶到的时候，死者的哭声已然消散，只有活人的笑声仍包围着衣箱，也包围着衣箱里的尸体。四月认出了那只衣箱，也认出了衣箱里的尸体，但他什么也没说，因为他知道，衣箱的主人早已死去，坠入天空，从众人的记忆中消失，而衣箱里的尸体也一样，注定无法在此世激起波澜，却必将被遗忘抹去。绝望与愤怒笼罩着少年，几乎压垮了他的理智，他望着跟来的十月，眼中燃起刻骨的仇恨，确信对方要为小丑的死负责，仿佛站在眼前的并不是自己的孪生弟弟，而是一个真正的恶魔。

似乎早已预见了今日发生的一切，十月回望着四月，突然苦笑起来，憔悴的脸上带着莫名的哀伤。那一刻，他们眼中只有彼此，都沉浸在自己阴惨的命运之中，并未注意到暗处还有另一双眼睛，正注视着他们，被死者的泪水裹挟，沾染上了灾厄的瘟疫……

“不，我不相信！他是被别人杀死的！因为他曾经许诺，他是绝不会自杀的！”

对于小丑自杀的说法，瘸子是愚人船上唯一无法接受的人。然而，当他被问到凶手可能是谁，又抱着何种动机的时候，他也一下子陷入沉默之中，实在无法想象有什么人竟要杀死那样一个小丑。

但接踵而来的另一件事却一下子印证了瘸子的说法，令所有人都相信——虽然这种认知仅存在了极为短暂的片刻——愚人船上确实潜伏着一个危险的杀手。

那一天，海面和天空都呈现出适宜葬礼的深灰，没有风，四周一片喑哑。等到小船载着小丑的尸体从视野中消失，人们也纷纷回到舱内，像是要摆脱这种不愉快，开始了久违的宴饮。但那注定只能是一场夭折的宴会，很多人还来不及把第一杯酒喝完，便目击到十月倒在人群中央。那个可怜的少年就像一条离水的鱼，挣扎着，扑腾着，浑身抽搐，喉咙里有液体滚沸的声音，船医立刻赶到他身边，却已无能为力，深红的毒疮就像野火一样燃遍了十月全身，一下子夺去了他的性命。而少年用过的酒杯则掉落在甲板上，翻滚着，内里淌出的酒液泛着一种奇诡的光泽，更冒着气泡，在所过之处发出危险的滋滋声。

随着十月的断气，人们也呆住了，在最初那一阵慌乱的大呼小叫之后意识到了身边的危险，即使无人知晓十月的酒里究竟掺入了什么，所有人也都确信，他是被毒死的。空气一下子变得异常安静，人们观望着彼此，目光里透着猜疑，水手长甚至又一次抽出了珍藏的腰刀，像是要以此震慑凶手，与那个藏身在暗处的敌人开始了对峙。

只有四月并未受这种气氛影响，他穿过拥挤的人群，走到十月跟前，轻俯下身，把孪生弟弟搂在怀里。他端详着十月，神情十分复杂，既有震惊和哀伤，更有一种夹杂仇恨的恐惧，甚至令众人一度产生了一种颇为离奇的印象，感觉四月畏惧的并不是暗地里的凶手，而是他已死的孪生弟弟。但这怪异的场面并没有持续多久，便被新的冲击打破了，人群里突然爆发出一个濒临崩溃的声音，将众人的注意力都吸引了过去。

“这不可能！这不可能！这不可能……”

大学者狂喊着，用颤抖的手摘下眼镜，搓揉着眼睛，就像是见到了成真的噩梦，难以置信地盯视着人群里的孪生兄弟。当确认了自己所见的一切之后，他一下子哭号起来，更发了疯一般地往外逃去。

十八 未知的深渊

在骚乱发生之前，大学者的疯狂早已尽人皆知，即便是曾对他敬重有加的快锯，也终于不得不承认，自己早已无法理解他的呓语。那个时候，快锯刚刚替大学者完成了最后一个书架，至于这究竟是第几个书架，已没人能够数清，而他们之所以认定这是最后一个，也并不是因为大学者口袋里的书已全部整理完成，而却是因为他们终于放弃了，对不断涌现的新书感到绝望，确信无论再造多少书架都绝不可能将其尽数收纳。

那只巨大的麻布口袋就像完全失控了一样，膨胀得越来越快，占据了大半个舱室，令过去的标本和骨架都再无立锥之地。袋口黑洞洞的，宛如知识的火山口，而各种各样怪异的书籍从内里不断喷发，漫过层层叠叠的书架，在口袋周围堆积成上升的丘陵。不识字的船员们会忍不住走到门前观望，认为眼前这番景象已足够疯狂，但识字的快锯却十分清楚，还有更多更加疯狂的事物，全都隐藏在这些书籍的纸页之中。《弑神者索罗亚斯德》《阿萨林及其对禁咒的研究》《巴贝尔的魔法理论：三种等效绘景》……当快锯被好奇心驱使，尝试着去理解这些书中记载的思想和知识，他几乎立刻就感到害怕起来，那是他在面对各种致命病症和人类断肢时都从未曾体验过的畏惧。

他仿佛窥见了深渊，视线一下子被吸了进去，那里没有道路，没有光，却有无数陌生的灵魂，包围着他，正用他无法理解的语言，甚至是人类无法发出的声音，在他的耳畔低语沉吟。快锯担心自己快要疯了，胆怯地闭上双眼，但他依旧能触摸到那些被封存的知识，感觉它们正透过纸页跳上指尖，沿血管一直往上攀爬，灼痛了所过之处的皮肤，在手臂上留下毒蛇缠绕的痕迹。后来，还是大学者果断上前把书夺下，快锯才终于缓过神，回到现实之中。似乎已忘记了求知的乐趣，大学者竟告诫快锯：

“知识是对灵魂的诅咒，也是人类痛苦的主因。”

快锯感到受挫，不仅仅因为他意识到这世上存在着太多他根本不可能理解的知识，也因为他发现，除了好奇心，大学者还拥有一种自己并不具备的勇气。正是这种勇气支撑着大学者，令其独自前行。自那时开始，在求知的路上，快锯停了下来，留在了安全的地方，却依然遥望着大学者的背影，看着他把自己越甩越远，向着不归的深渊步步迈进。

大学者就像是终于消失在地平线上的黑点，完全超脱出了快锯已知的世界。当他开始研究沙漠里的疯诗人所留下的死灵之书，想要用玻璃珠摆成的魔阵来演绎“裂变”和“聚变”，并以此来召唤架空的神灵，将千亿颗太阳的力量引向人间的时候，快锯终于确信，大学者已经疯了。

失意的船匠最后一次造访大学者的舱室，见到的是一个即将被书籍淹没的疯人，巨大的麻布口袋遮蔽了大学者身后的一切，一边喷发，一边膨胀，模样就像是他一直试图召唤的魔神。那一次，在离开之前，快锯终究没忍住，问了一个困扰他多年的问题，因为他无论如何都想要知道，那只麻布口袋里究竟装了什么东西。

“装了什么？”大学者突然抬起脸，镜片后的双眼异光闪烁，他朝快锯微微一笑，说：“你不可能知道，我也不可能知道，因为它装的正是‘未知’，是人类尚未知晓的一切。”

快锯彻底崩溃了，一种恍然大悟如闪电般击中了他的头脑，令他嗅到了危险。面对膨胀的未知，他转身逃离，仿佛稍有迟疑便会染上大学者的疯癫，而那也是他最后一次与大学者对话的情景。

现在，面对十月的尸体，看着大学者哭号着往外跑去，快锯已感觉不到一丝惊奇，而他身边的众人则像是终于醒觉，意识到大学者正是那个潜藏的凶手，纷纷在水手长的带领下追了出去。甲板上，大学者慌不择路，很快就被众人逼至船尾，他站在栏杆边缘，像是马上就要纵身跳下大海，根本不必等别人来惩罚自己的罪行。

恰是在那个时候，怪异的一幕出现了，一个令所有人都畏惧的身影突然从虚空中浮现，一下子便夺去了大家的注意。她曾出现于画师的巨作，她曾把无数人引向癫狂，她是疯子们的禁忌，是愚人船上最不可触碰的话题——在沉寂多年以后，女巫青舌又一次回到了甲板上，宛如一个仲裁者，站在大学者与众人之间。

人们停下脚步，水手长发出惊呼，不少船员甚至立即别开眼，不敢在视野里留下女巫的身影。青舌一抬手，掌心里冒出一件事物，胆大的人马上发现，那竟是愚人船的航海日志。她翻开日志，撕下最新的一页，那一页尚是空白，仅写着今天的日期，女巫把它握在手中，转眼便搓成皱巴巴的纸团，再轻轻一抛，任其飞出甲板，落向海面。没有人能猜到青舌的用意，但这种疑惑注定不会对他们造成多少困扰，当那个纸团被海水吞没，愚人船上的一天也就此终结，一股深灰色的睡意立即笼罩了众人，让他们纷纷倒下，沉入梦中。

再醒来时，已是第二天黎明，人们瘫倒在宴席上，忘了昨日发生的一切。十月的尸体已消失无踪，而与少年一同消失的，还有人们对他的记忆。四月再一次变成了勇士的独生子，而大学者则从未行凶，也永远不会因杀死一个并不存在的人而引起任何怀疑。只有大副骂了一句脏话，对那本无端缺页的日志表示了短暂的不满。一切似乎都恢复到了往日的模样，人们整理心情，收拾好酒杯餐具，而在这一片忙碌之中，只有四月呆立在人群外，难掩内心的惊惧，遥望着远处的大学者，在对方回望自己的眼神里见到了彻底爆发的疯狂。

当夜，四月又一次遇到了幽灵。

那个时候，少年正独自走在过道上，身边尽是标本和骨架，这些馆长的遗物已被泛滥的藏书驱逐出了舱室，凌乱地堆放于此，而正是在一条六足鳄鱼的脊背上，四月见到了自己死去多年的朋友。这一回，牛蛙也加入了那帮孩子的行列，他们依然保留着过去的模样，没有一丝成长，不过已没再玩那个会剁掉手指的游戏，也没有继续争论十月的死因，他们正在这些真假难辨的怪物身上呼啸跳跃，像是仍未能填饱自己生前的好奇。见到四月，他们围拢上来，牵起少年的手，把他也拉上怪物的脊背。四月还没坐稳，一个阴影就突然从他头顶掠过，在黑暗里留下膜翅扑翼的声音。四月发现那正是馆长创造的达兰若龙，它竟真的动了起来，径直飞向过道尽头的阶梯。见这情景，幽灵们爆发出欢快的尖啸，周围的骨架和标本也全在此刻活了过来，载着四月和他死去的朋友，一同朝着若龙消失的方向狂奔而去。阶梯里到处都是叮叮咚咚的声响，移动的骨架令四月回想起幽灵船上起舞的骷髅，只不过，这一次，除了他，愚人船上已无人能觉察到这场死者的狂欢，就连不眠的瘸子也不例外，因为他们早已跨过了瘸子知觉的边界，奔向那片金色的丛林。

那一夜，月光穿过垂榕和桫椤的枝叶，落在小溪上，蒸腾起银色的雾气，雾气中带着美酒的芬芳，令一切都显得虚幻，让四月怀疑自己又一次堕入了梦境。等到他们抵达牛蛙的坟墓，这些怪物才终于停下，依然吵嚷着，像是回到了令人安心的家。现在，站在朋友的墓前，被喧闹的幽灵环绕，四月感到有些尴尬，不知自己是该对死者保持肃穆，还是要表现出重逢的喜悦之情。然而，就在少年犹豫的时候，幽灵们已先开了腔。

“左拇指，你怎么还没死呀？难道你不想加入我们吗？”像是不愿见到四月长大似的，他们语带不满，“馆长明明说了，你很快就会来和我们做伴。”

“噢！”听了幽灵的疯话，四月不由一惊，却并未反驳，反而显出了深深的迟疑，“如果我死了，也会变成你们这个样子吗？”

“谁知道呢？馆长说，这都要取决于你的意愿。”

“那你们是凭着自己的意愿才变成现在这副模样的咯？”

“不，当然不是。”幽灵们突然笑了起来，“我们会变成现在这副模样，当然也是因为你的意愿呀！”

“等等，这是什么意思？”

很显然，四月并不理解幽灵的话，但他也没有机会听到朋友的回答。就在他发问的瞬间，世界忽然安静了下来，幽灵们全都噤了声，像是被少年的话语吓到了似的，将身形隐没入银色的雾气。直至那时，四月才注意到远处的冷冽反光，又一次在溪水的中央找到了那面铜镜，并听见铜镜里传出了人类的声音。

“我有罪。我杀了人。虽然无人因此而死，但我依然犯下了不可饶恕的罪行！”

镜子就像一扇连接异界的窗，映出了大学者的形象，他此时正身处乌鸦巢中，独自面对聋子，像是终于无法承受内心的重负，向男孩发出了告解。

“噢，那个可怜的孩子，我比任何人都清楚，他不但是无辜的，更是善良的。但他必须死，否则我们就都要下地狱！因为他身上寄宿着诅咒，足以颠覆我们的世界。那诅咒逾越一切自然法则和规律，是一种不可抗拒的力量，也许来自神的乐园，也许来自他被放逐的父亲，但无论源头在哪，那力量都必然经历了畸变，呈现出了前所未有的病态和扭曲。是的，早在旧友的幽灵从冥界回归，借腔棘鱼之口向我描述他的离奇死亡以前，我就已经隐隐觉察到了那个孩子的异样。那是热气球失事、箱型水母杀人的前夜，我记得那孩子把《物理学》和《博物志》留在了书桌上，它们就摊开在火与气的那一章，还有箱型水母的那一页。第二天，热气球的四条缆绳同时被引燃，而箱型水母也离开了它们的栖息地，同时在反常的钟点浮上水面，这一连串意外就像是预先写好的悲剧，只等着某个契机，让它们得以冲破概率的阻挠，有如奇迹般在现实中隆重上演。但即使如此，我也并没有多作怀疑，甚至对旧友的警告也不以为意。我近乎天真地告诉自己，那一切不过是巧合，因为我实在不愿相信，命运竟会对一个孩子如此不公，如此残忍。但是，后来，当这种疯狂愈演愈烈，当我见他开始研究蛇类的图鉴，当我目睹新的牺牲者死于蛇咬，当我发现一条无毒的乳蛇竟能咬出珊瑚蛇的中毒症状，我也终于意识到，这已不可能是巧合，却必然存在某种因果关系——正如他死去的父亲，那孩子也在无意间改写着我们的世界，但他比他的父亲更疯狂，也更危险，因为他所用的道具并不是'无知'，而是'恐惧'。是的，他恐惧的一切皆会实现！"

在这寂静的夜里，面对聋子，大学者终于憋不住了，他的声音因激动而微微颤抖，却无论如何也不会料到，自己的告解竟会穿过女巫的铜镜，传入四月耳中。

"这才是最合理的解释，这才是加在他身上的诅咒。现实将朝着最不可能的方向发展，只为了应验他内心的恐惧。噢，这是多么可怕的事情！如果说他父亲的无知仅仅是一件无用的工具，虽无法让自身获益，却尚且无害的话，那么他的恐惧则是一座牢笼，一副自我折磨的枷锁，只会把他投入不幸的深渊，囚禁于活生生的地狱。他的亲人会死，他的朋友会遭遇不幸，因为他爱他们，因为他会替他们感到担忧，而这种担忧一旦出现，就定然应验，带来无法挽回的伤害，向旁人宣告了末日降临。他的温柔带着剧毒，他的善意浸透了恐怖，而这世上最大的不幸，则莫过于被他所爱，又或是与他成为朋友。他害怕父亲受伤，小刀便用最离奇的方式割开了勇士的喉咙，他害怕杜撰的海妖，海妖便在深夜来袭，以他幻想中的形象展开杀戮……这些年来，他身边的人一个接一个死于非命，而作为旁观者的我却并不知道，这厄运何时会找上自己。虽然我也很清楚，自己这一连串推测存在一个最致命的漏洞，虽然我也希望自己对那孩子的所有怀疑都仅仅是臆想，并不真实，但我依然感到害怕，畏缩了。我后悔成为他的监护人，我发现我只是一个伪善的懦夫，因为我没有能力拯救他，却只想着如何自救。终于，为了躲避潜在的危险，我开始刻意远离他，我不允许他靠近我的舱室，我咒骂他，殴打他，明明知道他才是这个诅咒的最大受害者，我却被自己内心的恐惧支配着，不惜再朝这个无辜的孩子踏上一脚，我不停地打他，扇他耳光，踹他肚子，揪他头发……”

说到这里，大学者泣不成声，对自己的恶行已毫不掩饰。

“我用尽了我能想到的残酷手段，直到自己累得气喘，直到他遍体鳞伤，直到我能清楚目睹他神情的变化。噢，那个可怜的孩子，并不知道自己究竟做错了什么，他惊愕，委屈，陷入无助的绝望，又从绝望中升起仇恨的怒火。是的，他恨我，而这正是我需要的，我需要从他对我的仇恨之中寻求一种确定的安全感，为了拒绝他可能对我产生的依恋与爱戴，为了不成为下一个牺牲品，我不得不成为他的敌人！天啊，我真是一个卑鄙的恶棍，我抛弃了一个最不幸、最需要帮助的人。我曾鄙夷那些晨曦海峡的住民，把他们视作暴徒，认为他们不应仅仅为了逃避瘟疫就把麻风病人活活烧死，而到了现在，我突然发现自己所做的一切与他们一样。我并没有马上杀死那个孩子，只是因为我缺乏能使旁人信服的决定性的证据，只是因为我还抱有一丝侥幸之心，希望自己设想的一切都是错的。后来，还是旧友的幽灵用一个可怕实验证实了我的担心。他竟主动凑到那孩子耳边，发出低语，企图以此来勾起不安的回忆。于是，那孩子一直畏惧的蠹虫也就真的从大海深处回归，假借幽灵的意志，在迷雾中对众人展开了复仇。直到那时，我才对他身上的诅咒深信不疑。”

大学者的话有如一记重击，令四月一下子看清了自己。少年呆立在铜镜前，只觉血往上涌，在脑中发出嗡嗡的声音。他想到了父亲，想到了朋友，想到了自己的恋人，还有自杀的小丑，突然回忆起十月那莫名悲哀的神情，触到了这一切不幸的谜底。

“但是，事情为什么会变成这样？我无法接受，像他那样的人为什么能够存活于这世上，却没有立刻死亡，立刻消失？不，我这么说绝不是因为我恨他，又或是渴望他死，我仅仅是不理解，他为什么没有被自己的恐惧杀掉。是的，这才是最奇怪的地方。任何一个人，在他有能力担心别人之前，难道不都会首先考虑自己，首先害怕自己遭遇不幸？难道他从未想过自己，难道他从未对自己的命运感到恐惧，难道他从未察觉到自己的存在，甚至还根本不具备完整的自我意识？除此以外，还能有什么合理的解释么，要知道，自我意识一旦产生，恐惧便接踵而至，因为自那一刻起，一个人便认识了自己，定义了自己，感知了自己的边界，世界便会被划分为'我'与'非我'，也正是自那一刻起，孤独、彷徨、无力……所有这些情感都会被一同点燃，组成了'我'在面对'非我'时最永恒的主题——恐惧。如果他从未对自己的处境感到不安，如果他从未将恐惧投映于自己的命运，那么他又如何能替别人担忧，甚至为别人陷入恐惧？他理应率先被海妖杀死，被蛇咬死，又或是从着火的热气球上坠落……也便再没有机会让自己的恐惧去伤害旁人。噢，也许，他真的疯了吧！"

大学者忽然抬起头，借着月光，凝视聋子，似乎从对方那黑洞洞的双眼中发现了什么一直被忽视的秘密。

"当然，也有另一个可能，那就是我疯了。唯独对于这一点，我自己无法排除。事实上，自我第一次抛弃良知，毫不留情地虐打那个男孩以来，我就隐隐地觉察到了一种潜藏的、陌生的疯狂，正逐渐将自己控制。这些年来，我从未停止过对他的折磨，而我的灵魂也从未从痛苦中挣脱。那是一种剧烈的、难以抑制的痛苦，一种令人作呕的自我厌恶。起初，我以为它必定源于我的愧疚，然而，等到我发现自己再也无法控制内心的恶意，再也无法停止对他的欺凌时，我才意识到，那痛苦竟源于我的屈辱。是的，我不仅抹去了他对我的爱戴，点燃了他对我的仇恨，更一下子变成了他最害怕的恶人——我成了他恐惧的具象。于是，我失去了对自己的控制，而我之所以会继续那所有违背本意的暴行，也只是因为我别无选择，因为他害怕我会这么做啊！我无法为自己的行为负责，我变成了被肆意操纵的玩偶，臣服于他的恐惧，而这又是多么屈辱的事情！那么，难道我自己也是无辜的，是一个受害者？啊哈，幸亏你只是一个聋子，否则你将如何忍受这么无耻的言论？没错，我是一个卑鄙之徒，我没有一瞬间不在想着如何推卸责任，甚至会穷尽一切诡辩之术，只为使自己的卑劣行径看上去正当又合理！我觉得，我快要疯了。也许，正是这种疯狂，使我在最后下定决心，犯下无法挽回的罪行。当众人撬开衣箱，当我看到那具死因离奇，却被瘸子宣称为'绝不会自杀'的尸体，我明白自己再也不能坐以待毙。我不知道其中起决定作用的到底是我的意志还是他的恐惧，也早已没有能力深究，总之，我要结束这一切，我要杀了他，亲手把那个受尽诅咒的孩子从世上抹去。"

那一刻，镜子里传出了大学者的哭声。听见那痛苦的哽咽，四月感到一阵揪心，并不是因为他发现有人要杀死自己，而是因为他知道，这一切的不幸都另有症结，而那又是一个大学者绝不可能想到的原因。

"为了达成这个目的，我已不顾一切，我翻遍了巫医和炼金术士的著作，只为造出最致命的毒药，再悄悄洒进他的酒杯。宴会上，我躲在人群中，盯住那个孩子，焦急地等待毒药发作，早已于心中起誓，要在他死后站出来，承认自己的罪行，并把这可怕的一切向众人澄清。事情进行得很顺利，他喝下了毒酒，倒在了地上，痛苦挣扎着一命呜呼。然而，就在我要站出来的时候，我目睹了最不可能发生的事。我见到了另一个他！他正穿过人群，走到已死的自己身边，把自己的尸体搂在怀里。而更可怕的是，所有人都看到了这一幕，却没有一个人对此感到惊讶或怀疑。那一刻，我终于开始感到害怕，担心我可能真的疯了。一度沉寂的记忆突然回归，有如闪电，占据了我的脑海。是的，我想起来了，他曾经问我，人能否死而复生。当时，我只把那当作孩子的戏言，毫不犹豫地给出了否定的答案，却依然注意到了他眼中闪过的怯懦和阴郁，而到了现在，命运正用无可辩驳的事实向我证明，我错了，因为他和我生活在两个全然不同的世界。我不明白，难道他害怕的并不是自己的死，而是死后的复生？噢，他疯了！我也疯了！”

听到此处，四月内心憋闷，猛地扑到镜前，想要告诉大学者，他没有疯，只是与其他人一样忘记了十月的存在，更把自己的孪生弟弟误认成了自己。不仅如此，四月更清楚知道，大学者也没杀错人，因为这所有悲剧的罪魁祸首并不是自己，而是十月，是那个疯狂的，不断死而复生，不断带来不幸的十月。但四月的声音终究没能穿透铜镜，也无法抵达乌鸦巢，只能任凭大学者留在黑夜深处，继续着无望的告解。反倒是聋子突然转过脸，望着大学者，像是听到了罪人的声音，一贯漠然的表情正因激动而出现裂痕，更从漆黑空洞的双瞳中流露出怜悯。那一夜，聋子哭了，声音就像初生的婴孩，仿佛大学者吐露的罪恶与他在过去倾听的任何一种罪恶都不一样，终于触动了他的心。

玻璃珠发出滴滴答答的声响，再也无法排成生命的高塔或连锁反应的阵列，纷纷从乌鸦巢中满溢，淅淅沥沥地落下，在甲板上破碎成晶莹的泪水。于是，大学者也终于意识到，聋子从来就没有聋，他能听见，而他之所以被人当作聋子，只是因为，他是一个孤独症患者。

震惊于自己发现的秘密，大学者突然收住话语，他没有时间思索自己刚才的告解究竟留下了多少罪证，更无法想象这孩子曾独自听取过多少恶行，就像是要逃离自己的罪愆一般，大学者逃离了乌鸦巢。他并不知道，自己将再没有机会返回，更不知道，这已是他在愚人船上的最后一个夜晚。

大学者回到舱室，走向如山的书堆，还没来得及点起油灯，就听见身后响起了敲门声。那是四月，自从被大学者驱逐以后，这是他第一次回到此地，站在大学者跟前。过去的男孩已成长为少年，怯懦的脸上带着一分决然的坚毅。四月本想要解开误会，道出与十月有关的一切，更寄望于大学者的睿智，渴望获得帮助，好让自己从孪生弟弟的诅咒中挣脱。但大学者早已没有余裕去倾听或思考，他站在黑暗中，愕然地望着月光下的少年，当他发现四月眼中的仇恨已然熄灭，他也立刻意识到了危险。

“不！”大学者发出悲鸣，“你知道了，你知道了一切！”

“不，那不是我！”四月急切地跨上一步，“事情并不像你想象的那样！”

一切都太迟了，两人的对话已被恐惧支配。大学者害怕四月的诅咒，而四月则害怕大学者拒绝自己。他们都隐约意识到，自己的善意终究只能迎向荒芜，没有归处，更会在触碰另一个生命的瞬间变成伤害。绝望弥漫在空气中，令他们两人都感到无限孤独，少年每向前走出一步，大学者便向后倒退一步。这场怪异的对峙一直持续着，从门口一路向内，直到四月步入阴影深处，直到大学者退至书山的顶峰，两人的距离都从未缩减。

“不要再靠近我！”大学者退无可退，终于发出高呼，“告诉我，你为什么能够死而复生，你为什么不会被自己的恐惧杀死！”

“我……”四月正要解释，眼前的景象却令他猛然一惊，“当心背后！”

也许，正是这一喊，注定了大学者的命运。他忽然脚底一滑，身体向后一仰，恰好跌入了深渊，跌入了那只装满未知的麻布口袋。四月赶紧冲上去，却已来不及施救，大学者就这样越陷越深，变得遥远，变得模糊，终于被那座知识的火山口彻底吞没。在那最后的一刻，四月望着远去的大学者，发现他眼中竟没有了恐惧，反而闪烁着恍然的兴奋之光。四月并不知道他究竟见到了什么，却十分清楚地记得，大学者留下了一句回荡于深渊的话语：

“我明白了！我明白了！我明白了……”

但是，无论大学者明白了什么，都已经毫无意义，因为自那以后，四月便再没见他从未知中返回，而人们也再没见他踏上愚人船的甲板。所以，即便他还活着，也只会如他自己所推断的那样，是和四月生活在两个全然不同的世界了。现在，当大学者的喊声终于消散，在这个两度失去主人的舱室之中，四月重新抬起脸，视线穿过虚空，毫不意外地见到了归来的十月。那个复活的孪生兄弟就站在口袋的另一端，未知的尽头，身形消瘦如鬼魅，几乎与周围的黑暗融为一体。

“唉，”十月叹了口气，他的嗓音似乎比过去更加疲惫，也更加虚弱，“终于，这里又只剩下我们两个了。”

十九 谜底

在吞噬了主人以后，未知的口袋又开始了新一轮膨胀，似乎依然没能从疯狂中解脱，喷吐着来自异世的书籍。飞翔的纸页在半空中发出细碎的沙沙声，有如精灵的膜翅，包围着四月和十月，将兄弟俩的这一次重逢映衬得更加阴森、奇诡。尽管两人的关系历来都算不上融洽，却也从未像这今日这般剑拔弩张，紧绷的沉默很快破裂，四月指责十月，把弟弟称作恶魔，而十月则无奈地摇了摇头，一贯轻柔的声音里竟带上了一丝委屈。

“我的好哥哥，这不公平。即使你把我称作恶魔，即使我真就如你所臆想的那样，不仅能把你的内心看透，更能令你的恐惧成真，你也无法否认一个事实——大学者的结论依然是对的：最后变成现实的，仍旧是你的恐惧。没错，不是别人，而是你。是你的恐惧让小刀刺入了父亲的喉咙，是你的恐惧召来了并不存在的海妖，是你的恐惧杀死了墨鱼、龅牙、黑眼眶，也是你的恐惧令恋人失控，让小丑死于非命。你必须承认，在这一切发生之前，那一幕幕可怕的景象确曾浮现于你的脑海，令你不安，令你战栗。而你也十分清楚，若你从一开始就没有生发出这些幻想，若你从一开始就能控制住自己的思绪，那么，即使真有恶魔存在，他也绝不可能借由你的恐惧去伤害任何一个无辜的生命。归根到底，这些悲剧都是你的作品，源于你的创意。所以，当你骂我是恶魔时，你自己也知道，你只是在推卸责任而已。”说到这里，十月突然露出一丝苦笑，“当然，没有人能够因此责怪你。这不是你的错，你的本意是好的，你的恐惧只是出于善意的担心。更何况你还是那么敏锐，那么聪明，早在大学者揭开谜底以前，甚至早在父亲死的时候，你就已经隐约猜到了这种可能。虽然你从未向任何人透露自己的猜测，但自那时开始，你就一直在暗暗努力，尝试着对抗自己的恐惧。”

四月盯着十月，紧抿着嘴，从空气中嗅到一股酩酊的馨香，他忽然意识到，他的孪生弟弟或许比自己还要了解自己。这种感觉再一次印证了他的担忧，令他不寒而栗。

“但是，你忽略了一个最重要的事实，那就是，恐惧是不可战胜的。你不会忘记，馆长在世的时候，你的恐惧曾是那些飘浮在他身后的眼睛，因为你不知道它们只不过是死去的标本，你的恐惧也曾是玻璃箱里那团蠕动的黑褐色事物，因为你不知道它们正是吞噬腐肉的蠹虫，你的恐惧更曾是阴影中那一副副怪兽的骨架，因为你不知道它们皆是馆长的杜撰，从未存在于现实之中。神秘的未知事物充斥着你的脑海，变作培育恐惧的温床，最终爆发，令馆长被你召唤的海妖夺去了性命。这真是一段不幸的经历，但它也成了契机，令你一下子倒向了大学者。当他把紧闭的舷窗敞开，引进阳光，驱散了一度笼罩着标本和骨架的神秘，你竟开始天真地相信，知识可以助你战胜恐惧。”

十月回望着四月，再一次在哥哥的双瞳中找到了那种求知者特有的脆弱的光芒。

“你的想法十分朴素，既然恐惧是人类在接触未知事物时必然产生的情感，那么你所要做的就是把未知变成已知，用智慧驱散神秘。你相信，若自己也能像大学者那样无所不知，就自然也会变得无所畏惧。于是，你开始学习，不放过身边任何一本书，匆忙吞咽下每一点知识，勤奋得近乎狂热，令所有人都感到吃惊。当然，他们是该吃惊的，因为他们从未触碰你的不安，从未理解你的焦虑，也就永远无法搞懂你这么做的动机。很快，你就变得博学起来，却未能如愿地战胜自己的恐惧。你惊讶地发现，自己恐惧的事物非但没有减少，反而变得越来越多，也越来越真实，越来越具体。你知晓了箱型水母的危险，却不能将这种危险消除，你了解到热气球可能发生的意外，却无法杜绝意外的发生。知识是一种力量，却并非无所不能，在更多情况下，它反而让你更清楚地了解到自己的无力，抹去非理性的希望，代之以理性的绝望。你依旧惶然，依旧担心，而原本可以避免的厄运就由此变作无法逃避的必然，降临于友人的头顶。到了后来，你竟把一条乳蛇误认成了珊瑚蛇，产生出原本毫不必要的顾虑，多余的知识竟酿成剧毒，又一次夺去了无辜者的性命。”

“我错了，但那并不是知识的过错。黑眼眶之所以会死，正是因为我懂得还不够多，因为我学习得还不够仔细。”纵然承受着愧疚的折磨，四月也没有放弃反驳，“若我能再博学一点，若我能分清珊瑚蛇和乳蛇的差别……”

“噢，我的好哥哥，你难道还不明白么，重点并不在这里。意识到自己懂得还不够多——这正是一个危险的信号，意味着你已太过聪明。想想看吧，为什么只有最无知的人才自以为无所不知，而睿智的人则总认为自己一无所知？前者的自负或许源于愚蠢和狭隘，但后者的自轻却并不全因为虚伪或谦逊。对于你这样的求学者而言，获取知识的过程就像是一次对处女地的探索，你需要面对无法预测的危险，在一片全然陌生的大陆上披荆斩棘。但是，无论你将自己的视野拓展得多远多深，在你视线的尽头，在你尚未涉足的阴影之中，永远都潜伏着新的未知、新的神秘，它们始终存在，始终燃起你的不安，始终挑衅着你的勇气和好奇心。为了驱逐它们，你不得不扩张知识的版图，但这种扩张并不会缩短已知世界的边界线，反而会使其越变越长，越变越崎岖。噢，这就很不妙了。知识的国度无穷无尽，你不断积累的知识不但无法令未知有丝毫减损，反而逼迫着你去接触更多未知，面对更多神秘。现在，请看一看我们周围的书架，看一看那海量的藏书，再看一看这只可怕的麻布口袋吧。”

这时，疯狂的口袋又骚动起来，从内里发出一阵阵来自深渊的声音。

“你难道从来就没有想过，为什么它在吐出知识的同时，自身竟从未变得干瘪，却反而加速膨胀？因为它装的正是‘未知’啊！的确，求知是一个把未知变成已知的过程，但它往往并不能将未知完全消除，反而会使其增殖，蔓延，甚至失控。想要借求知消除未知的努力多半会适得其反。你就像一个急于救火的笨蛋，一边惊慌地盯着越发凶险的烈焰，一边绝望地往火里泼油，并不知道自己正在毁灭的道路上越走越远。噢，我的好哥哥，若你真想要阻断自己与未知的接触，你应该模仿的人就绝非大学者，而理应是我们的父亲。你需要的并不是分清乳蛇和珊瑚蛇，而是彻底忘掉蛇这种生物可能存在毒性。但一切都太迟了，你吃下了智慧的苹果，逃出了神的乐园，却发现未知并没有被根除，而恐惧也自然不会消失。你的努力终归徒劳，若说它曾产生过什么效果，也不过是用新的恐惧代替了旧的恐惧，令你的忧虑变得越来越多，使你的噩梦变得越来越离奇。现在，你明白大学者为什么要把你从此地驱逐，更禁止你触碰他的藏书了么？他从一开始就知道，相比起一个白痴，智者永远须要面对更多恐惧。”

说到这里，十月语带怜悯。

“你失败了。知识不但无法阻止恐惧产生，更糟糕的是，你发现自己已经不能回头，已经无法返回懵懂的过去。你知道利刃能够剁掉手指，便再无法对任何一把逼近的小刀保持平静。你知道箱型水母暗藏毒刺，便再不可能对它们的触须无动于衷。世界在你的眼中改变了模样，新的恐惧不断袭来。它们在过去从未被你感知，也就不曾存在，但到了今日却变得无比真实，令你疲于躲避。你有了更多常人无法理解的烦恼和担忧，你开始在平静之下看到致命的危机。而你一旦注意到它们，便再难以假装自己并不知情，这已由不得你，就像你在色盲测试上因为识字而频频犯错一样，你终于败给了你所知的一切，让心灵染上顽疾。恐惧就这样发作，在不经意间被点燃，使你再也无法摆脱这种可怕的斯特鲁效应。”

“不，这不是真的。”似乎已被逼到绝望边缘，四月极力否定，“我不相信！”

“你说你不相信，但否定本身也是对自己的暗示，意味着你无法忽视这种可能，意味着你无法不对其感到担忧。你的反应恰恰说明，你并非真不相信。而这也正是你在面对恐惧时所采取的态度。若无法杜绝恐惧的产生，就鼓起勇气去面对它，否定它吧——你如此告诫自己。你并不怯懦，你拥有不输于常人的勇气，但你一直以来都没能搞清楚，勇气和恐惧之间的关系。勇气究竟是什么呢？人们总喜欢拿勇气与恐惧相提并论，但事实上，它们根本就算不上是一对相反的概念，因为恐惧可以独立于勇气存在，反过来却不行。想想看吧，除了那些藐视逻辑的疯子，又有谁能在恐惧产生之前就鼓起勇气？你必须首先清楚自己在怕什么，才能有意识地让自己去不怕什么。从未体验过恐惧的人不但没有资格，更没有必要去讨论勇气。勇气不过是恐惧的众多产物之一，人类借它来自我安抚，自我保全，它随时都有被恐惧碾碎的风险，充其量也只能做到与恐惧共存，却绝不可能将恐惧消灭。勇气与恐惧的关系并不是正与反，而是结果和原因。如果你试图用结果去挑战原因，那么你的脑子一定出了问题。由此可见，勇气的最大作用并不是否定恐惧，而是改变人类在恐惧支配下的行为。英雄之所以被视作英雄，不仅仅因为他采取了与懦夫不同的行动，更因为大家都知道，他在面对危险时也像常人一样，承受着相同的恐惧。若少了这份常人皆有的恐惧，英雄将不再是英雄，而只能被视作莽夫，甚至是疯子。所以，如果只考虑对人类行为造成的影响，勇气确实有可能战胜恐惧。一般来说，这就够了，因为大多数人干涉世界的唯一途径就是自己的行为。但是，你的情况有些特殊……”

就像一个宣判者那样，十月凑到四月跟前。

“你身上的诅咒超越了这一法则，在对行为造成影响之前，你内心的恐惧便足以令现实变得面目全非。当然，你并不知道这一点。每当恐惧袭来，你都会天真地提醒自己，要鼓起勇气。你会忍不住自问，你究竟在害怕什么。但这种尝试只会令你进一步将注意力从其他事物上抽离，有如播撒养料一般，浇灌于自己的恐惧。而每到那时，恐惧的胚芽便会开始疯长，你会为未来的不幸增添上更丰富的细节，描绘出更离奇的情景，直到它们统统爆发，遵循你的想象上演，将现实改写成悲剧。这种情况就与你每晚都必然发作的强迫症十分相像，你明知自己的行为徒劳无益，却依然忍不住一次又一次起身，去检查门闩是否已经插紧。唯一不同的是，你总有机会对抗强迫症引发的行为，纵然十分痛苦，你依然能拥有一段挣扎的时间，在那种荒唐的焦虑和不安最后演变成行为之前辗转反侧。而恐惧则不需要你走到门前，也不需要你起身，甚至不需要你睁开双眼，你一动念，它便呈现，你没有与它对抗的可能，因为它并不是潜伏在门外，而是潜伏于你的内心。每当你有意识地避开它，你都必将失败，因为提醒自己‘不要去想它’本身就意味着你已经想到了它，它就像一片无底的沼泽，你越是挣扎，便陷得越深。”

那一刻，酩酊的馨香变得浓郁起来，宛如果实在熟透之后开始腐败的气息。四月望着十月，从对方眼中见到一抹幽暗的闪光，感觉弟弟的语调突然带上了一丝阴冷。

“现在，是不是连你自己都开始相信，你只不过是一个受害者，更无法为愚人船上的悲剧负责？但这并非事情的全部，而你也并非完全无辜，因为，你也像所有人一样，在内心留有一个阴暗的角落，能够让灵魂获得某种扭曲的满足。虽然你不愿承认，但是，你确实注意到了，恐惧拥有某种独特的魅力。没错，人类似乎天生就有一种怪异的欲望，想要体验恐惧。如果不是这样，孩子们又为什么会忍不住从热气球上纵身跳下，还不忘在坠落时发出兴奋的呼喊？耍蛇表演又为什么会如此受欢迎，令大家不惜失声尖叫，也想要伸手逗弄一下那些神秘的生灵？你曾经从瘸子那里听到过无数大陆上的故事，但其中最吸引你的始终是迷宫深处的牛头怪和矿洞底层的喷火蠕虫。而在大学者的藏书里，你还发现了更多恐怖传说，它们甚至被抄写成册，配上细密画的插图，在受过教育的人群中间广泛流行。恐惧既是理性的，又是非理性的，它是一种基于本能的利害判断，会助人避过现实的危险，又是一种无法抗拒的冲动，能给人带去毕生难忘的刺激。它令人寒毛直立，屏住呼吸，血液几近凝结，心脏骤然收紧，所有这些惊悚的体验就像是一道道为感官准备的佳肴，令品尝过的人无不为之痴迷。而说起感官，我不由得想起你与你那位恋人的种种欢愉……”

忽然间，十月微微一笑。

“事实上，她一直都把你误认成了我，不过这已无关紧要，但你一定还记得，她在深夜里高喊‘ϯεττϊζϊκ’和‘αωεϩόμε’时的情景。为了爱情，你学习了她的母语，你知道‘ϯεττϊζϊκ’和‘αωεϩόμε’都是毫无保留的赞美，是‘棒极了’的意思。然而，你也发现，它们只不过是两个更古老词语的变体——‘ϯεττότ’和‘αωε’。至于‘ϯεττότ’和‘αωε’的本义，则与赞美无关，却竟是‘恐怖’和‘畏惧’。你有没有想过，为什么人们在造词的时候就已经把这两者混为一谈了呢？难道这不恰恰暗示着，‘恐怖’和‘畏惧’有时竟真的值得赞美，甚至能给人一种‘棒极了’的感觉？而那种剧烈的、令人精神错乱的恐惧，难道不也是某种极度强烈的渴望，甚至因其疯狂而引人憧憬？噢，承认吧，就和那些追逐危险、寻求刺激的人一样，长久被恐惧折磨的你，也在不自觉间学会了享用恐惧，那种来自灵魂深处的颤抖竟让你如此陶醉，欲罢不能。当你从这种袭来的悸动中获得快感，当你无法自抑地幻想着可怕的事情，你的恐惧便成了你的罪愆，使你不再无辜。在过去，你曾安慰你的恋人，言不由衷地告诉她，那种强迫她伤人的冲动不算什么。你从未想过，你已经道出了事实，因为她至死都没有真正伤害过任何人，就连她最后的失控也要归咎于你，只因你担心她会失控，只因你沉浸在自己的恐惧之中，任由它肆意生长，吞噬了你的父亲、你的朋友、你的恋人……”

“就算这一切都是真的，你又为什么不早一点提醒我？”

“我一直在警告你，但你从未听取我的建议。”

“我需要的不是隐晦的暗示，而是清楚的说明！”

“你确定？”再一次，十月的神情变得莫名哀伤，“你有没有想过，为什么大学者已经注意到了这一点，却始终没敢向你挑明，充其量也只是把你从这个舱室赶了出去？你有没有想过，若你发现自己的恐惧皆会成真，你周围的世界将变成怎样一副模样？四月，可怜的四月，自你触碰到真相的那一刻开始，一切都已无法挽回。因为，你不了解你的恐惧，更不了解你自己……”

黑暗中，四月听到了群蛇游动的鳞片擦刮，也听到了蠹虫吞噬血肉的轻响，从天而降的骷髅叮叮咚咚地跳着异邦的舞蹈，咀嚼记忆的山羊一边反刍一边打着饱嗝。死去的标本全都苏醒了，与亡者的幽灵一同归来，融进此地的黑暗。无数飘荡的眼睛在四下闪烁，饱览着禁忌的知识。被斩断的拇指在摊开的书页上翻飞，洒落鲜血，点燃了龙的咆哮与海妖的咏叹。阴影里有一张人皮在摸索穿行，每一步都带着湿漉漉的回音，那是死去的海盗，正寻找着自己浸泡在防腐药水里的头颅。舷窗外的世界被浓烟笼罩，那里有蒙住双眼的穿刺公，正被两种相互厮杀的色彩裹挟，深陷于同一场野蛮的瘟疫。一度僵死的腔棘鱼又从书堆里蹦了出来，身上插满了刻有玫瑰纹章的银制餐具，以馆长的声音发出大笑。早已变成白骨的双头死婴重新经历了噩梦的分娩，在书架的缝隙里攀爬着，尖细的指甲划过木板，发出刺耳的尖啸。被这降临的疯狂环绕着，四月感觉胸前的护身符又一次爆发出可怕的炽热，甚至隐约透出一缕红光，几乎令其上包裹的布帛都燃烧起来。

“当你意识到这一点，当你开始恐惧你的恐惧，你那敏感又多思的性格必将带来灾难，令你陷入一场无穷尽的，直抵毁灭的自激。”

现在，十月直视着四月，从对方眼中发现了燃起的杀意，当他见到四月从怀中掏出那把沾染过太多鲜血的小刀，走向自己，这位孪生弟弟没有露出丝毫意外的神情。

“当然，幸运的是，对于我说的话，你尚未完全相信。你的内心依然在挣扎，期待着我才是罪魁祸首，甚至认定，只要把我的存在抹消，这一切不幸也会随之终结。但是，你错了。即便我不说明，你也能隐约感觉到，你错了。相比起大学者，你显然对自己观察得更加仔细，他到最后都没能解开一个疑团，不知道你为何没有被自己的恐惧杀死，为了解释这种矛盾，他不得不假定你已陷入疯狂，甚至不具备完整的自我意识，不过，你十分清楚，事实恰恰相反。若把你对他人安危的担忧比作不时袭来的风雨，那么你对自身处境的关注则足以令那场灭世的大洪水也相形见绌。噢，承认吧，你最关心的永远只会，也只能是自己。一个人怎么可能不这样呢？要知道，那可是你自己呀！对于你而言，你自己就是世界的全部，因为你是你观察世界的唯一视角，也是你干涉世界的唯一工具。一切物质、知觉、思想，都必须借助你，通过你才得以真正存在或显现，所以，你的死亡就意味着宇宙的毁灭，也等同于一切意义的消泯。意识到这一点之后，旁人的价值便再也无法与你相提并论了。当然，你可以用道德感约束自己的言行，告诫自己，人与人是平等的，甚至让自己相信，旁人身上也寄宿着与你相似的，值得你去尊重的灵魂。但在你的内心深处，恐惧是诚实的，它并不会受道德的约束。在你有闲心去关心别人，为别人可能遭遇的不幸感到恐惧之前，你必然已千百万次地把同样的恐惧投映到自己身上，描绘出一个又一个流血的、窒息的、冰冷的、沉入海底的、躺在墓穴中的自己。对于自己命运的狂想，将永远是你恐惧的主题。那么，你究竟有没有想过，为什么自己竟没有被这种如洪水般的恐惧吞没，不但奇迹般地活了下来，而且还用你那细枝末节的，并不投映于自身的恐惧把旁人拖入了地狱？”

“这都是因为你，因为你是一个恶魔，因为你的目的并不是杀死我，而是实现我的恐惧，并以此达到折磨和嘲弄我的目的！”四月高喊起来，正要举刀刺向十月，却发现自己慢了一步。十月早已被无数恐怖的幻象笼罩，那里有涌动的群蛇，也有苍白的烈焰，亡者的幽灵撕扯着他的头发，双头的死婴咬住了他的脚踝，无头的海盗正探出双手，用一张干瘪的人皮把他的喉咙越扼越紧……在那个瞬间，四月又听到了弟弟的声音，却感觉那话语并没有行经两耳，却是直接响起在自己的内心。

“如果我真的是一个恶魔，又为什么会一次次地死去？在你做噩梦的时候，是我，被海妖劈成了两截，在你坠海的时候，是我，被潮水淹没溺毙，大学者想要杀你，是我喝下了毒酒，令你得以幸存，成就了他的罪愆。为什么迷雾里的幽灵们竟会认为我已经死了，甚至争论起我的死因？因为你忘了，我确实已经死了！我被蛇咬死了。我被火烧死了。我被麻风病杀死了。我甚至还试过嗖的一下从世上消失，仅在甲板上留下衣服和鞋子。而在更多更多你们所有人都没能注意到的时刻，我独自经历着难以言说的灾劫，承受着莫可名状的恐怖。我体验过无数次死亡，其中既有离奇诡异的，也有荒唐滑稽的，但绝大多数还是反复的，充斥着不断袭来的疼痛和苦楚，这些死亡和随之而来的复活一道筑起了绝望的牢笼，笼罩了我的生命，使我终于理解了自己存在的意义。很抱歉，四月，我骗了你。我并不是你的孪生弟弟。虽然我们拥有同一位母亲，但只有你才真正诞生自她的血肉，你是幸运的，你获得了她的爱，至于我，则只不过是她巫术的作品。没错，每当你开始担心自己，每当你对自己的处境感到恐惧，我就必将遭遇不幸。你的恐惧无一例外地实现了，却未能伤你分毫，因为它们全都降临到了我的身上。我就是你的替身，承受了所有被你投映于自身的恐惧！”

四月突然感到胸口一阵灼痛，猛地扯下了护身符，陈旧的布帛在一瞬间燃烧了起来。于是，借着闪耀的火光，少年第一次目睹了护身符最原本的模样，他发现那根本就不是什么海兽的鳞片，却只是一小块残缺的，被打磨得极度光滑的镜子……

“现在，你总算明白了吧，为什么大家对我的记忆竟会如此模糊？为什么我们的容貌竟会如此相似？为什么我也像你那样失去了拇指，却不是左拇指，而是右拇指？为什么我不但是左撇子，而且心脏的位置还与所有人都不相同，长在了右边？因为我并非人类，也不是恶魔，我是另一个你，一个倒错的你，我是你映在镜中的虚像，也是你恐惧的靶心。”

那一刻，被无数成真的恐惧噬咬着，十月微微一笑，又望了四月最后一眼，目光里满溢出离别的悲哀。

“四月，你绝对不会料到，我曾是多么羡慕你，又是多么恨你。你得到了母亲的爱，那是我永远无法企及的珍宝。她把我创造了出来，却并未多看我一眼，我的全部意义仅在于守护你，陪伴你，替你承受所有恐惧带来的不幸，用自己的苦难来将你那畸变的，本应迅速步向毁灭的生命延长，直至终老。曾经，有一段时间，我竟天真地以为，自己能够摆脱这个诅咒。我尝试扮演你，取代你，令你陷入无物的虚无，但即便如此也从未能阻止你灵魂深处的可怕狂想。后来，我放弃了，相信这种无止境的折磨正是生命的常态，相信自己已被困于地狱，而在这里的每一轮心跳都是惩罚，每一次呼吸都是蹂躏。不过，现在，我突然惊喜地发现，我的苦刑就要结束了，因为你触到了真相，而你的恐惧也在今天超越了我所能承受的极限。我就要死了——并不是过去那种种周而复始的，被你恐惧的死亡，而是真正的解脱，真正的安息……”

当布帛在掌心燃成灰烬，火焰熄灭了，少年手中的镜子一下子碎裂开来，再无法映出任何人的脸，也失去了女巫赋予的魔力。庞大的舱室重新陷入黑暗之中，只剩下死者渐弱的声音。

“永别了，四月。在我离开以后，你将拥有足够的时间去思考和判断，自己刚才听到的一切究竟有哪几句原本就是真话，来自无可辩驳的事实，又有哪几句原本只是谎言，而我之所以会把它们说出来也仅仅是因为你害怕我会把它们说出来。不过，你也知道，这么做已毫无意义，因为无论它们原本是真是假，至此都已屈从于你的恐惧，全变作现实，再也无法相互区分。从现在开始，无论你是否愿意，你都会一点一点地，把自己推向无底的地狱……”

十月消失的那个夜晚，四月久久伫立在黑暗之中，像是突然回到了童年，重新意识到了孪生弟弟的存在不过是一个谎言。然而，这一次，四月伤心得哭了，一种前所未有的孤独感击中了他，终于使他陷入疯狂，也注定了愚人船的命运。

二十 永别以后

在大灾变袭来之前，兽类似乎总能先于人类觉察到逼近的危险，愚人船上的情况也不例外。当要蛇人的九百九十七条蛇一同钻出竹篓，蹿上甲板，人们竟一时慌了神，以为这些一度被驯服的生灵又找回了最初的野性，甚至染上了此地的疯癫。大家敲开要蛇人的舱门，正要向他求助，却发现要蛇人已坐在舷窗边缘，背对众人，迎着风，两腿悬在外面。他穿戴得十分整齐，手握与自己一同到来的肋骨，就像是一位即将远行的旅者，等待着，望着漆黑的天空和汹涌的海面。听见大副问他究竟在做什么，要蛇人回过头，开始向众人道别。

乌云中电光闪动，带来滚滚雷鸣，密集的雨点倾泻而下，遮蔽了人类的声音。要蛇人的脸上扬起一丝微笑，那自信的神情令人们回忆起过去，仿佛他仍在讲述着某个遥远的传说。而真正令大家将眼前的情景和大洪水联系到一起的，则是接下来发生的事情，那是一道冲天的水柱，突然从波涛中喷涌而出，带着可怕的巨响，竟真如深渊的浊流。但是，当人们目击到水柱下方那片如山峦般巨大的阴影，发现它正在急速上浮，他们也很快意识到，这水柱并非来自灭世的大洪水，却属于一条硕大无朋的鲸鱼。那鲸鱼古老得忘记了时间，没人能知道它究竟活了多少年，甚至连表皮上的藤壶都早已变成了化石，层层叠叠有如岁月的甲胄。就像是见到了旧友，耍蛇人朝鲸鱼挥了挥手，突然纵身一跃，离开了愚人船，跳入鲸鱼口中，就此踏上了另一段仅属于他一人的旅途。鲸鱼载着耍蛇人，开始下潜，结束了这次时隔一万两千年的换气，缓缓地，沉入历史的深海之中。直至那时，人群里才有人爆发出惊呼：

“噢，原来那个疯子就是这样逃过了神的愤怒，在大洪水中活了下来。”

但是，这一次，没有人能猜到耍蛇人为什么出逃。大家回到甲板上，恰见群蛇一同跃出船舷——它们并没有像人们担心的那样重新占据愚人船的每一个角落，而全都模仿着自己的主人，急匆匆地远离了这个地方，在海面上留下一片壮观的，四散远去的蛇影。

雨下得更大了，风中带着一股腥咸的味道，像血，令不安的情绪开始在人群中蔓延。当瘸子的呼救声自船首传来，众人也终于觉察到了危险，那个不眠的疯子竟抛下了钓竿，第一次想要从船首像的位置上挣脱。他哭喊着，说他无法承受那股可怕的炽热，说他的体内有一片火海，有一场飓风，更有万千魔兽在咆哮奔腾。正是在那个时候，船舷两侧的木轮停止了旋转，负责为蒸汽心脏添柴的水手逃出了船舱，身后是一团团跳跃的火焰。画师的房门被狂风撞开，他的巨作恰在今夜完成，变幻的色彩从万千镜面里流淌而出，席卷过走廊和阶梯，以现实为画布，将疯子的梦魇带到人间。人们闻讯赶至，立即在黑暗中遭遇了幻想的怪兽，见到了被杜撰的物种。那个场面颇为疯狂，僵死的巨熊突然苏醒了过来，棕黑的毛发被染成诡异的靛蓝，干瘪的雪豹跳下了台座，灰暗的斑纹已变作纯净的群青，馆长精心制作的达兰若龙终于第一次获得了形体，正高扬起螺旋的犄角，舒展开幽碧的双翼。画师的色彩攀上这些被弃置的标本和骨架，如火焰般旺盛燃烧，终于使死物活了过来，甚至为它们添上脏器和血肉，创作出一幅又一幅恐怖的涂鸦。而在这些噩梦的生物之上，还飘着无数亡者的魂魄，曾经把活人变成幽灵的迷雾也在那一刻回归，却倒易了时光，反刍出曾经从众人身上夺走的颜色，在虚空中勾勒出亡者的容颜。这是一场死亡的狂欢，也是一场恐惧的庆典。

“不，这是幻觉！”酒鬼在混乱中高喊，似乎连他也感到了绝望，正挣扎于自己最后的预言，“但没有人能敌过内心的闪念，恐惧将一直萦绕着那个孩子，直到路的终点。”

人们冲向大学者的舱室，想让那位曾经的救世主再次作出诊断，治愈这场新的疯癫。但大学者早已不知所踪，房间里只剩下一片黑色的深渊，仍在喷吐着来自异世的书籍。现在，瘸子的哭喊又一次划破雨夜，而这一回，人们甚至不用走近船首，就已觉察到异样，闻到了桅杆中散发的恶臭，见到了甲板里渗出的脓毒——愚人船像是染上了人类的麻风病，船体突然浮现出丑陋的黄瘤和红斑，更如野火般沿着缆索与锚链四处蔓延。这场可怕的瘟疫很快就侵蚀到了愚人船内部，当斑驳的疹块爬上疯子的牢笼，铁条也随之崩解，碎裂成苍白的海盐。

疯子们获得了自由，加入了这场谵妄的游行。黄毛嗥叫着，肩头的灵猫状疤痕重新溢出鲜血，身后的尾巴从阴影中浮现，他仿佛突然想起了遥远的过去，在甲板上追逐着一只死而复生的狐狸。雀嘴飞上了天空，再无须借助热气球的力量，正与归来的圣灵鸟一道高歌鸣唱，在暴风雨里回转盘旋。喧闹中还有一阵婴孩的啼哭，与圣母狂喜的祷告一同爆发，那个虔诚的女人似乎终于从某位海底神祇那里获得了祝福，诞下了一个男孩，但那个男孩根本不像正常的人类，自降生时就长着魔鬼的獠牙，周身覆盖鱼鳞，更拥有一蓝一绿的异色双眼。

与这群特立独行的疯子一同到来的，还有另一群整齐划一的疯子，他们正是被迷雾夺去了理智的海员，仍在进行着保卫愚人船的战争，狂热地寻找着敌人，将一切新事物都视作入侵者。这些疯子组织严密，纪律严明，很快就冲进舱室，缴获了水手长的收藏。当他们手中握有了武器，那些从未在脑门上涂抹油彩的人便陷入了危险，一场排除异类的杀戮随即在甲板上展开，终于令漫流的雨水真的染上了血的腥咸。最近才登船的流浪艺人们首当其冲，成了利刃下的第一批受害者。吐火的舞者被割断了舌头，吞剑的演员最终死于长剑，贩卖假药的老巫医被砍翻在地，怀中的药瓶被一只只砸碎，内里的粉末在甲板上相互混合，变成一摊摊清亮的泪水。

快锯正要上前施救，却发现自己已经被疯狂感染，他见到受害者的残肢就在眼前动了起来，那些被斩断的手掌竟开始用五只手指在甲板上攀爬，仿佛成了另一种生物，而那些被砍掉的腿脚则仍在挣扎，在火光中蹦跶跳跃，破损的肌肉和筋腱就像仍未死透的蠕虫，在快锯的身侧舞动摇摆，其上的断口更凸显出一种艺术品般的精巧，令他陶醉又迷恋。

在这场骚乱之中，一连串悲伤的话语突然从高处传来，那是乌鸦巢中的聋子，在倾听过无数告解之后，他终于开口了，以一种陌生的语言谴责着世人的千百种罪愆。

一切都陷入了疯狂，一切都失去了控制。仍残留有一点理智的人们想要逃命，却不知该逃往哪里，他们最后竟冲下阶梯，闯进了那片金色的丛林。但那里的情况比甲板上还要糟糕。桫椤被狂风连根拔起，垂榕被不知名的巨力绞成碎片，苏铁和毒箭木全都被烧成了焦炭，仍散发着危险的红光。曾经的小溪早已干涸，流淌着岩浆，被盗的黄金漂流其上，却因高热改变了形貌，熔铸成一座座恐怖的图腾。一度栖息于此的珍兽又不知经历了多少次畸变，终于彻底失去了世人记忆中的模样，全都双眼冒火，蹄下生烟，吐息恶臭如燃烧的硫黄，身形扭曲如喷薄的烈焰。

如果地狱确实存在，那么它的模样或许就与眼前的景象相差无几。

最后，在这片幻境的中央，人们找到了四月，他就倒在牛蛙的墓前，伏在矮矮的土堆上。那个地方就像是这场灾厄的风眼，仍保持着过去的模样，十分安静，周围还长着一圈艳丽的蘑菇。人们不知道四月是这一切的罪魁祸首，更不知道他到此处只是为了迎接自己的毁灭。他们本可立即结束少年的生命，拯救这个疯狂的世界，但是，很不幸地，他们并没有这么做。那个时候，四月已失去知觉，像是彻底沉浸于噩梦，面色惨白，浑身颤抖，手中握着一朵被咬掉了一半的蘑菇，而那也正是他在愚人船上犯下的最后一个错误，因为那蘑菇虽有剧毒，却不会立即致死，它的最大特点，是会让受害者陷入无休止的幻觉……

愚人船的结局如何？这一点无人知晓。唯一能够确定的是，在多年以后，人们依然能够不时从水手那里听见一些奇怪的目击证词，或是关于一艘模样怪诞的“轮船”，或是关于一尊会唱歌的幽灵船首像，不过，大家对这样的故事只会一笑置之，认定那些言之凿凿的家伙不过是些醉汉和疯子。

至于四月的命运，则更是一个谜。不过，无论结局如何，无论世代如何变迁，只要大海依然存在，在海边玩耍的孩子就仍有机会捡到这样那样的漂流瓶，瓶子里可能是字条，可能是信笺，也可能封存着一股酩酊的馨香，以及一小块破碎的，被烧得焦黑的镜子。